狗聊

李江 著

加拿大国际出版社

Canada International Press

书名：狗聊

作者：李江

出版：加拿大国际出版社

www.intlpressca.com

service@intlpressca.com

版权所有，翻印必究

Conversation of Dogs

Written by: Jiang Li

Published by: Canada International Press

www.intlpressca.com

service@intlpressca.com

All rights Reserved.CopyRight @2021

ISBN: 978-1-989763-52-0

Ebook ISBN: 978-1-989763-53-7

我 14 岁就能画得像拉斐尔一样好，之后我用一生去学习像小孩子那样画画。

——毕加索

一个作家的思考深度决定你能爬多高的山；想象能力决定你能走多远的路

——《狗聊》题记

读者评论

雪泥鸿爪(一位陌生读者):写得好！（可惜我只看了 36 节）　非真实又真实。凡事倒着來写，乱写乱画，理性藏于非理性之中，虚构藏于非虚构之中。太似则媚俗，不似则欺俗。人鬼莫辨，画鬼容易画人难，我以后的小说也准备取这种方向。　因为，现实，永远精彩过你的小说！小说，永远落后于现实的速度！现实的荒谬，永远高于文字的荒谬！……　而且，这种形式天马行空！它的行文，可以自由自在，姿意汪洋！……　喜笑怒骂，皆成文章！把血泪含于嬉笑怒骂中来写；把人间放在十八层地狱中写；把天使放在魔鬼群中写；把黑白颠倒来写；这不就是现实吗？！于是一部史诗般的作品，一部中国的《神曲》诞生了！　这样的作品，就是含泪的笑，带哭的歌！

作者：知音，读懂了我，您在何方？

目录

一　家狗野狗

两条狗，在小区外边碰在了一起。

一条穿得花枝招展，毛发染了，头上扎着小辫，好看的花衣上有链绳套——显然是条家狗，而且受宠；一条干瘦，埋汰，毛乱——显然是条野狗。

两只狗凑在一起，反差强烈。

野狗："你咋一个跑出来了？平日里都见是你主人领着。"

家狗："快过年了，主人忙，无遐，才放我出来一会。"

野狗："你跟我说话不怕被你主人看见打你？以前，你主人遛你时，你追我玩，你主人都骂。"

家狗："我家主人说你们流浪狗埋汰，脏，还怕我跟你们学上坏毛病。"

野狗："今早你主人给你吃的啥？"

家狗得意道："还就是平时吃的，他们吃啥，我吃啥，牛油面包。"

野狗："吃得惯吗？"

家狗："刚开始不习惯，渐渐，也就习惯了。主人给的嘛，他总是为你好，是不是。"

野狗："你家主人是洋人？"

家狗："不是，土土的土鳖。"

野狗："那怎么天天吃牛油面包？"

家狗："中午下午就改成了中餐。"

野狗："为啥？"

家狗："毕竟是中国人嘛，哪能老吃洋餐。"

野狗："其实，牛油面包并不健康，外国人听说现在都不吃了，说是有反式脂肪酸。"

家狗："我家主人哪管那些，见别人家吃，他也吃。他好像说过，吃不在'吃'上，而是吃的身份，吃的品味。你呢，早上吃的啥？"

野狗："哎，别说早餐，昨天的晚餐，都没吃上，现在还肚里空空，饥肠辘辘。你看看我的两个爪子，全是血，趴了多少垃圾筒，也没有找着什么可吃的。"

家狗："好可怜！"

野狗："其实，我以前也是有主人的。"

家狗："啊，为啥变成了流浪狗？"

野狗："他每次出门，都要给我拴链子，我都挣脱了，不让他给我拴。"

家狗："为啥？"

野狗："多难受呀。走那条道，怎么走，都得听他的。你想跟个其它狗玩一会，都不成，也是你家主人那屁话——怕学下坏毛病。"

家狗："就为这点？"

野狗："多着呢，他也让我吃他们爱吃的，我却不爱吃，就硬是不吃。"

家狗："这就是你的不是了，慢慢就习惯了嘛，像我。"

野狗："习惯个啥？有些东西，你就不喜欢吃，他硬是往你嘴里塞。你烦不烦？"

家狗："你还挺有个性的，怪不得你主人将你抛弃了。"

野狗："还有呢，我觉得，我主人，虽然是人，但他的智商，其实有些方面还不如我。"

家狗："咋讲？"

野狗："一次，他带我跟他小孩子出去，明明前边那条路就弯弯曲曲，坑坑洼洼不好走。我知道一条好走的路，引着他一家人走。可是，他不但不跟我走，我从那条好道上早回到家，他还骂我，打我，打得我遍体鳞伤。说我不听话。"

家狗："所以，就赶你出家门了？"

野狗："不是，是我自个出走的。"

家狗："你有种。像你这样，为个走路和吃饭，就跟主人拧着干，又肯放弃饱食终日，离开主人家的狗，真几乎是没有。后悔不？"

野狗："谈不上后悔。其实，你别看我饥一顿，饱一顿，有上顿，没下顿的，日子其实过得还挺它妈的自在。"

家狗："为啥？"

野狗："你不可以随便在地上打滚吧？"

家狗："是，弄脏了身子，主人是要打的。"

野狗："你不可以随便屙呀尿的吧？"

家狗："那当然。"

野狗："你不可随便扯着嗓子叫吧？"

家狗："自然了。"

野狗："你的活动范围很小吧？也就是围着这小区墙边上溜溜。"

家狗："可不咋的。"

野狗："我把这全城都逛遍了，甚至都常常跑出城去，你知道吗？"

家狗："我的天，你真自由！"

野狗："你知道城外边有座很高很高的山丘吗？站在那上边，可以看到很远很远的地方——太阳升起在地平线上的景象，太壮观了！"

家狗："我在我家中的电视上，也好象看到过。"

野狗："那都是假的，经过人工处理了的。好多真实的景象，你是看不到的。你想想，就那么一个匣子，多大？我站在山巅上，视线多开阔。"

家狗："没办法，我家主人就爱整天坐在它前边看。不爱出去走远了。"

野狗："是不是就爱看一些个打打杀杀、耍猴、耍嘴、马戏什么的低智类节目？"

家狗："就是，你咋知道？"

野狗："我不以前也是家狗？整天陪着主人的主要娱乐活动也就是看它们。有啥意思？有时，突然碰到一个有点深度的，他却就摁过去了，你有啥办法？他是主人你是狗。"

家狗："那你就随着看拜。"

　　野狗：“受不了。动物，都是追求自由的，就我们狗，被人一代代地训养，才成了他们的玩物。虽然给你吃给你喝，但，啥都得听他的，烦。”

　　家狗：“你真有个性，我从来没有这样想过。”

　　野狗：“以前不知道，跑出来后，才觉得，外边的世界，完全不一样，哪跟哪呀。高山是那样的吗？大漠是那样的吗？湖泊是那样的吗？看上去很美，全是剪辑了的，假得厉害，根本和真的不一回事。”

　　家狗：“听你这么说，外边还真是不错。”

　　野狗：“跟我走吧，挣脱了你身上的绳子？虽然日子苦点，可自由，见识广。”

　　家狗：“可是，我已经习惯了饱食终日让主人管的生活，要我吃了上顿想下顿，我可是受不了。再者，我已习惯了从电视匣子里看风景。”

　　野狗：“那你就永远也看不到真正的日出！”

二　狗和主人

　　野狗："你觉得你家主人咋样？"

　　家狗："挺好的呀。我这身上穿的，你还看不出来？再说，上次，你不还问了我一天吃的啥。"

　　野狗冷笑："是不是还经常给你吃一种 XX 牌子的狗粮？"

　　家狗："对呀。"

　　野狗："你觉昨样？"

　　家狗："挺好的呀，挺香。"

　　野狗："地沟油做的。你家主人的情况我清楚，在城郊有个榨油坊，天天开个拖拉机，从各大食堂收泔水，然后从中提出地沟油来，再重新卖给各食品小作坊，还有就是一家当地做狗粮的厂子。"

　　家狗不屑："你也太能挑拨了。我跟我家主人的关系牢不可破，你这么几句，就能破坏了的？地沟油不地沟油的，有啥？人能吃，我不能吃？牢牢记住，我们是狗，能吃上狗粮，就是主人对我们相当的恩赐了。你是太能搅事情了，难怪你跟你家主人闹掰。"

　　野狗："你呀，让我咋说呢。你别以为地沟油一时半会吃不出什么事情来，跟好油看上去没两样，长期吃，能把肝肾吃坏，还能引发癌症。"

　　家狗："我不信，你这是危言耸听。多少人，都多少年，一直在用我家主人的油，也没听工商什么的查他着。"

野狗："怎么没有？那是你家主人刻意隐瞒不想让你知道，知道了，你就可能拒吃那狗粮了。是你家隔壁邻居告的，可是，每次查过，你家主人不知使了啥法子，停上几天，就又重开业了。"

家狗："你说的那邻居我知道，可不是个好东西，专门坏我家主人的事。好像是个文化单位工作的，我家主人与他的矛盾可深了。"

野狗："你知道啥原因吗？"

家狗："他住一楼，我家主人也住一楼，门对门。他家在门前栏杆内开了块地，种了各种花草，还有葡萄架，夏天里，经常三、五个人在那里喝啤酒，一边喝，一边骂他们领导。我家主人主人俩口子听到后进门来叨叨，'哪有职工骂领导的，你在家骂你父母吗？'——我想我家主人说得对，像我，主人给我吃，给我喝，给我穿这么漂亮的花衣，我再成天背地里骂我家主人，我还是个狗？所以，你这一点，就不配当个狗，难怪流浪。你要不改了你这背地里说人的习惯，大街上，哪个人都会烦你的。惹烦了谁，任何人给你一脚，就要了你小狗命。"

野狗气得怒吼："你懂个啥呀，哈巴狗！被你家主人洗了脑的狗！你知道他骂的他单位那领导是啥货吗？吃喝嫖赌全占，贪受巨款，上个月，已经被双规了！"

家狗，"那还不是他揭发的？领导，在单位，就是你的衣食父母，你会揭发你的父母吗？所以，这人没有我们狗身上的优良品质。你看看，我们当狗的，哪有一个不对主人不忠的？除过你，是个另类，所以，才混得这么惨。能看个真日出能干球个啥？吃饱穿暖就是大恩大德！我那天，也就是装着顺着你，罢了。你身上，没有一点儿狗的美德，退化得厉害。"

野狗："你知道你家主人为啥跟邻居结的怨吗？那有你说的那么简单！"

家狗："你说说，我听？"

野狗："你家主人是不是在城里还开有一家杂货店？"

家狗："是呀，生意还挺好的。"

野狗："你知道为啥好吗？"

家狗："他好就是好嘛，你关心那么多干嘛？吃饱饭撑的。"

野狗："你就是脑子简单！你家主人全靠一些假冒伪劣产品发财——巨毒油漆、胶水，劣质电插头、开关……最近，又整进来一批用装了毒化工原料的桶冶炼制成的铁锅。"

家狗："那有啥？好多商家都这么搞，又不是我主人一家。再说，与我们狗有啥关系？那是人该操心的事。你真是狗逮耗子，多管闲事！"

野狗耐着性子："刚开始，你家主人，看上了邻居家栅栏里的地块，想用点钱，买过来，好放自个的这些个假冒劣货。没想到，邻居不但不愿意卖，还发现了你家主人的这些劣行，写了文章，捅在了报上。这下，就两家结了仇。"

家狗："怪不得我家主人唆使我，一出门，就到他家的门框上撒上一泡尿，有时，还在他家厨房窗前屙上一泡屎。原来，有这么深的积怨。"

野狗："这算啥？你家主人，把三角铁钉放人家车胎下；纠集一帮社会上的地痞找人家的麻烦；半夜里，扔砖头把人家的葡萄架砸了个稀巴烂；把人家浇花的皮管割了，水管整堵了……邻居实在没办法，房卖了到别处去了。你没发现，邻居家的小花园现在堆上了你家主人的杂货？那是你家主人从新房主手里买下的，终于如愿了。你家主人却四处散布，说是邻居家老惦记着偷你家的杂货。说少了两把铁锅，一把铁锤，在邻居搬家时，发现在搬家车上，反咬邻居品行不行，是个贼。"

家狗："怪不得我家主人这一段很高兴，天天唱歌喝酒。"

野狗："现在，好人斗不过坏人；良心斗不过钞票；行端的人斗不过骗子。"

家狗："不过，我仍然觉的，我做得没错。主人他身上再有多少坏毛病，那是他的事。我是当狗的，当狗的嘛，不管他主人对别人有多坏，对我好就行了。退一万步，就是对我不好，我也得忠诚于他，是不是？狗与人之间，没有什么道德不道德。忠诚，就是道德。"

……

话不投机，很长一段时间，俩狗再没捞着见面。

突然有一天，野狗又蹿到此小区来，怎么发现这家的后房角下，栅栏边上的一堆杂物处，有一团黑物。上前一看，这不是那条这家人的狗吗？身上没了花衣，干瘦，埋汰，毛乱，跟现在的自个换了个，形成鲜明的对照——因为，自个早已适应了野狗的生活，知道什么时间，在什么地点，会有好心的人，投放下吃的。而且，它还见到过这家人以前的邻居。那个邻居认识它，出于好心，想收养它，可是，它野惯了，不愿天天呆在人家中被豢养。那位邻居也就随了他，给了他好吃的牛肉与香肠，放他出来。

此刻，野狗惊诧地问："咋回事，你家主人不是对你挺好的吗？"

家狗——现在也变成了野狗，凄凄答："我得病了，跑肚拉稀了一阵。主人说我弄脏了他的家，就把我撵了出来。"

野狗："肯定与长期吃那地沟油做的狗粮有关。

新野狗："可能吧。"

野狗："你家主人怎么不带你去看？"

新野狗："我听主人说，现在宠物医院的要价比人医院还贵。主人舍不得花钱，随便给我塞了几片他们平时吃剩的药，不见好，就把我扔出来了。"

这回是轮到野狗慨叹："你真可怜，看瘦成啥了！主人也不给你送点吃的喝的？"

新野狗："刚开始，给一点，后来，就不给了，就是想让我快点儿死，他们也忙。是别的邻居中，看我可怜，每天给我送点水与吃的，才拖了这么些日子。不然，你早见不着我了。"

野狗："跟我走吧？我带你到原来那家邻居家去。他心肠特好，我常去他家。我想，他会给你带去看病的。"

新野狗："不，狗，怎么能事二主呢？我死也要死在我家主人的门前。"

野狗："天生的狗奴才，该死！'骂完，扬长而去。

三　狗外有狗

野狗："新到你主人家的吧？"

家狗："是的。"

"多大？"

"半岁。"

野狗："你家主人对你咋样？"

家狗："那还用问吗？你看看我身上的花衣。"

野狗："你家主人之前还养过一只狗，你知道吗？"

家狗："不知道。狗呢？"

野狗："死了，前不久。"

家狗："咋死的？"

"吃你家主人喂的狗粮，跑肚拉稀死的。"

家狗："那狗粮挺好吃的呀。"

野狗："好吃的东西，往往掺毒。那是你家主人用泔水提炼出来的地沟油做的。"

家狗："不懂。啥叫地沟油？"

野狗把之前的事情，给小家狗娓娓道来，说上一遍。

小家狗："你扯的这些是什么呀，乱麻咕叨。半天，我只听出一个字——就是挑拨我和我家主人的关系。你不觉得你这样做是卑鄙而徒劳吗？我现在，吃得好，喝得好，一切都很好。你讲的那些个，我听不懂，也不愿听！"

野狗丢下一句："又是一小傻 X！别看现在穿得花枝招展，吃不愁穿不愁，将来的命运，不会比前一任好到哪去！"遂离开去。

在墓园里，野狗结识另一野狗 B，将前前后后的事情讲了。

野狗 B 嘲："那是你太贱，睡着的人都叫不醒，你还想叫醒个狗？"

野狗："看来，我是遇上高狗了。谈谈你的见识，我愿领教？我这狗，就是喜欢跟高智慧者在一起，不然，我也不会离开我那个愚蠢到家的主人。"

野狗 B："我听了半天，听出来，你这狗，就一字——狂！狂什么呀？你有啥狂的？你才知道些什么呀？你知道天外有天，狗外有狗？我都不敢狂！"

野狗："听上去，你好像肚里还有点货，讲讲，愿洗耳恭听。"

野狗 B："你知道这城市里，有多少家狗肉火锅店吗？"

野狗："不知道。"

野狗 B："你知道他们是怎么屠狗的吗？"

野狗大诧："不知道。"

野狗 B："你知道他们人类怎么屠牛、屠狐狸、吃猴脑的吗……"

野狗浑身打着颤问："怎么屠？"

野狗 B："为了增加份量，他们用水管往牛肚内压水，你想想，牛死之前，多痛苦？为了得到整张的果子

狐皮，他们活剥；为了吃新鲜，他们将猴子捆了，放在
餐桌，撬开其脑壳……"

　　野狗用双爪捂耳朵："别往下说了，我瘆！"

　　野狗B："好，既然你害怕，那就说点你不怎么
害怕的。你为什么也到这墓园来？"

　　野狗："这里有好吃的嘛。隔三岔五，他们人为祭
他们的的先人，墓碑前放上好多好吃的。"

　　野狗B："你说说，这些祭品，最后都让谁吃
了？"

　　野狗："我们呗。他们的先人，都在地下，又吃不
上。"

　　野狗B："你只说对了一半。其实，他们人，智商
大大地差，敬奉了我们狗，还以为是敬奉了他们的先
人。他们只是自个哄骗自个而已，或者是明明知道这些
祭品最终会落入我们狗之口，装不知道自个骗自个而
已。"

　　野狗："你确实有见识。"

　　野狗B："你听我把话说完你再夸，你这个蠢
蛋！"

　　野狗："自我从我主人家出走，我就觉得自个是天
底下最聪明的狗，你却埋汰我蠢蛋。"

　　野狗B："傻货往往认为自个世界上最聪明。你看
我这半天，夸自个聪明了没有？现在说下半截：你知道
另一部分让谁拿走了吗？"

　　野狗："谁？鬼？"

野狗B："让你猜对了。世界上哪有什么鬼，鬼就是人，人就是鬼。就是他们人，半夜，悄悄来，收了这些个祭品，第二天，又摆在门前的摊上，骗卖给那些个来祭祀的傻货。"

野狗："我的天，这不是人骗人吗？我们狗，都不会狗骗狗。"

野狗B："你真是孤陋寡闻得可以，还配当其它狗的老师！不但有人骗人，还有人吃人！你知道啥叫尸油吗？"

野狗："我怎么越听越瘆，什么，从来没听说过？"

野狗B："这火葬场，都跟外边的地下榨油枋串通好了的，榨了人的油，就收回来，倒腾给那些个地下油坊。"

"我的天哪，这不是人吃人吗？"

野狗B："现在知道你是多么无知了吧？比起我说的这些来，你讲的那家人的所做所为，算个啥？所以，要谦虚，懂不懂？他们人，就一个个自认为自个都了不得，其实，傻得不如我们狗！一个个跟猪的智商也就差不多。"

野狗："与你一席话，真胜读十年书。从今以后，我就跟着你，你开导我。"

野狗B；"哎，让我说你啥呢！我肚子里知道的这些，算个啥。天外有天你知不知？他们人天天把这句话放在嘴上，其实，没几个知道它的内涵的。你其实也一样，眼里就只有个我，傻货。"

野狗："咋讲？我觉得，你当我老师绰绰有余。"

野狗B："平芜尽处是春山，行人更在春山外，知道还有比我知道得更多的狗吗？"

野狗大诧："还有比你更知道得多的狗？我觉得今天你讲的这些，对我来说，都是醍醐灌顶。"

野狗B："每个人，都觉得自个很了不起，这是他们人类的通病。可是，你是条狗呀，就不能比他们人聪明点吗？你在那两条狗面前，就觉得自个知道得多，可是，今天，你听了我讲的这一些，你又觉得我比你知道得多。你怎么就不能类推一下，还有比我知道得更多，智慧得多的狗呢？"

野狗几乎跳起来："还会有比你知道得更多，更智慧的狗？'

野狗B："当然有。"

野狗："快领我去找他，我不像我的主人和大部分人，更不像大部分狗，我是一个极善于求知的狗。"

野狗B:"人家藏在祁连山里，根本不屑于在城里像我们一样，吃些人们施舍，或是装神弄鬼骗人骗己掉下的这些个吃的。"

"那它吃啥？"

野狗B："人家嫌这些东西根本不干净，全带毒。他们人都是相互骗，相互害。我们狗，大部分没办法，还以为被他们豢养着，挺幸福。其实，有几个是享受天年的？全都半截儿就夭了，像他们人一样。人家，天天在祁连山里，逮野兔、野鸡、野鼠……日子那叫一个快活，那叫一个自由！你刚才吹你站在个破山丘上看日出，视野多开阔，我都觉得好笑。人家天天站在祁连山坡上，看日出，那视野，你能比吗？"

野狗："我的妈呀。确实是天外有天，狗外有狗！"

四　见大野狗

野狗 B 带着野狗去见他心目中的崇拜者——那位盘踞在祁连山腰的大野狗。一路走，野狗很是兴奋，一边不停地问野狗 B 关于大野狗的情况。野狗 B 也就不厌其烦地给它一一道来。

原来，大野狗以前也是在城里一家大老板那里当看门狗，大老板工程完了，就把他抛弃了。大野狗在城市里流浪了一段，身无栖息之地，食无东西裹腹，恰又遇城里打狗，经常有一批批的流浪狗被四处捉到后，送到戈壁滩上流放，大野狗很招眼，当然就被捕了，放进铁笼车，送到祁连山下。

送来的流浪狗因没有适应环境的能力，大部分，都因饥寒交迫，或是遭其它猛兽的攻击而身亡。而大野狗适应野外生存力强很多，很快，就知道了哪里有耗子洞，哪里有旱獭出没，那里有呱呱鸡鸣，就带领剩下不多的几条狗，顽强地活了下来，几经繁衍，成了一群。

野狗一路听，一路欣赏着大戈壁上的风光，兴奋无比——终于找到一个可以安身立命的好去处，虽然一路口渴腹饥，太阳曝晒，狂风猛吹，但心里，却是激情满怀，一点儿不感觉到苦与累——尽管两爪都跑出了血，浑身的汗将毛粘成了毡。

经过一天一夜跋涉，终于来到了山脚下，远远地，就看见了大野狗的营地———一个被人遗弃了的废煤矿点。

俩狗紧走两步，却横路被红柳丛蹿出的另俩狗拦住："哪来的？"

俩狗报了来历与目的。

另俩狗："等等，我先去给大王汇报一下。"

野狗纳闷，对野狗 B："这见个大野狗，还有如此程序？"

野狗 B："跟人学的，按理，狗没这规距。"

呆一会，俩狗回来，道："我家大王说了，既然是来落草的，就给你俩碗饭吃。但是，当守这里的规距。"

俩狗沿条羊肠小道，被领上山去，绕几个弯，来到几个废弃的破煤窑前，见着一条大黑狗，正慵懒地半躺在一窑前破沙发中，见二狗进来，眯开一只眼。

野狗 B："狗爷，我们来投奔你。"

大野狗："二位是怎么知道我这的？"

野狗 B 两前爪竖起，做恭维状："狗爷的大名在城里都传疯，说成了精，领着一帮流浪狗如何如何，打下一片天下……下一步，好像人都吵吵着，要给您建祠——人好干这个。"

大野狗得意："不会是人派你们来侦探我们的吧？到时候，给我们来个锅端？"

野狗 B："哪里哪里，狗爷你说的。他们人，最爱拜神拜鬼，你的故事真的被传成了神。不然，我从哪里知道你的？我俩真是慕你大名而来。"

　　大野狗吩咐手下："去，先给他们点今天大伙吃剩下的皮馕，让他们填填肚子。关在外边的那个木栏栅里， 审查两日。"

　　一群野狗不由分说将其两个揪了塞进栏栅。

　　野狗愕，对野狗B：'咋回事？我们投奔它们，为自由而来，怎么还要关我们？只有人对人不信任，哪有狗对狗，还不信任的？"

　　野狗B："没办法的事，我估计，是在城里生活了一段时间，耳闻目染，跟上人学的。我们既然投奔人家而来，也就先认了。"

　　野狗："刚来，就关禁闭，还倒不如了城里。听你刚才狗爷狗爷的，嘴那个甜！我们平时叫我们主人，才叫到'爸'的辈份。在主人哪里当儿子，在这里，却当起了孙子！再说了，只有人与人之间，才这么称呼。哪有狗与狗之间，也爷爷长爷爷短的！"

　　野狗B嬉:"我这么叫，也是跟人学的，狗也是环境的产物。"

　　关了两天，禁闭解除了。大野狗大清早，说："看上去，你俩不像是人派来的细作。明天，就跟其它狗一起，去围猎吧。"

　　野狗私下里悄声道："它让我们去围猎，他干嘛？他应该领着我们去呀。"

　　野狗B："好多人的规距，狗都学来了。我不是说，狗是环境的产物嘛。"

晚上，群狗将捕杀的对象——呈在大野狗面前表功。大野狗对众狗捕猎数量多寡，或表扬，或斥责一番，然后，他先开吃，众狗围观。等他吃完，众狗才下嘴。

野狗忿："怎么他不捕猎，他倒先吃？而且，尽拣好的地方下口。"

野狗B："跟人学来的。本来，我们的祖先，都是群捕群吃，没有等级观的。"

野狗："你看看，专们吃健子肉，馕馕踹的肉，全留给下边其它狗。我以前听你把他吹得多好，实际接触，哪有你说的那么好？看来，任何事情，都是耳听为虚，眼见为实。这里，其实并不自由平等。"

晚上睡觉，他俩虽被解除了考察，但，却被支到个最外边的山坡下去睡，没遮没挡，冷风嗖嗖。野狗就又生埋怨："你看看，他呆在窑洞里，身子底下是沙发，沙发上，又有软和的褥子。有地儿也不让我们进去，将我们赶在这里。这跟在城里半夜墓地里呆的生活，有啥两样？"

野狗B："跟人学的，显示他的位尊。以前的狗，是没有这些个毛病的。既然来了，就忍吧。毕竟，吃的是新鲜的肉，又没有了被追杀的恐惧。"

又过了两天，野狗又悄声埋怨："妈妈的，所有的母狗，都被它一狗独占。我今天想跟一母狗粘点腥，它马上冲上来，向我猛吼两声，吓死我！在城里时，我还偶尔能捞到条母流浪狗，占个便宜。在这里，连这点机会也没了，交配权，都被它一个占了，　这公平嘛？”

　　野狗B：“这毛病，好像是出自本能。凡动物，从古至今，都是这样。人也一样，不过进化了一点罢了。”

　　野狗：“吃，得吃他吃剩的；住，他住最好的；围猎，他不动，全由我们去；母狗，全由他占着。还得一天听他的管束，训斥。这日子，过得有个啥滋味，倒不如回城去，伴个流浪母狗，石榴裙下快活，就是被送到火锅店，也值！”

　　野狗B：“忍忍吧。你不听狗爷每天都给我们说嘛，等猴年马月后，人就会自个把自个弄绝种的——听说，他们人的精子，现在都在退化。等城里的人死绝了，生态环境就会好起来，山里的动物也就会多起来。到那时，围猎一天，就可以躺着吃十天。母狗嘛，群大了，有的是，狗爷一个也全占不完——就像现在的人。它会分出一些个供大家共享的。”

　　野狗：“你对他张口狗爷闭口狗爷的，我看纯粹就是一种盲目的个狗崇拜。它其实就是在撒谎骗我们。”

　　野狗B：“那么多的狗，都在鼓巴掌，就你不信。”

　　野狗：“他是在给我们画大饼。猴年马月，那时，我和你，包括现在所有的狗和它——你的狗爷，早都死光光了！”

　　野狗 B：“你确实是一条很独的狗，很不适合在群里生活。我是不想走了，要走，你走吧。呆这里，其它好处没有，但有一条，有归属感。”

　　野狗：“我他妈的要找这种归属感，当年就可以老老实实地呆在我主人家，何必绕这么大一圈，来遭这个罪！起码，我家主人没有它这么霸道，只是蠢点而已。比起它的霸道与独裁来，我家主人的愚蠢，就显得可爱和可以原谅多了！”

　　野狗 B：“你别忘了，这里，没有被杀的风险。你看看这里的狗们，都一个个很顺从狗爷，很爱这狗群，因为自个弱小嘛。弱小，就爱群，就能忍受狗爷的一切。大家伙在一起，就有一种强大感，别的大动物们，就不敢犯我们。”

　　野狗：“投胎个狗，见识不浅也得浅啊！眼光光盯在了外边！你怎么就能保证，狗群内不起纷争？狗不杀狗？你不是之前反复说，狗跟人学了好多？”

五　又见主人

野狗最终无法忍受山上的一切，选择了逃离。

经过一天一夜的艰辛，重到城里，返回了自个主人家门前，叫了两声："爹、妈。"

门开了，两位主人激动万分："小爹呀，让我们找遍了，你这几月是上哪去了？"

另一位："气性还忒大，打你两下就跑了！打你是爱你，知道吗？谁让你身上那么多的坏毛病！"

野狗不解释，解释主人也听不懂。心想，你们当时把我打得还轻吗？最关键的，是你们冤枉我，冤枉一只比你们聪明得多的狗！就因为我是狗，你们是人，就可以愚蠢欺侮聪明！

主人紧忙放它进来，一看两爪流血，慌问："你这是从哪里来？看这几月，瘦成啥了！"紧忙取来药水，给它往爪子上涂。

它心里清楚，其实这些破药水早都过期了，只要往爪子上蘸点盐水，比它管用。可是，没办法，谁让自个是一条狗，你尽管比主人见识广，你也得任他摆布。

主人上完了药水，又找来块布条，将它的爪子包了个严实。本来，它想反抗，但，一看主人对自个爱悯的样子，也不忍伤他们的好心，只是在心底叹："好蠢的主人啊，伤口捂着，能好吗？不捂烂了才怪！阳光是最好的防腐剂！"但没办法。想好了，等晚上，趁主人不注意，就自个蹬了它！

主人又拿出了往日让它很烦很难吃的那种狗粮，虽然从心底里抵触，但却装着饿极了样子，猛吃上两口。

主人就感慨："你看看，出去这一段，肯定遭了不少罪。"

另一个就训它："再让你往外跑，没饿死你！知道家的温暖了吧？"

它顺从地头偎在主人的膝下。主人抚摸着它的头："听话。听话，就可以过好日子。以后，别再趁人不备，伺机外跑，家中多好，我们对你多好？"

它舌头舔舔主人捋它毛的手，心里说："你们就是蠢点，别的都还没啥挑剔，比山里的大野狗强十倍八倍。"

晚饭，主人做了一桌子好吃的，也让它上了桌，蹲在个椅子里，享受和人同等待遇。

主人不停地往它嘴边夹排骨、丸子……

它就感慨：人主子，其实比狗主子，强好多，只是蠢点——我都能闻出这排骨不是很新鲜，有味了。这丸子里掺杂了好几种对身体有害的原料，也有点蛤蜊，一吃，就知道是地沟油做的。可是，主人却一个个吃得香喷喷美滋滋，头上直冒汗，直言"好吃，真好吃。"——若干年后，身子不舒服，去医院一查，癌，哭天抹泪，天塌了下来，全家的银两全交给医院。最后，在那公墓里再买一块昂贵的墓地，把自个葬了！——心里这样想着，脸上却装着一副喜不自禁的样子，可着劲地啃那肉丸。只为一点——博取主人的欢心。

　　几个菜端上了桌，它又闻出了异味：那炒菜油里，掺杂了尸油——在墓地栖身那会，经野狗 B 提醒，它已经在和墓地相连的火葬场后墙根，经常闻到和识下了这种气味。内心就又慨叹：别看你们豢养我，表面上，你管着我，训导我这，训导我那。其实，我比你们知道得多的多！我知道你们好多人在吃人。我这会儿，也在吃你们人，我从内心来讲，就不想吃你们人，是你们自个把你们同伴尸体的油送到我嘴边，恩赐给我必须吃，我能拒绝吗？拒绝了，就会失你们宠！

　　吃完了饭，主人一家带它出去遛，趁主人不注意，他将肚里吃下的食物吐了一些，又将脚上的破布条也蹬了，轻松了不少。

　　主人领他转的还是那条坑坑洼洼到处石头瓦块的路，它也再不吭声——跟愚主子的相处之道就是一切心里明白，但顺着他来，谁让他是主子我是狗呢，这种不公平是由出身决定的，而不是由智慧决定的，没办法的事。我硬要扭着来，上次，不就挨了打？真理，是常常要被打的！

　　回到家，主人一看，说：“咋布条掉了？快快快，找一块来，重新缠上。”

　　它心里骂：“人傻不能怨狗，由他折腾吧。谁让他们是我主人呢，谁让他对我这么好呢！”

　　打开电视，又拨到那一个个杂耍、耍猴、耍嘴、拼拼杀杀类低智频道，主人一家或捧腹或聆听或激愤。

　　它蹲在一旁，也装着认真看的样子，心里却慨："这些个，我要是能直起身子来，讲人语，我都能导！"

　　它不愿再跟主人一家盯着电视框犯傻，就偏过头去看那窗外一弯昏暗的月牙，突然，就又怀念起山上的生活来——那里，虽然大野狗霸道，可是，相对自由度要比这里大很多——可以四处乱蹿，也可以乱叫。白天，可沐浴阳光，夜晚，可欣赏明月。虽然大野狗全将母狗霸着，可是，自个起码可以站得远远地流着涎水看母狗。在这里，却是连见个母狗的机会都没了！每天出去一趟，就如蹲监放风一样快。十次中能一次见到只母狗，想蹿上去骚情一下，也会被主人喝回来；在山里，也不会整天地吃这些垃圾食品。吃得你直恶心，想吐，还得背过主人……盯着月牙，感慨不已，有无限的悔意，真是在墙外想跳墙内，在墙内又想墙外的好！就有一首诗，泛上它的狗脑来——那家被杂货店老伴逼走的文化局干部，过去，他从主人家逃出来居无定所，食不裹腹时，常去到他家后花园。那人常邀三、五友人在自个家的葡萄架下把酒吟诗。它经常蹲在栏栅外，等着他们给自个扔出骨头来。一来二去，也就几乎被熏陶成了文狗。这会儿，就念出了口："明月几时有？把酒问青天——"

　　主人猛喝一嗓子："叫什么叫？我们看得正好！"

　　后边的词被狗噎回到肚里去——这一噎，噎得它考虑是二次出走。

六 狗友重逢

　　出走，还是呆着？过这种表面被宠着，实际上被圈着，没有任何自由，又同愚主人一道，天天吃垃圾食品，过低劣精神生活的日子？——以前曾为家狗逃亡为野狗现在复成为家狗的它，又一次面临选择：要么，被圈成抑郁症；要么，最终被整成癌症，成主人的陪葬者。

　　在经过激烈的思想斗争之后，它又一次选择了逃离——愚狗不事二主，但，智狗，要择明主而投！它想到了那位文化局的干部。以前主人打它出逃后，多亏了他对自个的救济——它曾多次去过他家，深知是一位知性达情的开明之人。它想进门，叫两声，对方就会知道是它来了，给它开门。它想走时，看着主人叫两声，跑到门口，那主人，也就会打开门放它出去，任它来去自由。还有，这位干部在吃上，似乎很是讲究，喂给自个他们吃过的饭菜，好象是正宗的油炒的，没什么异味。主人听广播，看电视，也总是挑一些个有深度的知识类，挺适合它喜欢求知的胃口，它也蹭着过把瘾。心里不止一次地感慨，主人要是变成狗，或是自个变成人，两个一定会成为莫逆之交。在过去，它在他旧家的栏栅处看他和他的朋友们喝酒吟诗的时候，就特别地羡，要是自个是个人，就会成为他们中的一位，多爽啊！做为一只聪明的狗，实在是太孤独了！大部分的人都愚蠢之极，况狗乎！

　　一天早晨，趁主人开门放它出去撒尿机会，它便扬肠而去，出小区时，回过头往自个主人家楼门口吠一声道："别了，我可爱但愚蠢的主人！"

　　来到那文化局干部所住小区门口，遇到了熟悉的流浪狗 C。C 也是那位文化干部恩惠的受益者，所以，两狗很熟。讲明来意，多日不见，如隔三秋。对方声音哽咽，报噩耗：恩人一星期前刚离世，而且，得的竟然是癌症！它万千感慨，一慨为什么世上总是好人命短，王八长寿。二慨文化干部吃饭那么注意，它一点儿在他的饭菜中没吃出异味来，都得了癌，可见，现在这癌是无孔不入，肯定是有其它方面的原因——一可能是在单位也受像他旧邻居那样低劣领导的气，郁闷在心，日久成病。二，肯定在生活的其它方面，受到了致病因素的戕害。不免人死狗悲——人都这样经不住，更何况自个区区一条狗的免疫力！想到此，更加认定自个的出走是正确的选择。

　　C 问它："以后，　咱俩就作个伴，在这小区混？"

　　它开导 C："你傻？呆在小区，整天得提心吊胆防不怀好意的人将我们捉了送到火锅店开膛破肚，又怕熊人家的孩子袭击，动不动就拿砖头瓦块砸我们，或是放鞭炮扔我们身上取乐。三怕治安队的将我们收拾了扔到大戈壁滩，那几乎就等于判了死刑。你不知道，还是那墓园最好，以上三种人是断不会前往的。一般去祭奠先人的人，装也得在那一刻慈悲起来，是绝不会伤害到我们的。再说，他们去那阵，我们可找个地方先躲起来。

他们前脚一走，那些祭品就成了我们的享受。而且，我们的鼻子比他们人的高明多了去了，能闻出哪些是地沟油炒得菜，哪些不是，那些是掺了工业原料的，打了激素上了化肥，哪些是天然的，上得少些的，尽着我们挑，多美！"

俩狗就一同去墓园。

远远地，看见一只狗在一墓碑下正啃着什么，走近一看，它大喝一声，"老 B，怎么是你？你不是在祁连山下大野狗的麾下混日子吗？"

对方见是它，苦笑笑："还是你聪明呀，大哥，有先见之明。你走没两天，狗群里就发生了内乱，有两条壮公狗欲夺大野狗的大座，走露风声，被小狗告了密，大野狗提前半晚大开杀戒，率一干亲信把两只壮公狗活活剥皮生吞，吓得其它众狗瑟缩发抖。大野狗甚至怀疑到了我，把我也重又关起来审查三日方放出。我心想，我对它那么忠诚，它都不放过怀疑，以后，准还会生事。两壮公狗的今天，弄不好就是我的明天，不如早逃为上。所以，就重回到了城里，回到了这里。经过这一遭，我才体会到，这里，就是天堂，比哪里都好！"

它回头看小 C 一眼："听见了没有？"又唏嘘："只说是人总玩这一套，没想到，狗玩起来也一样地熟，一样地狠，究竟是本能呢，还是也从人那里学来的？"又对两狗道："啥事都是轮回，转了一大圈，重又回到了这墓园。什么叫活着？这就叫活着！就是老 B

体悟的：人类的墓园，却是我们的天堂！快，去各处搜集吃的喝的，咱仨今天晚上好好地庆贺一下大会师！"

很快，东西就整全乎了——有猪蹄鸡爪牛肝羊心，甚至还搞来了半瓶二锅头。几个坐在墓碑下，人的先人的头顶，吃着，划着，喝着，乐着。

它这会儿，才可着嗓子将那首诗吼全了出来："明月几时有？把酒问青天……"再也没有人拦它。

两狗一听它竟然念开了人词，惊得目瞪口呆，佩服不已，连声称颂："文狗，大文狗！"

它就得意地想到了山上的那条大野狗。有这样的崇拜者，等过两天，再引来两条母狗，再整出几窝崽，成一群，我就和他大野狗过的是一样一样的日子！

正得意间，突然，墓园里有动静，俩狗条件反射地吼了两嗓，他制止："傻货，咬人的狗不叫！准是来偷祭品的人鬼。是他心虚，而不是我们心虚。只要我们悄悄地黑地里扑过去，蔫不声地咬他一口，就能把他吓个半死！"

两狗方明白过来，齐声道："在我们这里，和人不一样，不论出身，谁的脑瓜好使，谁老大。以后，你就是咱俩的爷！咱今天就给狗爷磕头了。"说着，双双放下前爪，跪了下去……

七 地下新友

仨狗正吃着，喝着，乐着，突然，从地下冒出一句："真慕啊！"

仨狗吓一跳，跳将起来，其它两狗听不懂，只听到是一句人语。刚刚被尊为狗爷的它，可是听明白了，问："你是哪位？慕我们什么？"

地下回答："慕你们吃，喝，乐，慕你们关系铁。"

新狗爷："铁什么？我们其实也相识没多长时间。"

地下："此话差矣，关系好不好，根本不在于时间的长短。"

新狗爷："哪在于啥？骨肉？"

地下："狗屁，前几天，送我来的，一大帮，哥姐弟妹，抹了两把眼泪。我那两个熊儿子，连一滴泪都没掉，往这里埋我时，他们还在玩手机。我老婆，虚情假意地掉了两滴，但，我知道，那也是勉强的。我知道她肚子里有多恨我。把我埋完后，出了墓地，我就听到后墙根外边他们的吵吵声，早把我扔在了脑后。"

新狗爷："朋友，同事，他们该对你的感情是真的吧？"

地下嗤："骨肉都这德性，还靠得住朋友？全是利益！别看平日里吃吃喝喝，呼朋唤友，一有事，躲得比兔子还快！同事就更不用说了，表面笑嘻嘻，心里藏把刀，一个个恨不得把你往死里捅！”

　　新野狗："领导呢？领导，会对你好点的吧？"

　　地下："一个个都是人面兽心！我就是为他们死的！追悼会上，那悼词念的，对你的一生，给予充分的肯定，还极煽情，弄得假得跟真的似的，一片哭声。其实，他就想让我死，逼我死。不然，我也不会这会儿躺在这儿来，慕你们。"

　　新狗爷："咋回事？听上去，你有一肚子的委屈？"

　　地下："就给你们直说了吧，我冤啊，我本不该死！"

　　新狗爷："不该死，为啥躺这里？"

　　地下："你知道我是谁吗？堂堂的 XX！"

　　新狗爷："好像以前听主人和小区里的人常说起这个名字。"

　　地下："鼎鼎大名！"

　　新狗爷："那为什不滋润地活着？"

　　地下："纪委找我谈话了！"

　　新狗爷："纪委谈话就谈话，咋就会导致你死呢？"

　　地下："毕竟是狗啊，咋跟你说清楚呢。可是，不跟你们说，又能跟谁说呢！你们，虽然不清楚，可是，还听我的。人，他们不听啊，他们就要让我死。"

　　新狗爷："慢慢说，往清楚了说，是谁，要让你死？"

　　地下："就是念悼词的，要让我死！包括参加追悼会，装得一个个悲悲凄凄的那帮狗娘养的！"

　　新狗爷："不死不行吗？想死不想死，权在你自个手里。"

　　地下："你毕竟是狗，不谙人事。它就不在我手上好不好？他们逼着你死，你不死，也得死。你死了，他们才能一个个好好地活着！"

　　另俩狗支着耳朵："狗爷，说啥呢，我俩怎么一句都听不明白？"

　　新狗爷："你们要听明白了，我还当你们狗爷？他说了半天，我也才听明白一点儿。"

　　地下："所以你看，我的家人们，哪有个真真悲伤的样子？全是装的！出了墓园，我都能听到他们爽朗的笑声。分赃，懂不懂？就是数钱，啥感觉？领导中，我听说，纪委找我谈过话后，有人也跟我一样，上吊的绳子都准备好了。这一下，踏实了，绳子用不上了，可以睡好觉了。死了我一个，保下他们一大拨。"

　　新野狗："尽管我自认是狗中聪者，可是，我仍然感到听你话吃力。你讲的这一切，都太复杂了。以前，我接触过的人，大多都感到很愚，还没我有见识。今天跟你一谈，颠覆了我的看法。是不是人一到了地下，像你，成了鬼，就变聪明了？"

地下："也可以这么说吧。大部分人，都是聪明反被聪明误。以前，我觉得自个是人中聪者，但现在，就深深体会到，是人中最愚蠢者。干的好多好多过去感到绝顶聪明的事，现在才回头想，是愚不可及！愚不可及！"

新狗爷："我几乎能感觉到你要说的意思了。能不能举一二事例，别总是发感慨？"

地下："我养了六个情妇，八个私生子，当然，追蛋会上，她们一个也不敢出面。可是，我想，追蛋会完了，埋在了这里，她们总会一个个带着孩子偷偷来看我一下吧？我眼巴巴地盼着，这么长时间了，没有，一个也没有！"

八　疯子

　　一个老疯子，隔三岔五，就转悠到墓园来，沿着墓道遛来遛去，然后，找到其中的一个墓碑，有时啐两口痰，有时砸两砖头石块，踹两脚。或者有时是撒泡尿，有时，甚至直接蹲下去，解开裤腰，在墓碑下屙泡屎。

　　新狗爷对啥都好求根底，对此百思不得其解，一天晚上，月明星稀，它就凑过去，跟墓下边的主人聊上了。

　　新狗爷："你和这老疯子看上去好像在世时，积下了大仇？"

　　地下；"一言难尽，一言难尽啊！我这纯属替人受过。二十年了，一点都没安生过，三天两头的，就来欺负我！"

　　新野狗："讲讲？"

　　地下："我就一直想跟人唠唠，心里憋屈得很哪！可是，前几日，你们几个总是坐在那个新吊死的鬼的墓头上聊。你们狗也势利，跟鬼聊，都看人啊。"

　　新狗爷："没没，那天是碰巧坐在了他的墓上，他先开的口。熟了，就几日里聊的多了些。"

　　地下："以后，也常来我这聊聊？我比他可聊的只多不少。不是我巴结你，你别看我这躺了二十余年了，可是，每逢年节，人的也好，鬼的也罢，家里人都来看我，送来好多好吃的，猪肚牛肝羊心驴肺。还有酒，都是高档的。他，你等着看，以后，肯定没什么人给他来上坟。"

　　新狗爷："我知道你的意思，以后，多来跟你聊聊就是了。"

　　地下："那就说好了，以后常来我这儿？"

　　新狗爷："一定的一定的。今天先聊聊这疯子，他为何每次来，都绕着找到你这，跟你过不去？"

　　地下慨："那是很久很久以前的事了。那时，不只是你，恐怕，连你爷都还没出生呢。"

　　新狗爷："哪是哪是，别扯远，快说事情。"

　　地下："那时，我在单位，当个小小的办公室主任，应酬也多，老有上级单位的下来检查工作。一次，上边来了位大领导，我们局长让我安排饭局，再找几个漂亮点的女的坐陪，完了，再去歌厅里玩玩。我就想到了我邻居，也就是这个疯子的老婆。平日里，两家关系都挺好，经常还在一起打麻将，人长得不错。给两口子一讲，高兴得不得了。男的还喜滋滋地对老婆说，'去吧去吧，可算是见到个这么大的领导，陪好了，陪高兴了，就不定，以后，咱家有啥事，还真求到他呢。管用。'他老婆就乐不颠地去了。哪曾想，从那天晚上起，认识上了我们局长，一来二去，两人就勾上了。那一段，他失魂落魄，到处告，到处闹，结果，起的是反作用，倒是把他媳妇跟我们局长闹到了一起。他更是精神崩了溃，一到晚上，就去砸人家局长家窗户，惹得局长火起，报了案，将它在公安局拘了一阵，出来后，就精神更加不正常了。可是，奇了怪了，他再不去砸局长的窗户，却瞄上了我家的窗户，隔三岔五，就来砸。砸得我也火起，也去报了案，公安局却说，'他已经患了精神分裂，我们也没办法。'这不，一直跟着砸到这里又一二十年。你说恼心不？"

新狗爷："疯子也欺软怕硬？"

地下："你可是说对了，我们局长不久后，就提成了副市长，专管公安政法。"

新狗爷："那有啥办法，谁让人家是副市长，你不是？谁让人家在上边掌着实权，你躺在阴间？"

地下："他什么在上边掌实权！我死后一年，也心脏病突发死了，就埋在我身边不远处。他们家人哭哭涕涕埋他时，我听到了的。可是，疯子就不去砸他的坟，就专盯上我！"

新狗爷："我分析，他还是怕他！虽然我是条狗，但遍识人间事。"

地下："知音！常来聊！明天，是我的祭日，我家人会带好多好吃的来——猪肚牛肝羊心驴肺……"

九　狗见恩人

听完了地下这位的絮叨，狗爷唏嘘两声，领着俩下属去分头觅食。

刚拐过个弯，却被又一个地下的叫住了，猛一激灵，这声音忒耳熟，回味过来，这不是那位文化局的干部吗？忙回过头来，前蹄跪下："恩人，咋是你？"

地下："我知道你来已有些时日了，总是不好大声叫你。"

狗："有啥忌讳的，恩人？你说，我听着。"

地下："寂寞，有一肚子的苦水，想给你倒倒。"

狗："你们人咋都这样。你以前看上去，生活得挺不错的嘛，经常邀朋友在你家栅栏里的葡萄架下喝酒吟诗，我都非常慕。只是哪曾想，你竟然得了癌症。"

地下："狗娃，你看到的只是表面现象，我心里苦啊。"

狗爷："怎么个苦法？"

地下："你说话小声点，别让其它鬼听了去，丢不起人哪！"

狗："好恩人，我小声点。可是，你得大声点，刚才，你的声音就小，我听得有点费劲。"

地下："我这苦，是给人讲不出来的苦，只能现在，给你叙叨叙叨。"

狗："在世的时候，不是有妻子嘛？"

地下："今天，我要跟你聊的，就是她！要不是她，我可能这会儿，也不会躺在这里。"

狗："咋回事？"

地下："说来话长，我们是上研究生时的同学，三年，你知道感情有多深吗？班花，在校园里，漂亮得不成，回头率那叫一个高。我把她当星星一般地捧着。"

狗爷："漂亮不漂亮的，我们狗没这个概念。在我们眼里，啥母狗都一个样。"

地下："毕业，我俩双双就来 XX 市了。我到了文化局，她进了 XX 学院。很快，我们就结婚了，半年后，她就生下了我儿子。"

新野狗："听上去，一切都好，我到现在，虽然是另两个的头，尊我为狗爷，可还没个母狗，更别说狗崽了。山里的那狗爷，才是真正的狗爷，母狗一大群，更别说崽了，多得数不过来。我正想着，从哪里下手呢。"

地下："别打插，你听我往下说，说完了，再扯你的。"

"我不急，反正还有的是机会，你说？"

地下："小孩子生出来，一切都好，活泼可爱。我把全部的心思有一大半都用在了他身上。"

狗："挺好嘛，我想用，没处用。"

地下："你听我说嗓！小孩子一次得病，一验血，却跟我的对不上号！"

狗爷："啥意思？"

地下："这还不明白吗？他就不是我的种！"

狗爷："咋回事？"

地下："我审我老婆，招了，是原来导师的。那导师是个畜生，一次借口在他家帮我老婆辅导论文，强奸了她。"

狗爷："我们狗干那事，都强奸，没个顺从的。"

地下："人跟你们狗不一样，是论感情的，不能随便来。"

狗爷："有些不太懂。感觉你说的那位导师倒是跟我们狗一样。"

地下："是的，他跟你们狗一样，强来。我老婆不敢声张，更不敢让我知道。可是，谁能想到，就那一锤子，就怀上了他的种。"

新狗爷："我们狗一般根本不知道谁是爹。一个母狗，好多公狗都去趴的。"

地下："所以，你们叫狗，我们叫人，我们是进化了的动物。知道不？"

新野狗："进化不一定是好事，本来简单的事，让你们人弄复杂了。好像还有人专们为这事寻死觅活的，矫情。我们狗，公的与母的，完了就完了。哪那么多的事，管它儿子不儿子，乐完就行。"

地下："你毕竟是狗，跟你勾通有点儿隔膜。可是，不跟你说，再跟谁说？这事，跟人不能说，就是躺在了这里，也不能让其它鬼知道了。丢人哪！"

狗无奈地摇摇头："也就你是我恩人，不然，别的鬼，跟我说这些个，我可是没耐心，听着好没意思。"

地下："你就耐着性子听吧。"

"好的，你说。我努力争取听懂你的苦，谁让你是我恩人。"

地下："所以，我就恋上了酒，天天喝，日日喝，往死了喝。"

新野狗："离婚嘛，再找嘛。"

地下："你说得轻巧，感情是一时半会能放得下的？再说，她给我寻死觅活的，我于心不忍啊！"

狗："那就一家子好好过拜。你学我们狗，不介意不就得了？"

地下："我也是这么想的，事情，过去的，就让它去。俗话说，生身不如养身重。我和我老婆约定好，这事，让任何人都不能知道，更不能让儿子知道。我就把他当亲儿子的待。"

狗："这不就妥了？学我们狗，啥就都变轻松了。"

地下："要这样就好了！那兔崽子，不知是有第六感觉还是咋的，竟然好像是知道了他真爹是谁。而且，那个狗娘养的强奸犯，还一路发达，当上了他们大学文史学院的院长，有事没事，就在电视频道上露狗脸，人模狗样地讲一些传统美德之类的。我恨得牙咬。可我儿子呢，偏偏他一出来就头趴在上边一集不落地听。一边听，还一边悄悄跟他妈夸：'讲得好，人又儒雅，有气质。看看我爹，两人就没法比。'气得我直想把那电视给砸了！"

狗爷："我有些能理解你的感受了，就是你们人常说的，吃醋？"

地下："哪有吃醋那么简单的？你真是狗，再聪明，也不能赶上我们人的思维。人心里的复杂，是你想象不到的。"

狗："你讲，我尽量想象。我是一只求知欲很强的狗，跟其它的蠢狗不一样。现在为止，你们人的很多种情感和想法我已经大致了解了差不多，今天跟你聊过后，肯定又能进一大步。人与人需要勾通，狗与狗也需要，狗与人，更需要。我那家主人，就是既愚蠢，又不愿跟我勾通，只是把我当个狗看，居高临下的。反而是到了这里，我才真真活得像个狗了。你们一个个都挺尊重我，使我有了一种价值感。感觉你们人变成了鬼，其实才聪明些，个个知道自个是个什么东西，才肯放下身价来，跟我们狗平起平坐交流，甚至还要尊高我们一筹。"

地下："别扯远。有一天。我竟然在他卧室外，偷听到，他正跟他妈唠，说：他长得很帅，一点也不像我，倒是很像那位狗导师……我当场，就晕瘫在沙发里。"

狗爷："你们人，就是跟我们狗不一样。谁的崽，就是谁的，不允许弄错。老的也这么想，小的也这么想。"

地下："你说得对，也不对。老的小的，都看对方能耐。有来头，知道了打死也认，混得怂，知道了，打死也不认！"

狗爷；"就是所谓认位认钱不认人？"

地下："对头。考大学时，他扭着我，偏就报了他那个狗爹的大学，而且专业也是他那狗爹的学院，没把我气疯。"

狗爷："你左一个狗爹，右一个狗爹的，骨子里，还是觉得你们人高我们狗一等，骂谁，都是拿他作我们的爹。"

地下："气急眼了，别介意，以后，我改。你听我把话说完。结果，他就真报了他狗爹的学院，真就去了。所以，你们几条狗那时到我家，我对你们挺好，真是心里空落，把你们当狗儿子的养啊。为啥你来就来，走就走，我也不拦。人儿子，想走，都挡不住，更何况狗儿子！"

狗："我全听明白了，恩人。地上，你失去了儿子，现在在地下，你就认下我这个狗儿子。虽然不是你亲生的，但我知感恩，我不乱跑，我天天陪着你，给你解烦闷！只是，骂人，别再拿我们狗做比，其实我们狗比你们人好得多得多。你哪天想骂我了，将我骂成人。"

地下，传来泣声："至理啊！"

十　乔迁之叹

墓群里，一拨人折腾了好些天，新建一座墓，新起一块碑，往上边放了好些祭品，其中有不少好吃的，还有酒。月明星稀，狗仨又来到了这座墓碑下，饕餮上了。

吃喝正酣之时，突然地下又冒出一句："馋啊！"

几条狗惊一跳，狗爷镇定，问下边："你是谁？"

下边："刚从下边那块迁过来的。"

狗爷："馋有啥办法？你就听个我们咬肉喝酒的响声就行了。"

地下："多少年，都没有这么丰盛过了。"

狗爷："咋，以前，你的子女们没给你上过坟吗？"

地下："上是上，凑合一下，做个样子。"

狗爷："为啥？"

地下："儿女们家境都不是很好，下岗的下岗，吃低保的吃低保。有一个，还在靠捡废品补贴家用。"

狗爷："那迁什么坟？这里是高档墓区。"

地下，"儿女们的面子。每次上坟，都在吵吵，说是以前很不如我们的人家，都将先人迁出了那块老坟地。也确实是该迁了，跟这里相比，那就是一'棚户区'，埋的全是最底层的人。我的前后左右，不是牵着驴车卖豆腐的，就是订鞋、搓澡、给人修脚的……"

狗爷："那就到左边那个一般人的'经济适用墓'去嘛，肯定比这里便宜得多？"

地下："你知道我以前是什么人吗？"

狗爷："啥人？"

地下："厂长，XX 大公司的。"

狗爷："哟，难怪！哪为啥当初不直接葬在这里？"

地下："当初，不是只有那一片墓地嘛，根本就不分什么贵呀贱的。这都是后来这一二十年才搞的景。"

狗爷："这里，看上去风光，面子货。其实，墓碑挨墓碑，风都透不过，有啥好凑的？人，我看不如我们狗。我们是哪舒坦哪跑，你们人是哪热闹，表面风光往哪凑。"

地下，"你这话说得也在理。其实，在原来的'棚户区'，最好，宽宽敞敞，没遮没挡阳光好，空气透。"

狗："那你儿女们咋想？经济条件又不好，听上去你也喜欢在那边，为何要来这遭罪？"

下边："儿女们有个心结。"

狗："啥？"

地下："知道前几天刚刚上了吊的那个 XX 公司助理吗？"

"知道，前几日，在他坟头上，还跟他聊得热乎。"

地下："他告诉了你他的历史吗？"

　　狗："没有。"

　　地下："最早，近三十年前，他是从新疆兵团招来的。那时，我当车间主任，看这娃可怜，是个孤儿，肯吃苦，也能钻，听话，就常常将他带到家中去给口饭吃。工作上，也多有照顾。这娃也争气，表现突出，我就把他提了起来。先是班组长，后是工段长，再后来，我到厂里当了副厂长、厂长，又把他提成了车间副主任、主任。就在这时，我突然就病了……"

　　狗爷："你讲的这一大圈，与你这迁不迁坟的，好像扯不上什么干系？"

　　地下："有关系，你慢慢听。这小子真还是我没看走眼，这不，就一步步地往上升，最后，竟然爬到了公司助理的位置。"

　　狗："这不挺好嘛，你的儿女们，应该也跟上沾光？"

　　地下："沾个屁，儿女们对他意见大了去了。这次他吊死，儿女乐坏了。他如果这次不上吊，儿女们还犹豫。他一上吊，儿女们才动意，这坟非迁不成。"

　　狗："为啥？"

　　"儿女们心里不平衡，他算啥？当初来时，在我们家蹭饭，是我一手把他提起来的，没有我，哪有他的今天？凭啥他死了，还要进这高档墓区，我却还要在那'棚户区'里呆着？所以，才迁的。为迁这坟，几个儿女东挪西凑，紧坏了，两个孙子还都拿了钱。你想想，年轻人，现在，哪个不贷款买房？却要给我分出钱来买墓地，实在是让我心里不忍。"

　　狗："那你当初也是个厂长，怎么没把自个的儿女们安排好点，弄得他们一个个下岗的下岗，吃低保的吃低保？"

　　地下："不能怨我呀，自个不争气呀！当时，都安排他们一个个好工作。可是，他们自个不上进努力，我有啥办法。我要活着，可能还能跟我沾上光。我一蹬腿，他们一个个全完，混得是一个比一个差。"

　　狗："不去找找那公司助理？他按理说是应该帮一把的。"

　　地下："症结就在这里。人家不是没帮，帮了。可是，不能没完没了呀。一家子四五个，有个大小的事情，就去求人家。不但自个的，三亲四戚，五朋六友的，也去。最后，把人家可能也找烦了，纯粹就开始躲了，躲了几次，就把我老大给惹下了。一次，他明明在办公室，可是，楼下门卫就是不让老大进去，说是他不在。一会儿，他开着小车出来，我老大看见了，隔着窗给他摆手，可是，人家把头一缩，摇上车窗走了。以后，打电话，根本不接。老大是个火爆脾气，一次，专门睹在公司门口，指着鼻子，将人家骂了一通。从此后，一家人就跟人家有了过节。"

　　狗："人啊！"

　　地下："你以为呢，你们狗，那有我们人活得这么复杂。"

　　狗："跟你一席话，更加坚定了我以前的看法：完全彻底明天了你们人要养我们狗的原因了。"

　　地下："说说？"

　　狗："我们，是对你们人无条件地忠诚。而你们人相处，是有利益诉求的，是图回报的。一但满足不了，这种关系就完完。没有哪个人对自个的恩人忠心耿耿一辈子，狗却能。说穿了，你们人养我们，其实，很大程度上，也是为了你们自个的需要罢了。"

　　地下："你比我那些儿女们聪明！"

十一　正面反面

今日是鬼节，来上坟的人真是摩肩接踵。

傍晚，狗爷好奇地跑到一个墓前，跟地下的聊上了："我发现，今天到你这来的人真是不少。"

地下："刚死嘛，自然来的人就多些。"

狗："但我发现，好些个本来是上别的墓葬的人，也跑到你这边来瞧两眼，还对你的一生评价两句。"

地下："我是个知名人物。"

狗："我也听出来了，好像你生前是个知名私营企业家。"

地下得意："是的。"

狗："但我发现，他们一个个对你的评价大相径庭。"

地下："说说？"

狗："说你好的，夸你夸得一朵花——从小孝敬父母，尊敬师长，刻苦学习，努力上进。成企业家后，又捐资助学，帮危扶困：为村里修学校；为乡上修公路；为县上办养老院；为市里建公园。满大街的宣传栏里，都贴着你的事迹与头像。说你不好的呢，骂你是猪狗不如，嫖女人，在外边养着好多个，光私生子就八个。说你之所以能搞这么大，全凭行贿。还攀上了一个主抓工业的女副市长，好像两人还有一腿。说你从小就横行乡里，欺软怕硬，爱耍流氓。十五岁就进少管所，十九岁进监狱。后来经商办企业，也是极不讲信誉，经常拖扣工人工资，欠别家款不还。大过年，都跑出去躲债。这听上去，简直是天壤地别。哪一个是真实的你？"

地下："两个都真实，一点都没错。"

狗："那为什么有人要说你好，有人却说你坏？"

地下："需要与情感。"

狗："咋说？"

地下："需要我和对我有好感的，说我好的一面；不需要我和反感我的人，则挑说我不好的一面。"

狗："试举一例说明？"

地下："那个大夸我的，儿子媳妇女儿女婿外甥侄子全在我厂子上班，我几乎养着他们一个大家族。那个骂我骂得最狠狗屁不是的，是工作不得力被我开了的。"

狗："你们人，真他妈的太不客观了。我们狗，咋的就是咋的。"

地下："所以，你不要太相信哪个人在你面前说好，还是在你面前说坏。"

狗："你说的是极端的例子，我还听到好些对你的评价呢。"

地下："你听到的好的评价据多，还是坏的评价据多？"

狗："似乎是正面的评价要据多的多一些。"

地下："这就对了。"

狗："为啥？"

　　地下："你刚才不是听他们说，满大街都贴着我的事迹与照片？"

　　狗："宣传的力量？"

　　地下："你真聪明，一下子就猜到了。满大街都在宣传我的好，谁不认为我好？靠他那一张烂嘴，能把我污到哪去？相当于一加一，加上十次，才能有十人听到他的。说我好的，相当于十的 n 次方。你说哪边作用大？"

　　狗："问题是，为什么，大部分的人，他就要相信墙上宣传你好的哪些呢？"

　　地下："你以为，大部分的人，都像你一样，独立思维？都是道听途说，以讹传讹，懒于思考。你看看，前一段，揪出来的那个我市的大贪，没揪以前，广播报纸电视，夸得他这好那好，好得成了圣人。弄得大街上，人人都是赞他夸他的。揪出来后，罪名一罗列，我的天，比狗屎还臭！"

　　狗："你们人怎么一骂起人来，总往我们狗身上扯！你刚才还夸我聪明来着。我们狗身上，有好多你们人身上所不具备的优点！"

　　地下："啥优点，说说？"

　　狗："其它，你也知道，我就不多说了，就说这嗅觉吧，你人就没法比。你看这人写的小说，就像根肉骨头，没做熟之前，你们人，有几个像狗一样，能闻出它的香味的？"

十二　医生诊疗

地下：“来，聊聊。”

狗：“你这算加塞，有六个在你前边先排着队。”

地下：“不行，实在等不及了。不然，今晚，又得失眠。”

狗：“没听说鬼还睡不着觉的。”

地下：“呃，自打入葬以来，我整宿整宿睡不着。”

狗：“你生前干什么工作？”

地下：“医生。”

狗：“哟，白衣天使，受人尊敬。”

地下：“白衣狗屎。”

狗：“又来一位，骂人就拉上我们狗。我们狗那惹着你们了？”

地下：“我问你，你们狗屙的屎是不是挺臭？”

狗：“是。可是，臭不臭的，与你想跟我聊的话题有啥关系？”

地下：“关系大了去了。医生，表面光鲜，其实，狗都不如。”

狗：“看看，又拿我们狗抬你们人。好像你们人总是比我们狗在各方面都居高一等。”

地下：“掏心窝话，我们医生，真不如你们狗。”

狗：“讲讲？”

地下："知道前年股票大跌的事吗？"

狗，"不知。"

地下："知道传销吗？"

狗："不懂。"

地下："那你知道贩毒吗？"

狗："更不懂。你们人的世界太复杂，虽然我近来了解不少。"

地下："那我就直接说，他们干的那些个勾当，和我们一比，就是小巫见大巫。"

狗："怎讲？"

地下："病人，本来很小的毛病，我们给他开大处方。"

狗："这我知道，好像就是人常说的医生按药方比例抽钱。"

地下："抽得比列之高，一般人都难以想象，抽得在北京给儿子买了房，把女儿送出了国……抽得我心直惊肉直跳！"

狗，"医德有问题？"

地下："还有比这更厉害的，你知道癌症病人一个个咋死的吗？"

狗："不治之症嘛。"

地下："可是，我们就是要给他治。"

狗："救死扶伤，是医生的天职。"

地下："狗屁，我们心里清清楚楚，是根本治不好的。而且病人一个个被治得极其痛苦。"

狗：“又扯上我们。那为啥还要治？”

地下：“为钱呀。一个病人身上，就可以捞几十万！说医德问题，简直就是赞美我们。杀人，懂吗？我们这行，等于就是直接杀人。”

狗：“你讲的这些个，我其实以前早听你们人讲过。我明白你的心结，说自个杀人，是心里极其内疚的自责之词。良心上过不去得厉害。”

地下：“你是聪明，跟其它狗不一样。难怪那么多的鬼都抢着跟你聊，还要像我当年看病人时一样，预先排队挂号。”

狗：“别贫嘴。这会告诉我，你是咋死的？”

地下：“每天，都做噩梦，梦见被我整死的那些个病人，前来向我索命。一天，梦见一个往我心口重重捣了一拳，就再没醒。”

狗：“噢。”

地下：“来到这里，发现有不少我过去治死的病人，心里就又疚起来，整晚睡不着。”

狗：“听你这声音老熟，我想起来了，以前在我愚主人家里，好像电视上有你一个讲座，专门介绍癌症病人化疗的必要性与操作规程。我那个愚主人还说你讲得好。”

地下：“当时去电视台做节目完全是为我们医院多拉些病人，也是为我个人增加点人气。你主人他哪能想到这些。”

狗：“他是个傻子。”

地下：“我是个骗子！”

狗：“别再自责。我问你，你跟我聊的目的是什么，是倾倒一下心里的垃圾就完了，还是有其它的奢求？”

地下：“也就是给你倒倒，你一个狗，还能帮助我什么，助眠？”

狗：“你还别说，我到这里来，也很有些时日，跟不少鬼聊过了，懂了好多好多你们的心思，知道咋给你们一个个解心结。”

地下：“我叫你来，是真的很闷，别把你自个看高了，你不过就是一条狗。”

狗：“告诉你吧，你得的是一种道德瑕疵强迫症，非常好解。听完我的，保谁你当晚就放下包袱，睡个好觉。”

地下：“扯蛋，我不信。”

狗：“我问你，你是不是生在一个知识分子家庭？”

地下：“是，我家三代中医世家。”

狗：‘你父亲是不是从小教育你悬壶济世，就是病人没钱，也得治病救人。更别说绝不能坑骗病人？”

地下大骇：“对对对，我爷爷、父亲，都是这么从小教育我的。”

狗：‘这就根子找着了。你后来所干的一切，跟你的爷爷父亲从小教育你的，截然相反。可是，你又不能改变这一切，而且，还从中得到巨大的利益，与从小所受的教育发生巨大的冲突与反差。所以良心受不了啦，所以，就发生了后来的一切，直到现在躺在这里还睡不好觉？"

地下："你说得太对了。可是，又有什么好的办法解决我这一心结呢？我有点对你刮目了。"

狗："有，你听我给你慢慢解：那些贪官，一个个，比你占得多吧？像你这样，良心自责做噩梦把自个做死的有木有？"

地下："你这好像说服不了我，有点儿扯不着。"

狗："好，我再给你来第二副心药：各种台面上风光的行业，其实都在干你们医生相似的勾当，只不过，曲折绕个弯罢了。"

地下："咋讲？"

狗："那些昧良心的教授们，四处为挣钱赶讲座，屁屁屁，把社会吹得天花乱坠，哄得学生激情澎湃。学生一进入，发现不是那么回事，这也碰壁，那也撞墙，彻底失望，割腕了，跳湖了，你说这算不算诈骗？"

地下："似乎能扯上点干系。"

狗："一些政府官员，没钱还想搞政绩，上大工程，把一个个项目层层承包下去，结果工程烂了尾，农民工讨不到工钱，跳楼了，摸高压线了，这算不算变象杀人？"

医生："有启发。以前没想。"

狗："一些公检法，直接整冤案毙人，报道的不是个别。"

地下："听你这一讲，我倒是有些释怀。"

狗："现在的好人与坏人跟原本传统意义上的，根本概念不一样了。越是体面的，高高在上的，杀起人来，不眨眼，而且不受法律追究。刚才所提的那些什么教师了，欠农民工工资的，搞了冤案的执法部门的干部了，他们一个个疚不疚，晚上睡得着觉？"

地下："不知道。"

狗："等等，还有第三副。全国的医生，都是在这样做，还是只有你一家医院，你一个医生在这么干？"

地下："当然是全国的医院和医生都在这么干。"

狗："越猛的药，越在后边：你平日里，吃没吃过苏丹红辣椒面、地沟油油条、注了色素的西瓜、刚喷完农药就拿来上市的疏菜，等等等等？"

地下，"肯定有了。"

狗："我再给你开最猛的一副药：你承认不承认，每一个小贩卖菜的秤，几乎都做了手脚，全都短斤少两？"

地下："我想几乎是吧。你的意思，他们也在反骗，反害我？"

狗："所谓量变质变。你的死，也不可能只是因为内疚，做梦病人给了你心脏一拳那么简单，肯定与你平日里吃的这些个垃圾食物、吸的脏空气、被污的水、毒化的社会风气……等等有关。把血管、免疫系统、心情什么的全搞坏了。任何一个你治死的病人，都有可能在你的死因上担着一份责任。"

地下："我的妈，跟狗一席谈，胜读十年书！"

狗："难道开了这么多味药的'大处方'，还不能使你心结大开，今晚睡个好觉吗？"

地下："当了一辈子医生，看了无数的病人，今天，遇到了真真的高手！诊疗费多少？"

十三沙锅老板

地下：“来，聊聊”

狗：“排队了吗？”

地下：“今天就轮到我。”

狗：“噢，这一向找我聊的鬼太多，有些忙晕了。叫啥，多大，生前职业？”

地下："XX, XX，开沙锅店，后来，看股市来钱快，所以，就在店里放了台电脑，兼炒股。”

狗：“噢，炒得咋样？”

地下：“刚开始行，真还是比沙锅店来钱快。”

狗：“长话短说，我还忙。怎么来到这里的？”

地下：“前年，大牛市嘛，融资，几倍的杠杆。结果，股市大跌，过了线，被券商强平了仓。十几年的血汗钱全赔光，心里承受不了，在证券公司五楼上，跳了下来。”

狗：“你还挺了断的。”

地下：“不了断不行，还借了一屁股的债，全是高利贷，债主屁股追得不成。”

狗：“你这一说提醒了我，我原来的主人也炒股。”

地下：“炒得咋样？”

狗：“不太清楚，一阵儿傻笑，一阵儿傻哭，一阵儿两口子吵架。”

地下：“一听就是个外行。他看股票书吗？”

　　狗："不看，就是每天听听电视上的专家评股荐股。"

　　地下不屑："股票市场尽是这些个二百五，啥都不懂，还想挣钱。天上能掉下馅饼？"

　　狗："听上去，你懂，下了功夫？"

　　地下得意："不在你面前吹，小时候，我们那疙瘩，十里八村，谁不知我好学聪明？只可惜，家太穷。没办法，所以没考大学，到你们这里来，开沙锅店。几年就发了，又把自个弟也弄过来。可是，那家伙，最不爱学习，还也想在股市上挣大钱，被一个常来店里的吃货呼悠了去专坐在证券公司炒股，赔得一塌糊涂。还跟上那小子绑架杀了人，几乎把脑袋都打了。现在可能还在大牢里蹲着。"

　　狗失声叫出："哪里呀，人家去年就出来了！我听我主人吵吵的，都成了这市里的大新闻。他买的一只什么股票，在他坐牢其间，翻了三十倍。找了个证券公司的年轻姑娘，买金买银买别墅买汽车，把好多人羡慕死了，说这牢坐得真值。如果不绑架，不坐牢，手里的股票百分之百早打了。他那个前妻，好像还追着屁股要跟他复婚，跟那个证券分司的姑娘打得一塌糊涂。"

　　地下失声："这个婊子，果然认钱不认人。当初，他就是看我弟赔光了，才抛弃我弟嫁给我的。我弟，那就是一混混！"

　　狗："听上去，你对我家主人，你弟，都很不屑？"

　　地下："他们懂股票啥呀！他们知道江恩理论吗？知道趋势理论吗，知道波浪理论吗——那号称是天才写了给天才看的，我把那书都翻毛了。"

　　狗："可是，你现在在这里躺着，我家愚主人，这会儿可能正在电脑边喝着茶水看着盘。你弟，就更不用说了，证券公司都请他去给股民作过一次投资诀窍的报告，题目就叫：'蹲监炒股法'。"

　　地下："妈日的他有什么狗屁窍，他的窍就是套深了，绝望了，走歪门斜道去绑架杀人！"

　　狗："你不管如何评价他，人家现在人五人六，你在这儿躺着。听我家主人说，听完他的报告后，马上就有几个小年轻，专门挑着买了几只已经戴 st 帽子的股票，然后，就去照着你弟的法子偷人抢人。说是：大不了坐几年，年龄赔得起。出来，还年轻，就有钱了。如果继续在外边炒，说不定，就学了你，赔个一塌糊涂，被逼着跳了楼，啥都捞不着。"

　　地下："弄了半天，我最傻？"

　　狗："自打到这墓园来，也有些时日了，我和你们好多鬼都聊过了，好像各行业，都流行一个词叫'逆淘汰'？"

　　地下："没在世时认识你。"

　　狗："没用，活人听不懂狗话。而且一个个傻不啦叽又自以为是。只有变成鬼，经我提醒，才知道自个是个什么玩意。"

十四　老友之评

　　狗爷对两个属下说："老在这墓园里呆着，有些闷，再说，老吃这些人的祭品，也吃得有些单调。今儿个我领你们去到外边转悠转悠，找点其它吃食换换口味。"

　　只听地下一片叫声："正想跟你聊呢，好不容易排到了。"

　　狗爷："人都有周末，是不？我也得歇息歇息。"

　　地下一墓穴传出声音："上哪？"

　　狗爷："想到迎宾湖去。春天来了，景色一定不错。再说，那公园里有一山丘，有一窝猫，有一人天天拎一大包鱼下水去喂，我过去就也能跟着蹭吃上一口。这些日子，尽跟你们唠了，今天也馋那一口。"

　　地下："那人我知道，是个牛皮匠。"

　　狗："我现在跟你们聊得也不少了，你们人都很主观。我一般不太信你们随便说哪一个人好，那一个人坏。"

　　地下："在山丘下有一拨人，全残疾，去了替我听听，有没有说我坏的。"

　　狗："我刚刚都说了，人的话，我狗都不信，你还信？"

　　地下："去，帮我听听。我们人跟你们狗不一样，特别在意名声。"

狗：“我知道你们那一拨人，以前，我躲在后边山坡树林晒太阳时，也听你们呲呲。每当一个人没来时，就遭其它人埋汰。”

地下：“所以，我才让你给我一定听一下。以前，一天不去，都遭埋汰，更何况，现在，我永远也去不了了。”

狗：“你都永去不了了，还在意他们说你好还是坏？说你好又能咋样，说你坏，又能咋样？”

地下：“你看那些历史人物，好的，像孔子，就代代被人尊奉，坏的，像秦侩，就代代被人唾骂。”

狗：“挖出来，都是一堆烂骨头。”

地下：“你总是不能理解我们人的这种心理需求。不说跟孔子比了，总得给儿孙们留下个好名声。他们还在世上活人，是不是？”

狗：“这么说，我理解。好，我替你听听。”

狗夕归。

地下急不可耐问：“听到了没有？”

狗：“听到了，全是在说你。”

地下：“都说我什么？”

狗：“说你好的，几乎没有，全是在说你坏。”

地下气恼：“谁说我最多？”

狗：“拄单拐的。”

地下大愕：“不可能吧？我和他是发小，后来又进同一厂，关系铁得啥似的。我撂倒的前一天，还请他在我家吃饭。”

狗：“爱信不信。我常听你们人有个比喻，睡在身边的赫鲁晓夫什么的。”

地下：“快讲，他都说我些啥？”

狗：“说你生下来就没肚脐眼。”

地下：“放他娘狗屁！我趴开裤子让他看看？”

狗提醒：“咋扒？你都变成灰了。”

地下：“快说，他还编排我什么？”

狗：“说你鸡鸡比别人小很多。”

地下：“这个狗日的，我找他去！”

狗：“别骂我，他不是我儿！我刚才已提醒过你，你是再也去不了了。”

地下：“接着讲！”

狗：“说你小时候，为趴女厕所，掉进茅屎坑里了。”

地下：“这个狗娘养的，谤我也得有点谱！那是有一次，我跟他趴墙头去偷摘干部家属大院的杏，不小心从墙头上滑下来，掉进去的！还说我啥？”

狗：“说你上班时，用饭盒经常偷单位里机床车下来的铜沫带出来，卖给废品站。”

地下：“我操他八辈祖先人！这是我们两个共同干的！而且，当初是他出的主意！”

狗：“谁出的主意，是能说得清楚的？”

地下：“咋说不请楚！我要跟他对质，这个狗操的。”

狗：“我再一次提醒你，注意用语礼貌，我不是他爹。”

地下：“对不起，真是气糊涂了，接着讲。”

狗：“再不敢讲了，我怕把你又气死过去。”

地下：“没事，你讲，我控制着点自个。”

狗：“他说严打的时候，你因偷看黄色录像，被押上游过街。”

地下半天，爆出一句：“这个狗操的，当时，我明明白白告诉他，是我插队时的知青XX，他竟然将这事也扯到我头上！啥目的嘛！”

狗：“没目的，我看他也就是随口乱说。”

地下：“接着说，全说完，看他这狗嘴里，还会吐什么象牙！”

狗：“　我刚才已经提醒过你了，你一直在骂我。”

地下：“好好好，我注意，对不起。快说，快说下边的。”

狗：“你一定得有点涵养。”

下边：“好好，你说。”

狗：“我怀疑我说出来，你会挺不住。　”

地下：“说！那么埋汰的，我都挺住了，还能再埋汰到哪去？”

　　狗："他说你儿子啥本事都没有，娶了个鸡。结婚后，还靠媳妇卖 X 养活，你也跟着蹭。孙子从娘胎出来，就有性病。"

　　半天，听不到声音上来。狗叫了几声，都没反应，叹："又气死过去了！"

十五 父子之间

地下：“来，聊聊，终于轮上我了。”

狗：“报上姓名，什么职业，职务，生前？”

地下“××，××，×××．”

狗：“又是一位当领导的。聊什么，说？”

地下：“有件事，入土以来，一直放不下，死不了心。”

狗：“说。”

地下：“刚才说了，在世时，也是个不大不小的头儿嘛，但很有些实权，说老实话，也捞了不少，外边包养的情妇也不少，有些个乱。一天，我儿子领来个女的，说是刚谈的对像，让我见一见。我一见，吓一跳，这不是我其中的一个？场面有些窘。对方也能装得住。

走后，我说：‘儿子，这对象不对找，另换个。’

儿子不肯。非要让我说出个不要她的理由。我总不能说她是我情妇，刚刚不久前，还上过床，就拿其它一些个理由去搪塞。我说：‘对方长得不太漂亮，配不上你。’

儿子反驳：‘我认为很漂亮。’

我说：‘对方身材不太好。’

儿子却说：‘到哪再找这么好身材的去？爸你是不是眼神有毛病？’

我说：‘对方有点儿不大方。’

儿子却说：'那叫文静，好性格，我不喜欢咋咋乎乎的女的。'

我说：'对方家庭条件一般，门不当，户不对。'

儿子反驳：'爸，都什么年月了？我看上的是她，又不是她家。再说，凭咱家的条件，她家好不好的，又能咋的？'

反正是死了心地要娶。

背过儿子去，我又给我那情妇做工作，她却说：'你傻呀，有和你儿子这名头，我跟你不是更方便了？'

整得我没折。两人硬是结了婚。结了婚，就生了子。你想想，这种关系，在一起生活，哪有不露馅的？儿子知道了，整天不依不饶地凿，一直将我凿到了这里。"

狗："既然这样了，哪你还有啥解不了的心结，是跟儿子吃醋？"

地下："吃哪门子的醋？我总是心里琢磨，生的小孩，究竟是我儿子，还是我孙子？"

狗爷几乎跳起来："你这一说，我突然想起，前几天，我们去迎宾湖，在马路牙子上，一个算命的正给一个年轻人算命。我向来对这种骗子骗傻子的事挺有好奇，就凑上去听。算命的也是先让报姓名年龄，我记得清清楚楚，和你一个姓，问的是跟你一模一样的事——媳妇生下的，究竟是他儿子，还是他弟？说是这事，没办法去验血，也不好给别人说，只好请算命先生来一卦。"

　　地下："这个狗操的，他也一直在惦着这事！"

　　狗："你们人，就是矫情，儿子孙子的，又能咋的。我们狗从来不管这些个。"

十六　新兴行业

　　赔了股票跳楼的砂锅店老板："那算命的，知道是谁吗？"

　　狗："谁？"

　　地下："是我上学时同桌。"

　　狗："咋回事？"

　　地下："你们昨日聊，我在一旁支耳朵闲听来着。你说他是骗子，所以，我就没插嘴。"

　　狗："难道他不是骗子？"

　　地下："他是在骗人，可是，你不知道他是怎么当上骗子的。"

　　狗："咋当上的？"

　　地下："其实那家伙学习比我还好，所以，就去考了个师范学院。家里也穷得叮当响，上大学，都是他妹供的。"

　　狗："她妹挺有钱，干啥？"

　　地下："也不是挺有钱，但要比农村呆着的强多了。"

　　狗："在城里嫁了个有钱的主？"

　　地下："没有，干那事。"

　　狗："啥事？"

　　地下："你们狗一般不干的事，所以，给你解释起来很费口舌。"

　　狗：“具体干啥嘛？我跟一般的狗不一样，悟性自认为挺高。”

　　地下：“躺着挣钱。”

　　狗：“躺着挣钱，咋挣？”

　　地下：“你看，不懂吧？你就别细问了。我们那疙瘩年轻点的，好多出来干那事。当然，也有跟男的合伙出去干别的事情的，但，也是属于那种见不得人的生意。”

　　狗：“啥生意？”

　　地下：“比如：从崖头上捣下个蜂窝，买点红糖，用米糠什么的，再加点明矾，熬几下，结成块，黄亮黄亮，到城里，把那蜂窝和黄亮黄亮的玩意，用个挑子挑上四处转悠，说是上好的野蜂蜜。”

　　狗：“能有人买吗？”

　　地下：“有的是，城里人怕死，都想多活，所以，虽然有文化，其实特好骗。他们三五个，结成一帮，装成互不认识的过路人，有的装砍价，有的装品货。你夸一口，我买一块，就吸引人凑一大堆。他们装买了，一个个离开去。路人中，有人看着别人都买了，也就跟着买。他们几个兜一大圈，就又绕回来，将之前‘买’上的‘蜂蜜’块，重新倒回箩筐里。”

　　狗：“我想起来了，那天算卦的不远处，好像就是有一群人在围着买蜂蜜。”

　　地下：“他们都是一块的。”

狗：“这样说下来，你们农村人倒比城里人聪明。”

地下得意：“没给你说完，你耐心听。还有一类，是乞讨的。将家中最破的衣服找出来穿上，脸上抹点锅灰，然后，多少天也不洗。找张白纸，写点内容：‘上有八十老母在堂，下有重病小儿躺床……’什么的。有些半大小子，则背个书包，放个假大学录取通知书，说是交不起学费，或是姐姐弟弟的，得了白血病，正躺在家中等死，跪大街上。等日头落西山，这几拨人就汇到一起，换了衣服，该吃吃，该喝喝。有时，也会聚到我砂锅店去搓。日子过得那个滋。有时，都让我生艳羡，要不是比他们有点文化要脸面，真想跟他们去干。哪像开店，又累人拴人，心里负担又大——说不定，这会儿，一伙就大耍呢！我却早早儿躺在了这里。人生，真是魔幻得很，说不来。”

狗：“刚才是在说你那个同桌，你话题绕了这么远。”

地下：“我就是在说他。你没听出来？那拨人中，就包括他。”

狗：“你不是说他去念大学了吗，怎么又回头来干这个？”

地下：“上了个很一般的师范学院，外边咋都找不到工作，只好回到村子里，当乡村老师。”

狗：“也挺好的嘛，造福桑梓的事。”

地下："狗屁桑梓，那都是人吹出来的，有几个那么高尚的？没背景没能耐才去山沟沟里当孩子王。"

狗："你们人的世界，就是复杂。我们狗看上去挺好的事，你们人看着不好；我们狗看上去不好的事，你们人看上去挺好。"

地下："别贫嘴，听我说——眼看着村子里，年轻点的，都快走空了，而且他工资低得可怜，又从城里不断传来这些人的消息，活得如何滋。经不起这帮人'钱多，人傻，速来'地反复催——他上学时，也看了些易经八卦之类的书，就扔了教师的饭碗，来这里，把自个头发留起来，披在身后，整把破扇，弄两本黄历之类的，坐在马路牙子上算起了卦。"

狗："我感觉，这些年，别说你们人了，狗似乎都越来越多。"

地下："肯定的了，城市化嘛，大势所趋，谁呆农村谁是二傻子。狗也一样。都赶着紧的往城市涌。哪有那么多合适的工作？所以，就催生了好多上边这些'新兴行业'。"

狗："这些人，不是毒害社会嘛？"

地下："胡说，现在，有没有强奸犯了？过三十年，听说北京上海的，整车皮的装上往新疆戈壁滩上送。卖假蜂蜜、算命什么的，是骗人，可是，他们还都给管理部门缴着一份税费呢。就说我们那村小学，每年，还都能得到这几部分人的捐款——躺着挣钱的，捐得最起劲，毕竟，一个个，都是自个家或是姊妹亲戚的小孩子。"

狗骇："他们一边骗人，乞讨，干不正当职业，一边还把得来不易的钱捐给学校？"

地下："傻吧？毕竟是狗。世界是复杂的，人是多面的。

十七 狗也开会

野狗 B："狗爷，我们要求今天开个小会？"

狗爷："为啥？"

小狗 B："你一天跟这些个地下的聊得美的滋的，我们一句也听不懂，把我们晾一旁，好无聊。"

小狗 C："B 哥说得对，我们也是狗，你也是个狗，为啥只能由你在那跟他们聊，我们傻傻地在一旁发呆？"

狗爷："噢，原来是这，说说你们的诉求。"

小狗 B："当然是要你教会我们，怎么听懂鬼语。"

狗爷噇："人语都听不了几句，还想听懂鬼语？真是异想天开！二者区别就相当于人学英语，是四级，还是八级，懂吗？要想学，就得回去让你们主人把自个骗了，世界上没有甘庶两头甜的好事。"

俩狗："狗爷你说的，那是我们能回去，就能回去的？"

狗爷："其实，也好办。只要你俩愿意。"

俩狗："咋？"

狗爷："那活极简单，我都会干。"

俩狗："狗爷你真聪明。"

狗爷："别把他们人看神了，不就是把尿泡割开，把卵子取了，再缝上嘛。"

俩狗瞪大恐怖的眼神："太恐怖了，这不是反狗性？"

狗爷："他们人，啥事干不出来，不但骗我们狗，也骗他们自个。回答我，愿不愿意？"

小狗B："爷，你用啥方法？又没工具，不会比人使的方法更恐怖吧？"

狗爷："仰躺好了，我两爪子上去，解决问题。"

小狗C："听上去，比人的方法，好像更狗道些。"

狗爷："狗道多了，也简单得多。人，好多事情上，是自个把简单的事情整复杂，以显示他们聪明，其实，还不如我。"

俩小狗："为什么骗了就能听懂人话鬼语？不懂。"

狗爷从鼻孔里哼出两声："知道我为什么会识人话，现在又能听鬼话的缘由吗？"

俩狗："为啥？"

狗爷："我在我主人家时，特好母狗，一出去，就追。回到屋子里，一听到外边有母狗的动静，也忍不住汪汪叫着闹着要出门——这是狗的天性啊。可是最后，彻底惹恼了主人，就把我捆了，送到宠物医院给骗了。人话说得一点不假：'上帝给你关上一道门的同时，一定会给你开一扇窗'，被骗以后，烦躁无聊了很长一段时间。可是，渐渐，我就发现，我竟然开始越来越多地听懂人话起来。所谓'用进废退'。你看我这一段到墓园来，整天就乐于跟这帮鬼聊了，哪里再去想那些苟且之事？你俩可是没闲着，你以为我不知道？装不知道罢了。虽然，在你俩去嫖风时，我也有所心动——可能是主人并没把我骗干净的缘故，留了那么一点儿淫根，所以，在山上时，一下子看到那么些母狗，未免也动动心，可是，很快，就过去了。到墓园后，跟这帮子鬼越聊越热乎，渐渐，便彻底忘了那档子事。跟鬼聊的过程中，一边也学到不少，一边，也能给他们解一些忧烦。他们过去可一个个是人，管我们的，现在，不但屈下身来跟我聊，还时不时请教于我，有了一种真正当爷的感觉。这种体会是你们想象不了的。"

小 B："听上去，骗术难不成就是一种智慧术？"

狗爷："当然了，它就是人发明的，让人聪明的一种方法。"

俩小狗："咋讲？"

狗爷："知道人历史上有个司马迁吗？就是被皇帝骗了后，写了一部《史记》；人历史上好多好多年代，皇帝就是个傀儡，实权都在太监手里握着。"

俩小狗："我们还是听着有些不太明白，为啥不管人与狗，一骗，他就聪明？"

狗爷："为啥？没骗的，下边太强，上边他就很弱。用一句人哲学的话，形而下强，形而上就弱。你看那些皇帝，三宫六院，智商就是不成。这地下躺着的一些个过去的头头脑脑，一样傻，因为活着的时候都好包情妇。你再看那些大街上砸人砸车的，几十年前搞打砸抢的，都是下边荷尔蒙旺盛，而上边脑袋瓜子极蠢。现在为啥傻子满大街？没太监了！"

小狗 B 对小 C："我是彻底听明白了，其实为听懂个鬼语，把自个变成个狗太监，不值，趴母狗多快乐呀。"

狗爷："人也大多是这么想的！"

十八 人类学家

“来，聊聊。”

狗爷：“你是谁？”

地下：“我是一位人类学家。”

狗：“哟，听上去，是一位大学问家。”

地下：“是。”

狗：“你是怎么来到这里的？”

地下：“抑郁。”

狗：“不懂。”

地下：“对自个种群的一种失望。”

狗：“还是不懂。”

地下：“人——单个的狡黠与整体的愚蠢。”

狗：“怎讲？”

地下：“你最近跟我周围的一些鬼聊，我也听到一些，我发现，你虽然是条狗，倒是比好多鬼还悟性高，所以，今天才找你聊。这些鬼，我是根本不屑的。”

狗：“哟，大学问家高看我。你想跟我聊点什么？”

地下：“我想跟你聊点跟他们不一样的话题，他们尽是聊自个的屁事，婆婆妈妈的，没劲。今天，我想跟你聊‘人’，不是单个的人，是抽象的人。聊人作为整体是个什么‘东西’。”

狗：“我似乎能明白，就是不说单个某只狗，而说我们狗这个群体。”

地下："你很聪明。"

狗："你说。"

地下："你知道世界有多大吗？"

狗："不知。"

地下："我给你作个比吧。你也城里城外地全跑遍了，甚至钻了祁连山。我们生存的这块地方，叫地球，它相对于其整个宇宙来说，就好比你屙的一坨屎跟你跑过的所有地方之比，甚至它比这坨屎还要小很多很多。"

狗："我的天！"

地下："你知道我们人类在这时间长河中的历史有多长吗？"

狗："你说。"

地下："就相当你刚才添了一下狗毛的时间与你出生以来到现在的时间之比，甚至比它还要短很多很多。"

狗："我明白你要说的意思了，是说你们人在时空中，根本就不算个什么。"

地下："是的，只能算一坨狗屎——不，狗屎都算不上，只能算一粒尘埃。"

狗："可是，在我的印象中，你们人可真把自个当头蒜。"

"这正是我要说的。你知道是什么原因吗？"

狗："你说。"

地下："人离自个太近了！"

狗："咋说？"

地下："你看，面前的这一块块墓碑，是不是挺显眼的？"

狗："是，一块块还挺它妈光鲜，都大理石什么的。"

地下："可是，你慢慢离开它们，越远，是不是它就一块块地变小了？最后，是不是就连屁也看不见了，还不如一坨近处的狗屎显眼？"

狗："对。我发现你真跟别的鬼不同，说起话来，很哲学。"

地下："我跟你说的，就是这一话题。你是不是以前在你主人家，老听他说，谁谁谁是多么了不起什么的，古今中外？"

狗："可不咋的。"

地下："可是，跟刚才我说的宇宙之大和时间之长来说，是不是连个狗屁都不是？"

狗："对呀。"

地下："我还要给你说的是，其实，人还不如你们狗有德性。"

狗："我似乎能感觉到这一点，全是疙疙瘩瘩你日弄我我日弄你的。"

地下："你那是说的单个的人，其实，作为整体的'人'，更下一等。我问你，你们狗与狗之间，闹矛盾不闹？"

狗："闹呀。"

地下："最厉害咋样？"

狗："也就是相互挠两爪子呗。"

地下："人可不这样，你死我活！人的进化史，就是一部残酷的战争史。人杀的人，不计其数，是现在活着的人的无数倍。"

狗："为啥？"

地下："你们狗打架是一般争个什么？"

狗："争母狗。再就是见着个骨头什么的，争一下。"

地下："争地盘不？"

狗："以前，好像争，现在，也有这一毛病，但，也就随便地撒点尿像征一下。地盘意识早就被你们人驯化得几乎没了。"

地下，"人可不是这样，越进化，这一争地盘的意识越强化。上世纪的两次世界大战，都是这么打起来的，死的人海了。"

狗："人都死海了，要地盘有啥用？"

地下："你看看，我为啥夸你，人，他就不如你这条狗想的。"

狗："那他们最初为啥争地盘？"

地下："骗子骗傻子。"

狗："咋讲？"

地下："骗子为自个的目的，把它用一个个华美的口号打扮了，骗傻子去前方卖命。"

狗："那你们人也真是傻得可以。我们狗，看到前边的母狗与骨头，都是为自个争，而绝对不会听命于哪个狗的话去争。只是争来后，有了更强壮的大狗，才惹不起，不得不让给它。"

地下："这就是你们狗与人的一个大区别。人是会为别人冒着失去自个生命的代价去抢骨头的，这就叫信仰。"

狗："不懂。哪有为别人花上生命的代价去抢骨头的。只能说明你们人表面上聪明，其实挺傻。"

地下："你确实聪明，比好多好多的人聪明。我再问你个问题：你们狗最初没被训化时，争地盘为个啥？"

狗："为扩大地盘，有了地盘，就有了生活资源，扩大自个的种群。"

地下："你太聪明了。人也是这种想法。"

狗；"扩大自个种群的最终目的是为什么？"

地下："彻底灭掉别的种群，繁衍自个的种群。种群越大，种群中的王的权力就越大，越有权威与优越感。给他的属下显示，你看，我给你们带来了更多的利益，你们应该更加尊从于我的权威，放任于我对许许多多方方面面比你们多得多的特殊享受。"

狗："要那么大的优越感与比别人多的享受干嘛？我们狗，只要能每天啃到根肉多的骨头，母狗发情时，能有机会趴到它就满足得很了。"

地下："这就是人与狗的最大区别。人都想成为人上之人，想拥有无数'肉多的骨头'与更多的'母狗'，让别人崇拜与艳羡，进而驾控操纵他们，给他们洗脑，欺骗部下去征服别的种族，说是征服了，每人就可得到更多肉骨头与'母狗'。所以，就有了无数次的战争——'人杀人'。"

狗："听上去不可思议，目的其实很猥琐。"

地下："但口号却往往很庄严，所以很滑稽——如希特勒，就当年打出日尔曼是世界上最优等民族的口号，蛊惑了所有的德国人。"

狗："实在是一个谜。人为什么被一个荒诞无稽的口号骗得那么行动一致。"

地下："以前，年轻时，我以为，人是成为智人后才变得相互杀戮，经过进化与教育，以及生产发展了，生活资料丰富了，就不会再相互戮杀了。其实，这一想法证明是很幼稚。"

狗："为什么？"

地下："以前，我们的研究是：山顶洞人是我们的祖先。最新研究才发现，他们早就被从非洲来的另一种人类给灭掉了——它们之前，就已经灭了好多其它异种人类。我们其实就是他们的后代。而后来，后代之间，都又开始相互残杀，灭了好多同类部族。所以，人这种动物，天生就带着杀同类的基因。我们知道，基因是改变不了的。你看现在，好些国家都有核武器，而且，一些国家意识形态严重对立，战争是根本避免不了的。地球足可以让他们毁灭几千次。”

狗：“都知道下场这样惨，还要造它，你们人真是二傻子！”

地下：“傻得不是一般。往往是为了一些小利益，眼前的利益，个人及小集团即得利益，而毁了顶层利益，各部族共同的利益和久远的利益。”

狗感慨：“原来，你们人，还不如我们狗知好歹。你看，我们从来不在你们的墓园内屙屎搞破坏，不是为了不欺负你们，而是为了我们仨，有一个共同的良好生存环境。相互间也很和谐。”

地下：“所以，我研究的结果是：人基因远远不如狗基因。甚至是所有动物中，最坏的基因！所以，虽然脑系发达，但基因决定他们必然残忍，对同类大开杀戒，那怕同归于尽，共同在地球上消失。”

十九 早夭才子

　　见天，一对老夫妻，来到墓园。带着些纸钱，带着些吃食，在一墓碑下，一边烧，一边抹泪，一边咒骂："今天给你带这些来，你好好吃些吧。有些时间没送来了，饿着了吧？钱够花不？那边的通胀咋样？我今天带来的票子面额更大些。我想，你们的通胀速度应该是赶不上我买的纸钱的数额的。你这个不懂事的王八羔子，世上最傻最傻的傻瓜，你怎么能忍心抛下我们俩，就那么去了。你知道白发人送黑发人的心酸吗？你这个挨千刀的！我们培养你一场多不容易！"

　　俩老人走了，狗爷带着俩小狗，一边前来啃坟头上献的猪蹄，一边好奇地问下边："咋回事，你爹娘一边给你上坟，关心你吃，关心你喝，关心你冷，关心你热，关心你钱够不够花，一边又狠歹歹地骂你？"

　　地下："关心即摧残；爱你即奴役。"

　　狗愕；"咋回事，你这娃不识好歹？"

　　地下："聪明是最大的愚蠢；人生是最大的骗局。"

　　狗："又遇到 一位哲学家。"

　　地下："无知便动力；奴役便自由。"

　　狗："不懂。"

　　地下："时光如风一般逝去。当下的的生命，正经历着死亡与重生。"

　　狗："我不知道你想说什么？"

地下："我们早已忘了知觉，忘记你我还有呼吸。这不是无我更不是忘我，而是迷失了心的方向。回家的路会越走越远。"

狗"你尽扯些啥呀！"

"真正的文学只能由疯子、隐士、异教徒、幻想家、反叛者、怀疑论者创造，而不是那些精明能干、忠诚的官员。"

狗："？"

地下："别掩藏自性的光明与希望；别掩藏自心的智慧和勇敢，别让麻木与苟且，在黑暗中重负我们的生活。"

狗："实在是听不懂。"

地下："世界喜欢在荒诞里闹成个兴高采烈的样子。"

狗："？"

地下："人只有在愚蠢的时候才是真诚的，在安全的时候才是勇敢的，在免费的时候才是慷慨的，在浅薄的时候才是动情的。"

狗："？"

地下："春天的绿色在大墙外边，我们看不见的原野地里，撒着甜蜜的黄色花粉；墙内，冬日的一抹残阳，透过凋敝的枯枝，照在乌鸦的窝。乌鸦看着窝里的孩子，流下了忧伤的泪水。"

狗："？"

地下："我只享受今天这样，经过消毒的，完美无瑕的天空。整个世界都是用最坚固的，永世长存的玻璃浇铸的。"

狗："？"

地下："谁也不是单独的一个，而是我们中的一个。"

狗："？"

地下："语言的秒速总是大于思想的秒速。"

狗："？"

地下："沉重的轻浮；严肃的狂妄；整齐的混乱；铅铸的羽毛；光明的烟雾；寒冷的火焰……"

狗："今天，可真是遇上鬼中之鬼了！难怪你父母理解不了你。"

旁边地下："这是个精神分裂症患者，曾经是全市的文科状元。"

二十 社会学家

地下：“聊聊，排到我了。”

狗：“你是谁？”

地下：“我是一位社会学家。”

狗：“想跟我聊些什么？”

地下：“你之前和他们一个个聊了单个的人、在时空和基因层面的人、精神分裂的人，还和你的小狗聊了作为太监的人和不是太监的人。今天，我跟你从社会学角度聊聊当今社会的人。”

狗：“好，这个话题，想来大部分鬼都爱听。让他们顺带着受受教益。”

地下：“当下，好多人总是在忙忙碌碌，头脑里充斥着许多无用的知识，还自以为能改变轮回的命运。”

狗：“有些意思。”

地下：“好多人眼里没有其它，只剩下了一个‘钱’。每天超负荷工作，以期挣来的比别人更多。以为用自个的双手，就能得到想要的生活。”

狗：“听上去，也没啥不对的。”

地下：“其实结果恰恰相反。大街上堆积着大量过剩而无用的商品。为制造这些，又消耗了大量的资源，破坏了环境。更有好多的人，搞假冒伪劣，在经济活动中不讲信用，坑蒙拐骗，极大地降低了社会的整体道德水准。一个社会，几乎成了一架骗子机器，人人是它上边的一颗锣钉。”

　　狗："精辟，不亏是社会学家。"

　　地下；"人们无时无刻没让心闲着，到处扑捉着商业信息与机会，坐在车上，走在路上，还在用手机办公。"

　　狗："是的，你说的一点没错。我原主人家的儿子，就是这样。"

　　地下："大街小巷的商店，播放着浮躁的鼓动欲望的音乐与夸大其词的吹销。每家人的茶几上，都堆着大量的杂志与报纸。打开电视，也是大量的浅俗节目与海量的广告。微信群里，也是满天的如何能多挣到钱的励志鸡汤文章与窍门。"

　　狗："确实如此。"

　　地下："当人们行进在公路上时，又是随处可见的路边广告，吸引着众人的视线。"

　　狗："是的。"

　　地下："这些低劣的宣传与垃圾信息占据着每一个人的头脑，无形中，得到熏陶，价值观就被整齐划——一时间就是金钱，金钱就是一切。"

　　狗："似乎是这样的。"

　　地下："好多人挣到钱和没挣到钱，都要被呼悠着贷款买房买车，透支消费，成为房奴车奴。"

　　狗："你说得一点没错。"

　　地下："挣钱挣钱，消费娱乐，成了这个社会的主流价值观。谁有钱，那怕你这钱是偷来抢来骗来的，你都是大伙羡慕的对象。这些有钱人干的任何事情，都被别人追逐效仿，那怕他们的行为很不合道德。有相当的人越来越邪恶，并且不感到羞耻。"

　　狗："你讲得很有道理。"

　　地下："还有大量的文章，误导人们，要想在这个世界上活得更好，就要多交朋友，广通人脉，让他们每天都有应酬不完的人际关系。这样，当他们精疲力竭地回到家的时候，已经毫无精力去审视内心：我为什么活着，活着的意义到底是什么？"

　　狗："有哲理，有启发。"

　　地下："人人尽可能地拼命工作，工作的时间与内容占有了他们整个的大脑，阻止了他们思考生命的由来与意义。"

　　狗："深刻。"

　　地下："人们工作之余不是用来反观自个内心，而是去游乐场，尽情享爱那些刺激的项目，用这种方式来填补心灵的空虚，从而把人的真性掩埋。"

　　狗："你讲得真在理。"

　　地下："他们去看各种各样商业化的体育比赛，并且自我得意："这才是有品位的生活。"

　　狗："你说得太对了。"

　　地下："文化商人们疯狂地发行唱片与影片，以及让名星们开无数场的演唱会，把一切虚浮名利的价值观以各种潜移默化的方式灌输给众人，让他们疯狂地模仿。"

狗：“不亏是社会学家，句句都说在社会的骨髓缝里。”

地下：“最终使人越来越行走在人生的迷途！”

狗：“的确如此！”

地下：“可知结果是什么吗？”

狗：“什么？”

地下：“心在死亡！”

狗：“你说得太深刻，有人能理解你吗？”

地下：“内在的体会越丰盈 会经历越巨大的孤独 。这种孤独 只有遇上了内在更丰盈者， 才能真正与自己合而为一 。”

狗：“你是说和我？”

地下：“对！”

狗：“你是怎么来到这里的？”

地下：“赶我这部书稿，想让它尽快出版，好交清最后一笔房贷，突发了心梗。”

二十一　新来一位

　　墓园里，又新进一位。白天，好气派，来了一大帮。待晚，狗爷有些好奇，凑上前去试探问："请问你是？"

　　地下："哟，你这条狗，怎么竟然能讲人话？"

　　狗："我是一条特殊的狗，这里的鬼，都知道我，跟我成朋友了，无话不谈。"

　　地下："噢。"

　　狗："我感到老人家岁数不小了，高寿？"

　　地下："八十九。"

　　狗："哟，确实是高寿。平时是咋保养的？"

　　地下："也没有什么特殊的方法，就是心里平和，生活规律，饮食有节什么的。"

　　狗："哪是怎么到这来的？"

　　地下："学生嘛，几十周年聚会，非要请出去吃饭……"

　　狗："噢，你是位老师。不去不行嘛？"

　　地下："不行，学生的好意怎么能拂了。"

　　狗："难怪，白天看来了那么一大拨人，我还以为是位退了休的市长书记的。"

　　地下得意："今天来的学生中，就有一位副市长，是我的学生。"

　　狗："能当上市长，肯定过去是你的得意门生？"

地下："他还算不了什么，来的人中，比他厉害的还有。"

狗："哟，老人家真是桃李满天下。"

地下得意："有几个，是教授，有一个还是大学一个学院的副院长。有几个，是大款，生意做大了。"

狗："啧啧。"

地下："你说说，这样的学生来了搞聚会，要请老师去到外边吃个饭，我能不去吗？"

狗："可是，我咋感觉到，你这顿饭，似乎不应该去吃。不然，你可能也不会这么快到这儿来。"

地下："老伴前几日在医院也是这屁话，让我骂回去了。这样有身份的学生来了，我能不去？死也得去！照像吃饭，左边扶我的是市长，右边陪我的是院长，后边拎衣的是教授，前边引路的是处长。以前，我一家人过年时也去那家宾馆吃过饭，那服务员的态度真是天上地下。"

狗："风光。"

地下："当老师的，一辈子，还图个什么呢？其实，老实给你说，这几个有出息的学生，当年，在学校时，学习呀什么的，其实表现并不怎么好。我并不是很喜欢他们。"

突然，从旁边冒出一句："你最喜欢的是我！"

吓老者一跳。愕："你是谁？"

旁边："我是 xx，当年的文科状元。"

老者冷下脸来："没出息，你还好意思认我！"

旁边："金子，颠倒尊卑；官爵，魔师的道具。人生无常态，谁人能看空？杀人者，私也！被杀者，愚也！"

地下怒，对狗："他是个疯子，别理它！"

二十二　开阔眼界

月明星稀，狗爷领俩小狗从外边回返。

众鬼纷嚷："上哪去了？没你的时间，好寂寞。"

狗爷："成天跟你们在一起聊，也怪觉没意思。出去走动走动，了解外边的世界，开阔下眼界。当然，也是换换胃口，找点其它更上口的新鲜吃食。"

众鬼："狗也有开阔眼界之需？"

狗爷："当然了。"

地下，那位前几天刚下葬的中学老师："过来，我问问你，你都去哪了，见到些什么新鲜玩意？"

狗爷："我仨今去了一个市郊的度假村。其中一个显得格外不起眼，没装修，就跟农舍一样的，门上挂个破匾，上写四字——西坡草堂。闯进去后，发现，有一群不似一般游客的当地人，在那里一边狂饮，一边海聊，一会高歌，一会长吟。其中有一人很突出，把其中一个据说是从北京旅行到此的文化人，都给吸引住了，连给他伸大拇指。夸他狂放似李白，飘逸追苏轼，婉约如柳永什么的。"

地下："这个北京来的文人，也是个二百五，没见过大世面是咋的？咱这大西北的小地块，能盛下这样的人物？有本事，早都到东边大地方发展了。像前些时日我学生聚会时，扶我的那院长、教授什么的。"

狗："嘿，我正要跟你说，我听了半天，他们也提起了你，那位被夸者，还真是你当年班上的学生。"

地下愕：“他叫什么名字？”

狗：“xx。”

地下：“我想想，噢，知道他，小聪明。当年高考，就语文成绩考得还行。其它功课，一塌糊涂。所以，才老老实实在当地招工，好像当了一辈子小职员。没出息，哪能跟我上边说的那些个学生比。”又不屑：“他都念些什么狗屁玩意，你给我学学？”

狗：“有一首说是仿刘禹锡《陋室铭》的。”

地下：“念。”

狗：“菜不在多，够吃就行。酒不在好，能醉则成。斯是草堂，唯乐是真。堂前牡丹绿，周边菜色青……北京恭王府，长安华清池，西坡居士曰：请爷不去！”

地下：“什么破玩意！口还挺狂。落泊之人，都这德性。怪不得一辈子没混出个模样来。我看那北京来的，也是个半吊子货。”

狗：“你还别说，那北京来的，还说考虑入伙呢。说北京人情薄，压力大，霾忒勤，哪似这帮人活得快活。他们一帮子七八个，有的会诗，有的会写，有的会画，有的会吹拉弹唱。还号称西坡七贤什么的。这个园子，就是他们凑钱买了农家地建的。不对外，隔三分岔五，一帮人就拖家带口，来园子里，有的收拾菜园，有的开火做饭，乐上一天，傍晚才回城。旁边还有一葡萄架，他们喝的葡萄酒，也是从上边摘了自个酿的。你那个学生，劳作完了，拎着锄头进帐篷来，一边喝酒，一边吟：少无适俗韵，性本爱丘山。开荒南野际，守拙归园田。暧暧远人村，依依墟里烟……什么的，众人就给他拍巴掌。"

地下："背两句歪诗，有啥用？他给我咋没写出本《红楼梦》来？"

狗："我听他们几个还真是说起《红楼梦》了。你那学生，《红楼梦》里的好多诗词，他都会背。而且，还能将它们跟唐诗宋词的串起来。"

"他是怎么串的，你给我学学？"

狗清清嗓子："秋风惨，秋草黄，耿耿秋灯秋夜长。已觉秋窗秋不尽，那堪秋雨助秋凉。又是秋风暮雨天，栖身西坡毛草堂。剪断了，人世的功名利碌，看透了，一生的烟雨苍桑……"

地下："东施效颦。他能跟曹雪芹比？曹雪芹多伟大，他算什么！"

狗："可是，他们说，曹雪芹在世时，也是厌恶科举，穷愁潦倒了一辈子。"

地下一时语塞。

突然，从旁边地下传来感慨声："多么令人艳羡的一生啊！"

狗愕："你是谁？"

地下："原市长。我一直在听你们聊，实在忍不住，遂感慨。"

狗："为何艳羡？"

地下："我的大半生，基本都似在蹲监。"

狗："何解？"

地下："前三十年，不敢说话，后三十年，没人说话！"

狗："细说？"

地下："位上时，每一句话，都格外谨慎，思前想后。退休后，想说话没人跟你说。你想想，退休时间占人生的三分之一，可是，我基本就是每天自个跟自个说说话，怎么熬过来的？而我听你这位老师的那位不得意的学生，却天天有人说话，呼朋唤友，劳作吟诗，胜似神仙。在我看来，就如天天过大年！所以，哎，人生，什么叫值，什么叫不值？什么叫成功，什么叫不成功？"

二十三　狗脑残

月光下，狗仨自个聊上了。

狗爷："这一段只顾了跟他们聊了，今儿个跟你俩好好聊聊。"

俩小狗："聊啥？"

狗爷："我上次说了，不要以为我尽跟他们聊，你俩嫖风打浪的事，可是没逃过我的眼睛。交待，结果咋样，还一个个在来往吗？"

狗 B："狗爷，说来心酸啊！"

狗爷："何？"

狗 B："我那相好，跟我勾搭后，下了一窝崽，结果，全被主人活埋了。我听了，心那个疼！"

狗爷："你相好是不是金毛？"

狗 B："哟，爷你都知道？"

狗爷："废话。你知道他们为什么要把崽全埋了吗？"

狗 B："为啥？"

狗爷："知道你是什么血统吗？"

狗 B："不晓。"

狗爷："知道有人专门在农村办场养大群的狗吗？"

狗 B："为啥？"

狗爷："为吃！我咋看你咋像它们，人们叫它土狗。也就是在狗里边等级最低的'中华自然犬'。"

狗 B：“狗也有等级？”

狗爷：“你这个脑残。”

狗 B：“难怪我看有些狗，被人那么地百般呵护，疼爱。我自打有意识，就从来没有过这种享受。弄不明白，为啥有的狗，就过那样养尊处优的生活，而我，就到处流浪？”

狗爷：“你能有今天，已经算是不错了，我怀疑你是那养殖场的漏网之狗。”

狗 B：“经爷这么一开导，我算是明白了，难怪我那相好在我面前诉苦，说主人骂它，‘搞破鞋挑个有点档次的呀，你看生下的这崽，一个比一个丑。’”

狗爷：“人家那样高贵的身份，你是咋搞到手的？”

狗 B：“皇帝的女儿也得嫁不是？是它自个骚情，跑出来，自愿跟我搞的。就一次，以后，就再也没了机会。它主人每次带她出来，都用链把它拴得牢牢，它只能用眼神向我送秋波，我是干急下不了手。”

狗爷：“这就是血统，这就是等级。懂吗？”

又偏过头去，问另一条：“小 C，说说你的情况，别装疯卖傻，以为我不知道？”

小 C：“给爷汇报，我的情形跟它相似，也好不到哪去。偷偷摸摸了三四次，就被它主人发现了，一顿狠揍，揍得它腿都瘸了。”

狗爷：“知道人家是什么身份吗？撒末也，你什么狗？啥都不是！比小 B 还差，土狗都算不上，就是个最低档的野杂种。”

小 C；“我也能感觉到自个身份贱，不但人，连狗，都嫌弃我，所以，才跟上了你俩。”

狗爷：“那你还不自量点，咋把人家弄到手的？”

小 C：“没弄到手，前几次属调情，就一次算上手，基本属强奸。”

狗爷：“你好大的胆，没让人家主人发现打死你！”

小 C：“发现了，追着来打我。跑得快，它主人没能逮着。”

狗爷：“你怎么盯上它的？”

小 C：“一次，它主人抱它在小车里，给它用手喂狗粮，我在远处盯着。喂时，掉下两粒来。主人抱它关了车门上楼回家，我就上去捡吃。哎哟哟，那个香啊，从来没有吃过。所以，以后，就记下来，天天在远处等着，吃它掉下的。可是，再也没有等着机会，却等着了一次它家主人不在，它在的机会……”

狗爷不屑：“那狗粮，我以前在主人家时，天天都吃，几乎都吃腻了。还有好多好吃的，你们可能这辈子，也都没捞到过吃。而且，不满你们说，隔壁邻居家，就有一只非常漂亮身份显贵的母狗，两家主人经常怂恿我俩苟且，说是门当户对，天作地合。”

　　小 B 小 C 慕："那你放下那么好的日子不过，竟然跑出来，跟我们在这里厮混？"

　　狗爷："我以前难道没给你们讲过我之所以出来的缘由？富贵诚可慕，苟且价更高。若为自由故，二者皆可抛。懂吗？"

　　俩狗："不懂。"

　　狗爷："一帮狗脑残！"

　　地下突然冒出一句："有种！"

　　狗爷："听听，疯鬼都比你俩有悟性！"

二十四　吵吵闹闹

一大早，就从地下传上疯子的声音：

"真的勇士，

敢于直面惨淡的人生，

敢于面对淋漓的鲜血……

沉默啊，沉默啊，

不在沉默中死亡，

就在沉默中爆发……"

老厂长："烦死了，从早晨一睁眼，就这样吵吵，天天如此！"

疯子："没有思考过生命的人生是不完整的，

我们从未认真细致地观察过自己。

这是缘于我们所接受到的一切，

是碎片化而模糊的。

我们来不及去思考生与死，

我们往外寻找并探索的一切，

其实都不是我们真正想要的……"

炒股票亏损跳楼者："他整天嚷嚷的这些，我没几句能听懂。"

让狗算卦后代是孙子还是儿子者："我在世时，女人屁股后边追一大堆，说明也算个人物，都一句听不懂，你能听懂个啥？"

　　儿子取了"鸡"跟上蹭的心脏病突发死亡者："他就是个白痴，你们还理他什么？我从来就当他是在放屁。"

　　疯子："我们终究要学会，

　　真切地深入自己的内心，

　　去观察心的变化与无常，

　　去寻找心灵最终的归宿。"

　　文化局干部："我倒是能感觉到他想要说什么，他内心有一种愤懑，需要发泄。"

　　私营企业主："发泄也得让人能听得懂啊。别说他一个下岗失业蹭'鸡'儿媳的，连我这社会成功人士，也是听不懂。"

　　前一位："你他妈埋汰谁？谁是蹭当'鸡'儿媳的？你以为你还是个成功企业家？你现在狗屁也不是，跟我一样，躺在这里……"

　　疯子："有的人，

　　如清澈光明之水，

　　洗涤污浊滋润万物生灵。

　　有的人，

　　如燃烧之火，

　　温暖人心点亮希望惊醒幻梦。

　　有的人如风，

　　穿行大地摇曳多姿，

　　掠过天空。

　　有的人如行尸走肉，

浑浑噩噩，

白来世上一生……”

医生：“我的良心又一次自责，灵魂又一次得到锻打！他是好人，我是疯子！”

人类学家：“这娃其实是个天才……”

社会学家：“同感。”

被地上疯子老砸碑的科长：“我虽然听不懂他的，但总觉得他和地上那个疯子不一样。此疯非彼疯，地上那个，是蠢过了头；地下这位，是聪过了头。”

自杀了的贪官：“聪个屁，一派胡言乱语，就是梦呓！真想拿刀砍了他！他讲的好些话我都很不爱听。”

疯子：“赵家的狗，

又开始吠了。

我从他充血的眼里，

读出了‘吃人’二字。

我知道，

将来的社会，

是不允许吃人的人存在的……”

刚下葬的老师嗌：“丢人啊，有这样的学生！地上丢人，地下仍跟着丢人！”

原市长：“马勒个逼，在世上，开会，都没这么热闹过！”

狗：“这就是人，钻到了地缝，都撕逼乱咬！”

二十五 新来女鬼

　　见天，又一新鬼下葬——这是一个女鬼。第二天，就疯唱上了：

　　"千年的铁树开了花呀，

　　开了花。

　　万年的枯枝发了芽，

　　发了芽……"

　　众鬼："好！"

　　女鬼得了鼓励，又可着嗓吼起来：

　　"东风吹，

　　战鼓擂，

　　现在世界上，

　　究竟谁怕谁？不是人民怕美帝

　　而是美帝怕人民……"

　　又得到众鬼的一阵欢呼。

　　女鬼更加得意，继续："大海航行靠舵手，

　　万物生长靠太阳……"

　　又得到一阵狂欢声。

　　厂长："好久没有听到这样的歌声了，真亲切！"

　　蹭鸡儿媳者："爱听死了，死了都爱听！一下子就把我带到那激情燃烧的岁月。哪像那个疯鬼，整天逼吵吵些阴阳怪气的玩意。烦得你想吐。"

　　炒股大亏跳楼者问："我听声音咋有些熟，你是不是以前经常上我沙锅店去？"

　　女鬼停住歌唱："是呀。难怪你的沙锅店关张了，才是到这里来了？"

　　沙锅店老板："前年炒股票亏大了嘛，就跳了楼。你呢，咋来的？"

　　女鬼："肝癌，查出来就到了晚期。"

　　沙锅店老板："感觉你挺乐观，不像个刚成鬼的。"

　　女鬼："毛主席教导我们，与天斗，其乐无穷；与地斗，其乐无穷；与人斗，其乐无穷。医生说了，对待癌症，也要有这种精神，看谁斗过谁！"

　　沙锅店老板："所以，你才这么乐观地一直斗到了地下？"女鬼："是的。"

　　沙锅店老板："记得我刚开店的那几年，你好像是我店里的常客。"

　　女鬼："是的，隔三岔五。可是，你后来，可能是开得火了，就开始胡整，味道大不如以前了。所以，就再没去吃，改吃别一家了。"

　　沙锅店老板：" 其实，咋说呢，真是不好说。刚开始，我为了省成本，用的是地沟油，后来，也挣了些钱，就良心发现，改用好油了。"

　　女鬼："你说反了罢？"

　　沙锅店老板："向毛主席发誓，一点都没反。"

　　女鬼："我就是不信。要么，你是诚心骗我，要么，你是到了这里，脑子发生了错乱。我可是记得清清楚楚，刚开店时的味道，就是正，就是口感好，就是好吃。后来的，就是不好吃了。不然，我怎么再不到你那儿吃而去其它店了？味道也能骗人？"

突然，从旁边冒出几句：

"那镀金的天空中，

飘满了死者弯曲的倒影。

冰川纪过去了，

为什么到处都是冰凌？

好望角发现了，

为什么死海里千帆相竞？"

女鬼："这是谁呀，吓人道怪来这么几句。啥意思？"

蹭鸡儿媳者："狗屁意思！没意思。他就是个疯子，别理它。"

疯子：

"告诉你吧，世界，

我——不——相——信！

我不相信天是蓝的，

我不相信雷的回声，

我不相信梦是真的，

我不相信死有报应……"

女鬼："真是个疯子，一句都吃不懂他在扯些啥！"

医生："这娃别说，还真是有才。虽然，我也是听不太懂。但我能感受到他内心的憎与爱。"

文化局干部："比我有水平。"

贪官："狗屁水平，就是一堆烂屎！"又对女鬼："你唱，用你响亮的歌声压过他的梦呓！"

女鬼就接着大声唱起来：

"无产阶级文化大革命，

就是好，

就是好来就是好，

就是好，

马列主义，

大普及，

反动派，全打倒……"

换来一片鼓掌声。

人类学家叹："昧，昧啊！"

社会学家："同感。"

疯子："愚蠢，

是愚蠢者的通行证；

思想，

是思想者的墓志铭。

天空，被乌云所遮蔽，

看不见闪亮的星星……"

地上老被人砸碑者："一个疯子，就够受的了，这又来一个，还不整天吵翻天！"

原市长："对于墓地这块阵地，无产阶级不占领，资产阶级必然占领！"

让狗算卦后代是儿子还是孙子者问狗："我是听不懂，你听得懂？"

　　狗："沙锅店老板说的是实话：因为我过去常到他店去打野食。"

　　疯子："我来到这个世界上，

只带着纸、绳索和身影，

为了在审判之前，

宣读那些被判决的声音。

如果海洋注定要决堤，

就让所有的苦水都注入我心中

如果陆地注定要上升，

就让人类重新选择生存的峰顶。

闪闪的星斗，

何时缀满没有遮拦的天空，

那是智者凝视的眼睛——"

　　一片骂声："狗屎！梦呓！"

　　众鬼："新来的，赶快唱，压过他！"

　　女鬼："天上布满星，

月亮亮晶晶。

生产队里开大会，

诉苦把冤声。

万恶的旧社会，

穷人的血泪仇，

地主狠心，逼死了我的娘……"

　　"好——"一片叫声。

　　让狗算命者对狗："还是这歌听起来好听。"

　　狗："当然，它不用多费脑子，我都能听懂。"

二十六　劣鬼驱良

　　清明，前来祭奠的人海了，摩肩接踵。

　　夜晚，平静下来后，众鬼又扯上了：

　　蹭鸡儿媳者："我听儿子念叨，今天给我多带来了两摞纸钱，数额也比以前大了。以前都是十元百元的，今天是一张一千的。以前我在世时，给我老爹上坟，只是三元五元的，最多十元。"

　　旁边刚下葬的女鬼："我儿子给我烧的是一张一亿的。"

　　蹭鸡儿媳者愕："你儿是干什么的？"

　　女鬼："企业家，房企老板。这城里的楼房，几乎一半都是我儿子盖的。"

　　私企老板："别吹，你儿子是我手下的项目经理。"

　　女鬼默。

　　蹭鸡儿媳者溜须："哟，真人不露相，你儿子今天给你带什么祭品来？"

　　私企老板："我儿子没来，可能是到外边躲债去了。公司欠的高利贷实在是太多。我一撒手，都转到了儿子头上，有人甚至扬言要他的命。我躺在这里，其实，心都一直揪着。"

　　让狗算命后代是儿子还是孙子者："咋说，清明，也得给老爸上坟来嘛。白天不敢来，可以晚上来的。你看看，今天，上边吵吵得多热闹，哪家的墓碑下不是香烟燎绕？"

炒股亏了跳楼者："有，我发现，疯子的父母，今天就没来。"

蹭鸡儿媳者："肯定是怕人多遇上熟人吧，嫌丢人。"

疯子："有人给我送来了一支茉莉花！"

众鬼嗤。

蹭鸡儿媳者："还挺有洋味的，别人上坟都烧纸。问问狗，见了没有？有人给他送来了一朵茉莉花？"

狗爷："好像是没见着。"

蹭鸡儿媳者续问："那就是你给他叼来了一支？"

狗爷："不能这么损人家的。我知道，你们人老拿我们狗比事。"

疯子：

"在梦里，

在梦里见到你，

开在春天的田野里。

带着霜雪的浸润，

圣洁而美丽

……

一次次地仰望你，

带我走进蔚蓝天空里

……

在梦里，

在清明里，
有人采撷来一支，
深情送到我手里
……"

蹭鸡儿媳者："听听，又在胡逼乱扯地发痴语。"
女鬼："这娃疯得不是一般，难怪清明他父母都不给他
上坟来。可能真是觉是清明节人多，丢人。"
蹭鸡儿媳者："反正这娃是把他父母的脸丢尽了，心也
伤透了。他自个吹他自个是当年的文科状元。我真是不相
信。这样的人能考上状元，那墓园这狗都能上哈佛了。"
疯子："花开花谢，
春来春去。
人世间所有的一切，
都是当下上演的一出戏。
待到流年的风吹起，
再辉煌的故事，
都如那清烟一缕，
消隐在逝去的光阴里。
人世间，
没有伟大。
没有永久的东西
……
陋室空堂，
当年笏满床。

衰草枯杨，

曾为歌舞场，

蛛丝儿结满雕梁，

绿纱今又糊在蓬窗上

……

女鬼："可真是遇上鬼了！倒了八辈子霉，摊上这么一位。这要捱到啥时候？"

蹭鸡儿媳者："捱吧，不捱也得捱，谁让咱摊上了。"

女鬼："在世时，我那一伙跳舞唱歌的姐妹，玩得多开心。"

蹭鸡儿媳者："我何不是这样？虽然我那一伙残疾者，成天，日鬼倒棒锤的。可也没有他这样阴阳怪气地成天吵吵这些让人听不懂的东西。"

贪官禀原市长："市长大人，我们是不是应该联名把这个家伙清出墓园去？"

原市长："可以考虑，你打个报告上来，我批一下转给有关部门。"

社会学家对人类学家叹："阴间也是劣鬼驱逐良鬼啊！"

二十七　吵吵的疯子

一大早，疯子就又开始吵吵：

以为，远远逃开

就逃离了更痛楚的伤害

永远漂泊

就漂白了哀恸的色彩

不肯结疤的记忆

却总是扭动着新的姿态

……

让狗算命后代是儿子还是孙子者："这娃，满脑子咋装下的这些个？我在世时，上边要求我背社会主义核心价值观，就那么十几个名词，我是死活背不住。"

蹭鸡儿媳者："问你句不该问的话，你的一长串情妇的名字，你个个记得记不住？"

让狗算命者："照实给你说吧，长得好的，亲近点的，自然是记得住的。那些长相差的，一两夜情的，别说名字，还真是连姓也记不得了。"

蹭鸡儿媳者："跟自个上了床的女人，甚至连姓和名字都忘了，真是不可思议。"

让狗算命者："那是你身边只有个你儿媳妇，经过的少哇。所以，你这辈子是够亏的。"

蹭鸡儿媳者："想经，也得票子呀。我一个下岗职工，拿什么去经？"

　　贪官不屑："多嫖几个女人，也算本事？还在这里炫，都什么档次？包过主持人吗？歌星、影星吗？真是！最多，可能也就是睡个把武大郎老婆之类的罢了。"

　　让狗算命者："听上去，你口气可是不小，你睡过你上边说的那些个？"

　　贪官："没睡过，但是，见过，摸过，跟上大领导蹭过。"

　　私企老板嗤："还说公平，公平吗？有人蹭名星，有人只能跟着儿子蹭鸡儿媳。"

　　蹭儿媳者火起："你妈的狗嘴里放什么屁？你不就是个爆发户？活该，现在跟我一样，躺在这里。老婆跟司机一起过日子了吧？"

　　刚来的女人："没有，现在跟我老头在过。"

　　私企老板愕："你扯什么鸡巴蛋？你老头子比我媳妇大整整二十岁。"

　　女人："你爱信不信，那天你埋汰我。我就想告诉你的，只是话到嘴边没吐出口。现在相信我说的话不假了吧？这城里，半城的房子都是他盖的。"

　　私企老板吼："是我盖的！你男人他只不过是我的一个项目经理！"又喃："这个臭婊子，也忒快了点，难不成，我还在世时，两人就勾搭上了？"

　　女人："别冤枉人，是你死后，他们俩人才勾连上的。你那儿子，根本就是怂货一个，为躲债，逃出去大半年。你老婆六神都没了主，多亏我老头，帮你媳妇四下里下好话抹墙补洞。你媳妇感动得不成，主动投入我老头怀抱的。"

私企老板：“听上去，你还美滋滋的。不吃醋？”

女人：“吃什么醋？钱弄来就成。靠他一辈子，累死，也没整来那么多钱。我放化疗，儿子的房子、车子、结婚用的一切，全是从你老婆那出的。”

私企老板：“这婊子，她哪那么多的钱？债主追着要债时，我让她给我从她娘家整点，她给我诉了一大堆的苦。”

女人冷笑：“你以为你们男人一个个聪明，其实，根本玩不过女人。她亲口给我老头说的，知道你靠不住，私底下，今天弄点，明天挪点，整了不少呢。我嘛，已经得了癌症，也就睁一眼闭一眼。只要我儿子能享上福，就得了，是不是？再说，大夫也一再对我说，要把啥都想开点，什么情呀爱呀，都是扯蛋，钱才是最实惠的。”

疯子：

灯光诡异闪烁

布景疯狂变幻

睁眼闭眼之间

场面总是似曾相识

人来人往过后

情节仍旧老套直白

只有疼痛

每次都是新鲜的体验

一遍遍锋利地划过

所有柔软娇嫩的空间

……

私企老板：“疯子，你的嘴能不能闭一会儿？正烦着呢！”

狗：“公平、正直、诚信、友善……”

让狗算命者：“师爷，你又来凑什么热闹？”

狗：“你刚才没记住的那几个词，我可是全记住了。”

让狗算命者愕：“你咋记住的？”

狗：“地上那个疯子——就是经常来墓地砸那科长坟的那一位，我时不时地跟他出去遛一圈——跟着他，安全嘛，大家伙都躲他不及。他老在那标语墙前停下来，反复念叨上边的那几个词，所以，我也就跟着记下了。”

私企老板：“全市的这些标语，都是我的公司刷上去的。为揽这活，给了文化局管这事的主一大笔，还泡了两次妞。”

女人：“提醒一下你，现在已不是你的公司，是我家老头的公司。”

疯子：

小心翼翼的笑声

在雨天的喉结里打了个转

不需要出发

也无处可去

丁香花在阴霾中谢了又开

每一次转身的企图

都再次放飞了点滴聚拢的笑声

伤心的大雁再也没有回来

只好期待一次惊天动地的塌陷

嫦娥和女娲都被绝望掩埋
几只年轻的蜻蜓
帅气地将银河抖开
天空有了可以仰望的色彩
疼痛和记忆在漫天的哭声中开始传递
气流掠过的每一个树杈都伸展成 V 字
尘封的墓碑纷纷起身抱头痛哭
身后　白玫瑰在悄悄的绽开
六月的风又一遍检阅我们的表情
终于
所有的星星都有了温柔的依赖
月亮也坦然地走出来
并有了哭泣的冲动
遍地眨动的眼神
等待太阳坦率地升起
所有的伤痛不再卷土重来
……

让狗算命者："师爷，他丫丫的这些，你能记下来吗，明白扯的啥吗？"

狗："不行，太复杂。你们都不明白，我咋能明白？我只能记着标语墙上那几个词，简单。"

二十八　乌七八糟

一大早，女人就唱上了：

"花篮的花儿香，

听我来唱一唱，

唱一呀唱

……"

让狗算命后代是儿子还是孙子者："哟，看把你兴奋的，在地下，还这么乐呵。"

女人："昨晚，儿子给我托了个梦，说是进了他老爹的公司，当了总经理。哎，你说这人的命，干得好，不如嫖得好哇。"

私企老板："做你妈的狗屁梦。谁信。我还有儿子呢，死了不成？能轮到你儿子？"

女人："你爱信不信。我昨晚做的梦真真切切，我儿子前来给我报信来着，说是下半辈子，真是吃不愁，穿不愁。"

私企老板："真他娘的异想天开，又一个神经病。"

女人："你爱信不信。还有呢，你媳妇，竟然也跟我儿子有了一腿，不然，为啥我儿子能进你公司。"

私企老板："扯你娘的蛋，他爷父俩是什么金钢钻，把我老婆吸引得不成？"

女人："唉，王八找绿豆，它就对上眼了，你有啥办法？我儿子悄悄给我说了，也就跟你媳妇耍耍，等坐稳了，就一脚蹬了她，还给他老爹。"

私企老板："疯子！又一个疯子！"

狗爷："她说的是实话。我仨这两天，天天出去打打野食，在那个跳了楼的沙锅店主的店里，老见着一对男女去吃沙锅。两人嘟嘟囔囔地说些话，我全听下了，跟刚才她说得内容一模一样。"

私企老板大愕："真有这回事？"

狗："真的，一点都不假。"

人类学家："现在量子科学研究有了新突破。人的意识，可以超越现实，与远处的亲密对像产生互动。所以，托梦，是可信的……"

私企老板骂："这个婊子中的婊子，以前我怎么没看透她。看在我的葬礼上，她哭得昏天黑地的样子，当时，还让我挺感动。没想到，我尸骨未寒，她就骚成这样！一人伺爷父俩！"

炒股亏本跳楼者问狗："沙锅店还是我老婆在开吗？"

狗："我本来就想告诉你，你先问上了。你那弟又回来了，跟你媳妇，也就是他原来的媳妇重又过上了。"

炒股亏本跳楼者："咋回事？不是她去找我弟，我弟有了证券公司的年轻女人，不要她吗？"

狗：“现在又要了。我听，好像是你弟把那股票上挣的钱，在那女的身上花了不少，可是，那女的看不上你弟，嫌他档次太低，重又跟了个小白脸，将你弟撇了。你弟弄了个人财两空。所以，重又回来找你媳妇——不对，找他原媳妇回来过日子。两人重打理起沙锅店的生意了。”

跳楼者：“这个婊子！这一对畜牲！生意咋样？”

狗：“呃，好得不得了，每天都人满满的。不然，那一对，怎么天天去吃？面且，我发现，她是一三五跟这女人的儿子去吃，二四六，跟女人的老公去吃。”

私企老板：“婊子，婊子！”

疯子：

“昨日黄土陇头埋白骨

今宵红灯帐底卧鸳鸯

金满箱　银满箱

展眼乞丐人皆谤

乱哄哄你方唱罢我登场

到头来

都是为他人作嫁衣裳

……”

蹭鸡儿媳者：“疯子，你能不能闲了你那臭嘴。我们正听热闹着。”

狗：“我还正要跟你说呢，我仁前几日又去了趟公园，你的那些个残疾朋友们还在说你呢。”

蹭鸡儿媳者紧张：“说我啥？”

狗：“说你当鸡的儿媳实在是嫌你儿子窝囊，最近，撇下你儿子，带着你孙子——说不定，也是你儿子，跑回老家做去了。你孙子那性病，听说一直就没治好。”

蹭鸡儿媳者默。

私企老板：“可怜之人，必有可恨之处。老子与儿子，一同搞一个婊子，还整出个不知道是儿子还是孙子的性病秧子！”

蹭鸡儿媳者：“你日能，老婆咋让人家爷父两人睡？有本事，你从这爬出去，收拾你老婆去？你妈格逼的，你以为你还是个什么满墙挂着宣传的大老板？”

私企老板：“我恶心你，一个蹭鸡儿媳的下三槛。”

让狗算命后代是儿子还是孙子者：“烦不烦，两人是一说话就针尖麦芒，刀刀见血。”

狗：“我也要对你汇报。”

让狗算命者紧张：“汇报什么？”

狗：“我仨路过那马路牙子，看见你儿子又在找那算命先生算，问，究竟他儿子是你的种还是他的种。”

让狗算命者认真：“算命先生是咋说的？”

狗：“算命先生掐着指头算了半天，又追问了你儿媳妇最后一次跟你儿子的同房时间，坚定地告诉你儿子，说，他就是你儿子的儿子，不是你的儿子。”

让狗算命者：“这就好，这就好，不然，他们咋相处！不过，我仍是心里不踏实，按时间算，那小家伙，应该是我的种。你再给我算算。人的话，掺杂了私心，不可信。那算命者，也就是想挣钱，肯定是哄得我儿子高兴，顺着他的心思说。我倒是更相信你的话，我和你没有利害关系。你们狗不是嗅觉什么的，特别的灵嘛，托你哪天他带我孙子出来时，你上前去闻闻，究竟身上是我儿子的体味，还是我的体味。"

人类学家嗤："愚昧。"

社会学家："人把控不住自个命运的时候，就会倾向于迷信与伪科学。"

炒股亏了跳楼者："你们一个个别打岔嗓！我问狗正经话呢。狗，我弟他们生意为啥那么好？你看出啥门道没有？"

狗："当然看出了。我发现，他用的，又是你们刚开店时用的地沟油。"

跳楼者："还有呢？"

狗："好像你兄弟和你媳妇——噢，她媳妇——不对，是你两人共同的媳妇，私底下悄悄说，还往里放了罂粟壳。"

跳楼者："难怪。这狗损，就不怕城管来抓。"

贪官："我就是管城管大队的。那帮子全让你们这样的喂成狗了，还查？你装什么蒜？"

跳楼者："你看看，这地方小了，拐两弯，就到了一起。看来，你确实是贪了不少，不然，为啥要上吊？"

贪官："你懂个屁，是有人逼着我，不死也得死。知道吗？"

中学老师："以前，我在学校，耳根还算清静，怎么到这里来，全是这些乌七八糟的事情，真够恶心的。"

贪官："老师，你别清高。也许，是你傻。你以为你学校就清静干净？你们校长，我要不死，他可能就得死，知道吗？细节我就懒得给你讲了。你吃过燕窝吗？没吃过罢？有句顺口溜：第八类人，是教师，不识燕窝啥东西。"

疯子：

"今晨，

星光璀璨

当你飞翔的翅膀

穿破了黑暗

我知道

你已经找到了回家的方向

心光灿烂

光明的梦想

点燃了内心深处的希望

……

社会学家慨："真是个好地方，我要抓紧了，写本社会学新书，下次让儿子带出去，找国外的同学发表了，准能获世界大奖。"

人类学家："死了都还想着功名，你出得去嘛？扯蛋。"

文化干部："在这样的环境，再好的人，都得变坏。"

被地上疯子老砸碑者："变傻！比地上那个老砸我碑者还傻！"

　　原市长："以前，我觉得，世界是那样的，到地下来后，才发现，世界原来是这样的。卑贱者最'聪明'，高贵者也愚蠢，"

　　厂长："同感。"

二十九　文明来源

　　狗："抓奸要按在床上；拘留要找到证据；新闻要讲究真实。"

　　蹭鸡儿媳者："你狗仁今出去遛一大半天回来，就不停地听你叨叨这几句，啥意思嘛，也跟疯子学起来了？"

　　狗爷："是跟疯子学嘴，但，不是地下这位，是地上那位。我们跟他去公园了。他也搅和在了你在世时的那一帮残疾人中。"

　　被地上疯子老砸碑者掺合进来："前两句我明白。他老婆刚和处长勾奸后，他去找人家论理，人家就用第一句话兑他；第二句——有一次，处长家窗户又被砸了，其实并不是他砸，可能是另一与处长有矛盾者所干。但公安认为他嫌疑最大，还是拘了他，他被拘时的辩解。至于这第三句，我就想不明了，与前边的，也八竿子扯不上干系呀。"

　　狗爷："最近市上出了件大新闻。"

　　众鬼来精神，纷嚷：快讲。

　　狗："那帮子残疾者中，有一位脑瘫，他儿子是市报记者，最近被处分了。脑瘫在公园里气不过，泄愤：'新闻嘛，就是要以事实为基础。我儿子报道的事是真实的事实，凭什么要处分我儿子？此处不留爷，自有留爷处，我儿子递了一张辞职报告，没等他领导批下来，就走人，上外地去发展了。'"

　　有鬼问："到底是啥事，先说清楚啊？"

　　狗："最近，广场旁边的厕所，开始免费放卫生纸，可是，不到一月，整掉了几千卷。正在大家议论纷纷之时，报上出了条爆炸性新闻，就是这位脑瘫的儿子写的。"

　　一鬼问："快讲，啥新闻？"

　　狗："看厕所者多次发现，广场边上小卖部老板来上厕所，'顺'卫生纸的次数最频。看厕所者实在是气不过，一次，就直接跟其嚷上了：'你不是全市的学雷锋模范吗？你不是小店前放个打汽筒常年免费供别人打汽嘛？怎么能干这事？三说两说，就吵吵扭打起来。小店老板还把看厕所的脸上挠了几道口。看厕所者实在气不过，就将这事捅给了报社。那个脑瘫者的儿子，还是个记者部的头儿，就把这事捅在了报上。没想到，却遭到了宣传部长的批评，说是市上树个先进典型多不容易，这样的雷锋式的人物现在哪去找？'顺'几卷卫生纸，算个啥大不了的事？报道之前，也不掂掂哪个事大，哪个事小。一个多年树起的典型，就让你一篇稿子给毁了，让人们以后还信什么？没有政治头脑与立场！追他的责任，脑瘫的儿子一气之下，拍屁股走了。"

　　社会学家："美国哈佛大学做过一个著名的试验。把百元美钞分别偷放在议员、教授、律师、医生……等上流社会人群的家门前，第二天，无一例外，全被这些人悄声捡走了。"

　　蹭鸡儿媳者："还是文化革命那时好哇。小孩子捡上一分钱，都要缴给警察叔叔。"

　　社会学者驳："好吗？知道有个叫刘学保的吗？想争当模范，把一个地主婆按在铁轨上让火车轧死，骗别人说是地主婆想搞破坏颠覆火车。他因这一'事迹'，当了英雄，爬到省革委会副主任的位子。粉碎'四人帮'后被查出是假案，被判了无期。"

　　中学教师："这样的事情太多了，那时候的人，人人都想当模范。有好多人，自个用左手写了反动标语，去揭发，说是自个发现的。结果，公安一细侦察，就露了馅。有的进了大狱，有的还为此掉了脑袋，你说可惜不可惜？那时的人好啥？愚，不是好！现在老说'文革'中冤打死了多少多少人，谁打死的？打人者不比被打者多得多得多？我当中学老师过来的，那时，多少学生在批斗打老师！"

　　蹭鸡儿媳者有所启悟："哪，现在的人，倒是比以前好？"

　　社会学家："好啥，好在哪？现在，有多少制假售假者、破坏环境者、贪污腐败者、制毒贩毒者、坑蒙拐骗者、偷鸡摸狗者、非法传销者、贩卖妇女儿童者……这些人加一起，占人口的多少？恐怕不是一个小数目。不然，那个小卖店的老板，也不会一边充好人让大家免费用打气筒，一边又去公厕里'顺'卫生纸。再说了，那一个打汽筒才值几个钱？打几万次，也打不坏吧？啥成本？零成本。可是，换回的荣誉呢？是不是什么工商啦、城管啦、税务啦、地痞啦、流氓啦……什么的，想搞他一下，也得掂量掂量？这不，这记者，写了一下他，不就把饭碗丢了？其实，每一个人的内心需求，都差不多那么几样东西。他怎么不把打汽筒放在他的视线之外？那样，恐怕得把他的店都丢垮了。"

蹲鸡儿媳者："你讲的这些倒把我给搅糊涂了，你究竟要说现在人坏，还是要说过去的人坏？"

社会学家："你们这类人，就是怕动脑子，总是用简单的思维考量世间一切。我和人类学家以前，讨论过多次了，你们就是不认真听。"

蹲鸡儿媳者；"这次，你仔细讲，我认真听。"

众鬼："对，教授你仔细讲，我们这次一个个一定认认真真听。"

社会学家："人是什么？这是一个哲学命题。也是一个众说纷纭的话题。

据说，柏拉图曾给人下了一个定义：人是一种两脚无毛的动物。很快有人就拎来一只褪了毛的鸡给柏拉图，问他这是不是人？搞得这位哲人很尴尬。"

众鬼哄笑。

人类学家："你们一个个还不傻，知道听到这里应该笑。"

社会学家继续："人是一种复杂的存在者，想给他下一个简洁的定义是不容易办到的，或者根本办不到的。所以只能对人性进行一些归纳：一、人是自私的。不管承认与否，人都是以自我存在为前提的。大到天体，小到原子，再到基因，都证明‘自私’是人的天性。不自私都将主动或被动淘汰。中国文化中一直以来都是在反对人的自私性，甚至强行把人拉入大公无私的范畴中，结果上演更多的却是极端自私，或扭曲了的"公而忘私"，造就众多众多戴着假面具的两面三刀的人。

西方自从近代的启蒙运动以后，‘自私’就光明正大，堂而皇之地被接纳、认可，并逐渐高昂起了头。享利·摩尔根说：‘对财产的欲望超乎其他一切欲望之上，这是文明伊始的标志。’休谟认为：‘人类在很大程度上是被利益所支配。’马克思认为：‘人们奋斗所争取的一切，都与他们的利益有关。贪欲是文明时代起关键推动作用的灵魂，是文明时代人唯一的，具有决定作用的目的。自从阶级对立产生以来，正是人的贪欲和权势欲成了历史发展的杠杆。’卢梭则认为：‘谁第一个把一块地圈起来，并说：这是我的，而且使一些头脑简单的人居然相信了他的话，谁就是文明社会的奠基人。’

近代西方社会的突然跳起，快速发展，就是以承认"人是自私的个人主义者’为前提的。这个前提的提出，自动破解了‘国家’‘民族’神圣的光环，专制也随之而瓦解。个人利益至高无上，所以，就出现了保护人权的概念。

中国文化中把个人否定掉，归入"家"中；把自私否定掉，把利益收到‘国’中，并用"家国一体，君父同伦"灌输百姓。日月经年，'民尽死力以从其上"，成为民之共识。君呢，则'有难则用其死，安平则用其力"。所以，越是贫穷无依的人，越把'国家''民族'看得重，如'义和团'。

真正懂得'私'的人，也一定懂得合作的重要，在竞争与博弈的基础上合作，就会呼唤契约观念，法治意识。这样的社会就具有了基础文明。一个呼悠人'大公无私'的文化，肯定产生不了这些东西，所以这样的社会就只能是半文明半野蛮的。"

众鬼沉默。

蹭鸡儿媳者："你讲的这些个，我一点也听不懂。只听懂两个字——反动！要是在地上，我第一个去揭发你！"

贪官："对，我也去！"

社会学家慨："等于我放了个屁，白说！你们这两种人，我在世时，见得太多太多——冥顽不化，不读书或只读一类浅显读物的认知株儒。文革基因造成的一个时代的悲哀！"

三十　耍猴

　　夕阳西下，狗仁优哉游哉哼着曲儿回到墓园。

　　蹭鸡儿媳者："哟，听上去挺乐呵，今儿个上哪去浪了一圈？"

　　狗爷："我仁又跟着地上那个疯子去公园了。"

　　蹭鸡儿媳者："又看到什么景致或新鲜玩意，或者是那群狗逼又在埋汰我？"

　　狗爷："我发现，你们人一个个都挺敏感，整日里，想着就是别人怎么背后说你坏，怎么想不到别人说你的好和说别人的坏？"

　　蹭鸡儿媳妇者："哟，他们说我好了，讲讲？"

　　蹭鸡儿媳者："你看看，还是想着你自个。我是说，今儿个，我听到他们在说其它人的坏。"

　　蹭鸡儿媳者："哟，说谁的坏？快讲！"

　　让狗算命后代是儿子还是孙子者："就是，快讲，大伙都急等着听。"

　　狗爷："好像就牵扯到你。"

　　让狗算命者："什么？快讲，他们怎么埋汰我？"

　　狗爷："不光是骂你一个，还有你们其中的个把。"

　　众鬼："快快道来。"

　　狗爷："今天公园去了两个耍猴的，牵了大大小小一群猴，在里边表演。逗得那一群残疾者哈哈哈直乐，说是多少年了，从来没有看过这么精彩的节目。甚至连另一拨当过头儿的，也放下身段，凑过来一齐看，一齐乐。"

　　众鬼："快讲，啥节目，这么精彩？竟然把相互不尿的两拨拢到一起喝彩？"

　　狗爷："耍猴者让大大小小的公猴，像你们人一样，扮演一个个社会角色。其中有大人物，有中人物，有小人物。然后，将母猴和一叠叠冥币、桃子，按地位高低多分少分。最低层的，则什么也没有。结果，低层的，就想尽办法巴结讨好比自个高一等的，摇尾巴，捋毛，替其捉虱子什么的。高一等的，又去巴结更高一等的，把自个的水果、冥币、个把母猴奉献给对方。得了贿的猴子，就对进贡者好，俩猴配合，从其它猴身边抢水果、冥币和母猴。这样，猴群就重新分化。有的猴子，有了众多的母猴、冥币和桃子；有的，则什么也没了。甚至，刚开始啥也没有的最底层的猴子，由于会来事，竟然拥有了比别的猴多的冥币、桃子与母猴。结果，猴群就吠声四起，摇拽着脖子的绳索，要求主人出来摆平。耍猴者这时，就派他儿子，狠狠地惩治受贿最多的猴子，猛抽几鞭，又用一玩具假枪响两下，那猴子就装死过去，引得大家伙哈哈大笑。"

　　文化干部："这种把戏，好多年都不见了，怎么现在又出现了。而且还编出了新花样，而且还进了公园。咋进去的？"

　　狗爷："那几个干部中，有一位好像是退休的原市长，就提出了相同的疑问。"

　　被地上疯子老砸碑者："肯定耍猴的给有关管理部门的头行贿了。再说，大家伙又这么爱看，既丰富了人们的业余文化生活，还能增加人气，带动本地旅游业发展——公园里有好多外地旅游来的人，一举多得的好事。我在世时，公园里就有外地马戏团的表演，不过，花样老套，好像没多少人看。"

文化干部："现在，人们可看可玩的多了去了，竟然耍个猴，却重能吸引众人眼球，真是怪事。"

人类学家："完全可以理解。人，不管进化到何种程度，本质上，他还是从猴演进来的，所以，就喜欢猴子的表演，因为二者靠近本性。以前，是节目老套，大家伙看得有些腻，这次，耍猴的推陈出新，变了些花样，更贴进了些人样，当然就吸引了众人的关注。"

社会学家："历史是重复演进的。你看现在，不是好多大妈又跳开了文革时的歌舞？"

让狗算命者："你们几个雅鬼别念雅经了，我关心的是狗爷说的那帮人怎么埋汰我？"

狗爷答："说你就是那从最低层发起来的猴子，因会来事，后来，不但有了好多桃子与冥币，还有了多只母猴。连儿子找的媳妇，都是不小心从情妇中选的。弄得儿子与老子都心里没底，分别在地上与地下找算命先生与我算生下的娃是自个的，还是对方的。"

让狗算命者："这群畜生，就欺侮我不在世了，我要活着，他们一个个敢？我随便一个小动作，就整死他们一个个。"

狗："你看看，你的气性也是真大，我刚才不是说了嘛，他们还埋汰了你们中间的其它鬼呢。比你厉害得多的，你算啥。"

众鬼"快讲。"

狗："他们说，你们中间自杀了的贪官，最开始时，就是把自个老婆跟这猴子一样，敬奉给上级上去的。以前，就是个小科员。啥都不是。说被毙了的那个猴子，就是你们中的贪官。只不过，一个是自毙，一个是它毙罢了。"

贪官："这群狗货，要活着，看我不把他们一个个全收拾了！"

狗嘻嘻："你收拾不了。"

贪官："为啥？"

狗："骂你的是原市长。"

贪官："纳闷，我在世时，没有怎么得罪过他呀？"

狗："你明着没得罪，暗着早得罪了。"

贪官："咋讲？"

狗："他说有一次到你家去蹿门，好家伙，住着六百平的上下两层结构的屋子，装修得似宫殿，把他的老眼都看花了。他气坏了。"

贪官："好像有这么一档子事。可是，当时，我没感到他有什么不高兴啊，客客气气笑吟吟出了门的。"

狗："那是他装的，他给那群人说，当时把他可是气坏了，恨不得把你那茶几给一脚踹翻了。忍住了，毕竟你在台上，他已经退了。"

贪官，"其实，他也不是什么蹿门，他能放下那身份与老脸？他是为他儿子的　升迁来找我的。当时，我有个私心：你都退了，与我何用？还到我家来耍什么牛皮？说活还那么板板正正的。别人要办这事，得给我送十万！你一张嘴似下命令似的，以为我还是你的下属？所以，才把他客客气气但不露身色好言好语打发走的。真没想到，他就对我结了这么深的梁子。我们这个案子，省上的上级就给我说的是一群老干部告的。我还真没想到是他，今天，听你这么一说，弄不好，就是他起的头。没占上便宜，就像狗一样，狠咬你一口。"

地下老市长忿："狗咬狗。他还告人！他是怎么上去的？我当组织部长时，他才是个小科长。有一次，让我的秘书领着，拎两条烟两瓶子酒到我家来，让我直接就骂了出去。后来，我退休后，不知他使了什么魔法，竟然蹭蹭蹭地蹿了上去，一直蹿到我离休前的位置。我到现在，才住着一百平的房子，他住的倒是四百平的二层小楼小院。有啥不知足的？我在世时，我儿子几次对我说，从他那院墙头过，都想仍俩砖头进去，让我给骂住了。我才真真是廉洁了一辈子。"

贪官嗤："你廉？你儿子当年当兵的当兵，上大学的上大学。我不知道？"

市长："你从哪里知道？"

贪官："你儿子跟我是同学，不过，不在一个班一个级。当年你儿子们一个个穿的什么，戴的什么？每天上学骑自行车，吃面包！你家那时住得多好？上下水，还带暖气，全市就那么一幢楼，被人起名"红眼楼"！我那时刚随母亲农转非，住的是地窝子，屎就屙在地窝子上。当时，那个羡慕！有一次，我在学校沙坑玩，你小儿子在旁边的双杠上，解开裤带撒尿到我脖子里，我是又气又恨又无奈。当时，也是路过你家时，就想扔俩砖头砸窗户，只是没那个胆量。所以，才暗暗下决心，要出人头地，当上你那样的官，才不被人欺负……"

疯子：

"历史出奇雷同，

百姓不停做梦。

官场专糊顶棚，

几年花样翻新……"

众鬼慨。

三十一　幸运与血统

一大清早，众鬼又热聊上了：

贪官："其实，我死得真他妈冤，上上下下，比我贪得多了去了，我这辈子太不幸了。"

狗爷："公园里那市长却说你这辈子太幸运了。"

贪官："他咋说我？"

狗："他说，他最清楚你了，比你有本事的多了去了，可是，怎么就让你给莫名其妙爬上去了，还爬了那么高。"

老市长："他别说别人，我说他的也是这句话。我下属中比他强的一大帮，却是他当了市长，让我不可思议。"

社会学家："都一样，你看现在有个著名社会学家，到处作报告。当初，他就在我们系。他那业务水平，大家伙都瞧不上。可是，他能日鬼，死缠硬磨，弄通了一家权威杂志社总编，给他发了篇论文，结果，职称就比别人早评上。一评上职称，论文就更容易在大的学术杂志上发表，出名了。出名了，就四处讲座，国际国内，锦上添花，火得一塌糊涂。我们院里的人，谁不知道他那水平？可是，外边的人，哪里认这些，只认他的名头。他就靠这名头，吃了一辈子。我写的论文，无论水平多高，寄给编缉部，要么打回来，要么，你要花钱买版面费。他随便在哪个论坛、讲座什么的，胡诌上几句，就成了媒体的热门，都转，都载。我一位老乡是他大学同学，给我诉苦，说，上大学时，和他一个宿舍，那名人当年哪有他学习刻苦，有脑子有悟性，就靠胆大吹牛。可是，我老乡只因毕业时夫妻两地，回了他们家乡，呆在一个三流学校，一辈子写了一大堆文章，要数量有数量，要质量有质量，可，只能在他们学院的学报上发一下，根本没影响。给我说，他们班前年开了微信群，他把自个的一些个理论研究文章贴上去，根本就没人尿，甚至还遭到个把同学的挖苦与冷嘲，嫌他的文章太长，占了地儿。可是，那位名人不管在哪里发的文章也好，演说也罢，都会有人发贱地四处挖贴过来，获得一片赞贺。"

　　蹭鸡儿媳者："有一个著名演员，当年和我一起插队，一起招工到一个厂，住一个宿舍，还跟我学小提琴，脑子那个笨，教他十遍改不过来一个拉错的地方。一个从北京来的剧组拍电影，女主角摔下马来，颅脑重伤，市上当时有一家文革时从北京搬迁来的医院，他爸是脑专家，把女主角救了过来，就给导演提出要求，让他儿子跟上他去演电影。结果，就火了。火了，屁股后边女人就一大堆，经常传出绯闻闹到报纸上。他走后不几年，我们那家厂子就倒闭了，我也下岗了。为工作的事，我专门到北京去求过他，想让他给当地部门领导打个招呼解决一下生活上的没着没落。那个牛，说起话来就像老子训儿子，说我多么多么脑子笨，不会转变思路自个创业。吃了顿饭，就再也见不上了他的鬼影子。我们厂子当年还有一个人跟我也熟。现在，是火得不得了的电视剧编剧，可是，他写的那些个玩意，我连一集都看不下去。最初几十年前，他写了在当地杂志上发的一篇小说，送给我看，我就死看不下去，啥玩意呀，胡咧八咧。可后来，不知他有啥路子，在北京一个某要人家里吃了顿饭。自那以后，省市各部们的头儿对他就刮目相看，对他的作品一路绿灯。其实，　他们知青点还有另一位也喜欢写作，比他强多了。可是，就因人老实本分不会钻，没路子，寄出的东西，大都被打了回来。有一次，他用胶水把其中的两页粘在一起，退回来的稿子，还是粘在一起的，说明编辑连看都没看，还当了一回老师教导他一番作品应该怎么写。有一次，他在一家有名的杂志上，发现有一篇小说基本上就是他的构思。他写信去论理，人家连理他都没理。朋友蹿掇他打官司，他说拉倒，我现在连一月的生活费都凑不足，哪有钱请律师？再说，也耗不起。人家名作家肯定有背景，打输了，我连诉讼费都掏不起。所以，几十年里，他的作品也只能在市报上发一发，日子过得很潦倒。每次，那位名编回来，像个大神一般，请全点知青吃饭，众人就跟爷一样地敬。他只能坐在桌边边上，扮半个服务员的角色，帮着换盘子倒水。"

狗："我太有同感！你看我这两小兄弟，小二呢，是个最普通的中华自然犬。小三呢，更是个杂种，啥也不是。我其实出身挺高贵，算得上是名犬。可是，就因为我要自由，受不得我主子的愚气，脱身来到这里跟其厮混。天长日久，他俩就感觉到我跟他们是一样的货色了，时不时，还对我出言不逊地吠两声。出去吧，我也不敢像那些个家养的犬趾高气扬，总是夹着条尾巴遛墙弯走，还得跟在个疯子的身后壮胆。其实，好多家养的狗，它的出身与血统，哪有我高贵与纯正啊！他们的智商，就更别提了。可是，就因为人家是家养，一个个在你面前，就牛皮哄哄的样子，鼻子里插葱，装得大象似的。"

人类学家："有研究证明，山顶洞人其实比我们人类的祖先——就是从非洲跑来的那伙，智商高得多。可是，却被其给灭了。猴子变人时，也是这样，最聪明的一支，其实也不是我们的先人。历史上，项羽是个贵族，人品很好，但是，却被下三滥的刘邦给收拾了。"

三十二　猴戏和展览

夕阳西下，狗仨回归墓园。

蹭鸡儿媳者问："今儿个又上哪去浪了？真羡你们。"

狗爷："去看了个展览，又去公园，重看了回猴戏。"

蹭鸡儿媳妇者："咋样？谈谈感受？"

狗爷："感受嘛，当然有。那展览设在临城边的风景河边，是跟地上疯子遛达时无意间闯进去的。"

蹭鸡儿媳者："啥展览？"

狗："是国内几个著名书法家的作品展。"

蹭鸡儿媳者，"那么高的规格，肯定人摩肩接踵，门票都贵得要死，哪能轮上你们狗与疯子进去？"

狗爷嘻："门可罗雀！服务员对我们的态度可好了。因为里边一个看客都没有。"

蹭鸡儿媳者："疯子看得懂吗，欣赏得了吗？"

狗爷："胡看，他懂个人屁，进去后乱转，我倒是看得津津有味。"

蹭鸡儿媳者："为何？他看不懂，你反而看得津津有味？"

狗爷："我以前在我主人家，他们为培养儿子，给报了好多培训班，其中，就有一个书法班。可是，他儿子是个饭桶，根本不是那块料，倒是弄来的一大堆字贴，成了我每日他们不在时消遣，排解寂寞的好东西。

天天看，日日看，倒看上了瘾，说不出来的喜欢，美！楷书，就像我们一个个蹲着的狗；行书，就像我们高兴欢势时乱蹦达的狗；草书，就像我们发情了，疯了一般乱蹿。好长时间看不到它们了，所以，挺过瘾。可是，疯子不耐烦，催着我走。走时，服务员姑娘还让他在留言薄上划了两句。"

蹭鸡儿媳者："他写了什么话？"

狗："人屁，你想想，一个疯子，能划出什么来？我倒是有一肚子的感受，可是，我不会写字呀，只能憋在肚子里。"

蹭鸡儿媳妇者："再说说去公园看猴戏的景况？"

狗爷："嗨，火透了！据说是又编出了什么新鲜玩意，人山人海。我们狗仨根本就凑不到跟前去。"

"疯子呢？"

狗："他也只能挤在人堆后边，趴着脖子望，其实啥也没看到个啥，别人笑，他也跟着傻笑，别人叫，他也跟着叫，别人拍巴掌，他也跟拍巴掌。我看好多人也跟疯子一样，也没看到啥，只是跟着前边的人在吼，在叫。"

蹭鸡儿媳者："热闹啊，羡慕啊。我要不突然中风，躺在这里，该多好。这会儿也在那人堆里。"

狗："我一点都感觉不到有啥好的，真不如那书法展上一幅幅的字让我看着惬意。"

蹭鸡儿媳者："你一只狗，懂个啥？人就图的个热闹，有趣。你看那体育比赛，歌星演唱会。为啥那么吸引人？我记着，前些年，一个歌星来到咱们市，那么多的警察执勤，人群都把体育场的大门给挤坏了，有好几个人还踩踏被送到了医院抢救。为啥大城市总是吸引那么多的人去，也是这个道理。人怕孤独。"

狗："你听没听过我们狗发生过什么踩踏事件？所以，我觉得你们人特没意思，没我们狗识好歹，特爱随大流，脑子也不会转弯。　我钻不进人群去，就多了个心眼，从后山坡上绕到山顶，从高处往下看，有啥？还就是前几天演了的那几套旧把戏。不过把冥币整得上了点儿油采，光亮了点儿。桃子换大了点。猴子脖子上的绳，由皮绳换成了铁链。主人手里的锣，换了个更大点的，敲起来，声音更响了点。那把处置贪猴的假枪，也换了把更仿真的，主人毙贪猴时，声音更响了点，更像真的一样了。可是，人群就比前几天多了好多倍，好像我听那一帮你的残疾朋友说，都是媒体宣传的效果。我看得实在是没趣，就唤上我的两兄弟重去了河边的美术馆，真是没看够啊，太好太过瘾了。"

蹭鸡儿媳者："没有了疯子，你们一群狗去，服务员能欢迎你们？不把你们轰出来？"

狗得意："难怪在这墓园里，就你，最不受众鬼待见，因你的思维方式总是那么老套。告诉你吧，我们重去后，正碰上了书展的主人——就是那几位名书法家中的一位，热情得啥似的，把我仨恭迎进沙发，还泡上了龙井。又问'疯子呢，怎么没回来？'我答：'他在看猴戏呢。'那书法家就感慨：'妈的，就一个疯子，还放跑了。狗爷，你好喝。衷心希望你以后几天里，再多带几条狗过来。'我说，'没这本事，家狗都被主人链着，是不会到这里来的，一般，也都被主人牵着去上了公园看猴戏。也就是我们这野狗，前来瞅瞅。而且，给你实说，他俩，也是狗看星星，就我还懂点，会欣赏。'他细问了我，我就把我喜欢书法的缘由给他讲了。他大喜，把我领到他自个的作品前，让我评说，我大夸了他一通，说，'别人的，写得也就那样，只有你的，比我看的书法贴子上的字还好'。那书法家一把把我搂进怀里，哭了，说，'兄弟，知音啊！'"

三十三　被打扮的历史

又一天夕阳西下，狗仨回归墓园。

蹭鸡儿媳者又好事地问："今儿个又上哪去浪了，看把你美的？"

狗爷："美个屁。"

蹭鸡儿媳者："咋？"

狗爷："你在地下，看不见我这条腿，瘸着。"

蹭鸡儿媳者："咋回事？"

狗爷："被那疯子踢的！"

蹭鸡儿媳者："疯子为啥要踢你？"

狗爷："今儿个我仨跟他到戈壁滩一水渠边转——我们也不知他今天为何要领我们到那荒郊野外去。水渠边上，有一个水泥砌成的坟，立着块碑。我看到那碑下有好几坨狗屎，你们人也知道，我们狗有个占地盘的意识，就抬腿在那块碑前撒了股尿，还没等我撒完，疯子就上来狠狠给我一脚，嘴里骂骂咧咧。他还用手清理了那几坨狗屎，又给那碑手举过头去行礼，然后又是三鞠躬，然后，又把拳头攥得紧紧，好象宣什么誓一样——因为，前一段，他在那街上的标语牌下念那标语时，也是这一动作，所以，就记下了。"

旁边的社会学家明白了过来："我知道咋回事。那是六六年的时候，一个放羊娃子，放生产队的一群羊时，有一只爬下水渠想喝水，结果滑了进去。那放羊娃是个愣头青，跳进水渠里去救，结果羊没救上来，自个也被淹死了。那是一个到处树典型的年代，结果，尸体从下游被捞上来，用水泥砌了墓葬，树了碑。成了全省的学习典型。他父亲为此事，也被树立为学习毛著积极分子，还去了趟北京天安门广场，接受伟人接见。回来后，可是不得了，到处做报告：英雄是怎样培养成的，如何如何。一下子，就从啥也不是，直升到了大队当书记。后来，我们插队就在他所在的大队。一次，就听出一个惊人的消息，他把一个女知青给糟蹋了。那时，对这方面抓得挺严，本来是要打头的，结果，因为有他儿子这档子事，上边网开一面，判了十二年。后来，高考恢复，我考大学走了。八三年时，又传来消息，他小儿子，又犯了强奸罪，要打头，还是沾了他哥的光，保住了头，判了无期。再后来，我因为工作后留在外地，多年了不回家乡，也就不知道后边的事情了。"

文化干部接嘴："我知道，那几年，我就在史志办。编史志时，想，这一段咋编？一边是强奸犯的爹与弟，一边是省市树立的先进、英雄？领导教训我，说我迂，改呀，切割呀！所以，我们就把他爹与弟全剔掉了，把他写成了另一家农户的儿子。为这事，我们还专们下到村子里给村民们做工作。让他们统一对外口径，对此保密。以后的好些年里，每年的清明节或是其它什么有关的日子，全市的各机关团组织，中小学生，都要到他的坟上去祭扫，搞一些活动。后来，随着市场经济，大家伙也就把它给渐渐淡忘了。我在世时，都有二十多年不去了，没想到，那个疯子还记着。"

　　女人："你们根本不知最近的情况，那墓被荒了几十年后，又被重新修了，碑也换成了新的。碑上的铭文也换了。说是他是一个孤儿，从小就是五保户，吃百家饭长大，所以，对乡亲们有很深的感情。他下到渠救的也不是一只羊，而是邻村两位玩耍时，不幸落水的小孩。我们一起跳舞的一位的孙子，在我来到这里前，刚被学校组织上去过，回来后告诉她奶奶的。"

　　地下的疯子又冷不丁冒出一句："历史，是可以随便打扮的孩子。"

三十四　贴广告

　　赠鸡儿媳者问狗爷："近一段你仨都干嘛去了，天天出去？没你的时间，大家伙都一个个躺在那里，真寂寞。"

　　狗爷："忙啊。"

　　赠鸡儿媳者："忙啥？狗，除过跟个疯子遛弯，还有啥事可干？"

　　狗爷："是每天跟着疯子，但最近不是去遛弯，而是去撕和贴广告。"

　　蹭鸡儿媳者："说清楚了，倒底是撕还是贴广告？"

　　狗："前边几天撕，后几天贴。"

　　蹭鸡儿媳者："咋回事，搞不明白？"

　　狗："前一晌，疯子发现一些避静点的街道地上，隔几十多米，就有一美女图像的纸片粘在地面上。有几张，甚至粘在那标语牌上。疯子不知哪来的那么大的气，就用脚蹭，用手撕。可是，那小广告粘得挺牢实，费好大的劲，才能蹭掉一张。没办法，也让我们仨参加，一块用爪子挠。你看不到，我仨前几日的爪子全都挠出了血。"

　　蹭鸡儿媳妇者："疯子为啥要撕那些广告，究竟是啥内容？"

　　狗爷："据他说，好像是什么招嫖广告，我们也弄不太清楚。问他，他回答说是'母狗招公狗的'。"

蹭鸡儿媳者躲了再不问。

科长来了兴趣："我明白他的心思，还是在心里叫结他媳妇被我们原处长勾跑的事，属恨屋及乌。"

狗："对对对，他一边蹭，还嘴里一边咒，'婊子，让你们卖不成！'"

科长："听你说，怎么后来又变成贴了，搞不明白？"

狗："嗨，一天，遇到了俩壮汉，从后边蹿上来，照他屁股冷不防踢了两脚。疯子回过神来，就乱抓乱挠那俩壮汉，加上我们狗仨一顿猛扑，两壮汉好像心虚，就扯趟跑了。"

科长："这跟你们后来又贴广告有什么关系？"

狗："你听我慢慢讲：一天傍晚，我们跟疯子来到一个烤肉摊，见到那俩壮汉跟另两个人在一起喝啤酒，吃烤肉。疯子不怕那俩壮汉，倒是对另两人怕得要命。他对我仨说，那两人虽然穿着便装，但，他能认出来，那俩就是以前他砸处长窗时，拘过他的警察。那俩警察似乎也认出了疯子，便起身急速地离去了。俩壮汉倒是对他友好起来，主动前来示好，将疯子请到他俩的座位上坐下，叫服务员来给疯子送上几大块烤肉，又给了一瓶啤酒——当然，我们也跟上沾了点光，吃着唠了好大一阵。第二天开始，疯子就开始为那俩壮汉贴起以前我们撕的那种广告。有几张，甚至也贴在了那标语牌子上。然后，到晚上，疯子就重去到那烤肉摊上。那俩壮汉等着他，让他坐下，给大块的烤肉吃，啤酒喝——当然，我们也跟上一块吃。吃完后，那俩壮汉就给他新一叠广告，第二天，再去贴。"

　　科长："他就那么听话？"

　　狗："嗨，比撕那广告时，更起劲。路人都说，现在这招嫖广告咋这么多，多得可以跟那标语牌比。说是那几条巷子成了花街，低头看招嫖广告，抬头看标语口号。"

　　科长："就没人管他了？"

　　狗："有两个打扫卫生的女的前来劝阻，都被他打跑了。有一天，天麻麻亮，我们跟上疯子去贴，远远地就看见两个打扫卫生的在那里清除广告，见我们来了，撒腿就跑，一边还骂，'狗娘养的疯子，以前是别人半夜贴了我们白天铲。现在，倒变成你白天贴了我们晚上偷偷来铲。就这，还被你追着打！这啥世道！'"

　　科长："后来呢？这样让他贴下去，那满大街不全成了招嫖广告，成何体统？"

　　狗："打扫卫生的可能给上级反应了，没两天，就来了一帮城管，硬把疯子架了送到疯人院去。疯子被控制后，还一边乱踢腾：'你们还敢抓我，你知道我背后的靠山吗？'城管说，'你背后的靠山早都被抓了。'他不信，嚷嚷，'你们说的是那俩送我广告的。他们后边还有人呢。他们是公安！'城管说：'他们也已经被拘了！'，疯子嚷叫：'我不信，怎么可能！他们权可大了，一定会来救我的。到时候，有你们好果子吃！'"

　　社会学家慨："典型的斯德哥尔摩综合症！"

三十五　贞狗

狗爷：

"二十歪着中科举，

未名湖畔读死书。

六十方悟人间事，

把酒隔窗观雨丝。

一间草堂

半藏农器半藏书。

两亩闲田

一望轻风一望雨。

三十年上班

且为功名利禄。

六十岁退休

终归田园诗意。"

有鬼问："狗爷，你今天去哪了，一回来，就念这些个，听上去，简直就是只大文狗。让我们这些鬼对你刮目想看。"

狗爷："记着没记着之前我说过我们狗仨到过一个名叫'西坡草堂'的度假村？疯子被关在了疯人院，我仨进城去没人庇护有点儿危险，就去了那儿。"

老师："当然记着，你说那园主是我的一个学生。"

狗爷："对，这两首诗，前边的一首，是那位北京人作的。后边的一首，就是你学生作的。"

社会学家："都写得很不错嘛。让人羡慕的日子。"

老师："那北京人一直没走？"

狗爷："走了，又回来了。说是把北京的房子租出去了。可巧，就租给咱们当地去北京陪儿子媳妇的一对老夫妻了。"

教师："这个二百五，听上去，好像还是北大毕业的，为啥就非要跑到咱这破地方来。你刚才不是说了，我们这边的的人都跑北京租他的房子住。他怎么全国那么多的地方看不上，非跑到这里来。真是不可思议。"

狗爷："老师，你听我给你慢慢道来：这人吧，也算个能人，北大毕业后，就进了社科院。可是，还没到中年，老婆就得癌症死了。前两年，他自个又体检出得了早期肺癌。儿子在美国成家立了业，他就去儿子那儿做了切除。病情好转后，生活却不适应，想回国。回到北京吧，雾霾重又呛得他受不了。他就想回到他老家去，可是，回到老家，才发现，比北京好不到哪去。一个德性。无望中，他开着车，带着他的犬，就开始在全国空气好的地方乱蹿。一次，就路过来到了咱们这城市，车开到那个西坡堂前的岔路口，他要停车撒个尿，他的狗也蹿了下去，竟然叫都叫不回来地径直就跑进了绿树花香中的西坡堂。主人就跟了过去。这一去，就是我上次给你们说的，他就跟当地这帮人结上了缘份。回北京后，租出了自个的房子，来到了这里。现在，一拨人好得啥似的，天天四处逛景，回来就是吃肉喝酒，吟诗作词，好不快活。连他的狗，都乐得直欢势，见了我仨，喜不自禁地唠了好多掏心窝子的话。"

老师："一条狗嘛，它能跟你唠出些什么？难不成比他上了北大的主人还有水准不成？"

狗爷："老师，你此言差矣。它非常得意，说是没它，恐怕就今天没他主人了。

老师："怎讲？"

狗爷："一段时间，他主人老是咳嗽，它早从主人的痰中嗅到了凶险，就常常冲着那痰嗅嗅，又冲着主人猛叫，它主人养它时间长了有默契，感觉到它有事要告诉自个。才引起重视，去医院做了检查，早期发现的。所以，为这事，主人对他倍加珍爱。上一次，它跑进西坡堂，主人就更确定是它让他选择此处长住，准没错。所以，回去后，就毫不犹豫租出了房子，来到了这里。"

教师嗔："把你们同类自吹自擂的！倒好像一个堂堂北大毕业的人，还不如了一条狗。"

狗爷："老师，你还真别说，他就是不如。我们狗的嗅觉你们人也早都证明了的，比你们人对气味灵敏几百倍。不然，咋有什么搜索犬、缉毒犬？它说它在北京呆着的时候，那个难受。几条狗们有机会相聚在一起的时候，都议论的是这话题。一个个骂主人，'蠢死了。这样的空气，简直就是毒气室，还一个个呆得美着乐着。岂不知，就是慢性自杀，有啥办法呢，谁让咱是条狗，必须跟主人无奈地蹴在那破地儿。冬日里，有时大半个月见不上个太阳，身上全长了螨虫。那个痒，简直就是生不如死。'我跟它说，'现在你好了，过上了美滋滋的日子。'它说，'可不咋的。只有一件事，很不如意。'"

老师："啥事？"

狗爷："园子主人，养着一条母狗。它看上了。"

老师："这不是好上加好，天作地合的美事？"

狗爷："什么呀！那母狗看不上它。"

老师："一个当地的土狗，看不上京城来的洋狗？怎么可能呢？"

狗爷："老师你别不信，我早都发现你老人家观念有问题。真是看不上，每次它趴那土母狗时，人家都不让。"

老师："为啥？"

狗爷："土母狗嫌它身上有一股难闻的味道，土母狗对这一气味过敏。"

老师："狗还这么讲究？还是第一次听说，大概是嫌弃它身上还带着的霉味？"

狗爷："肯定是了。"

老师："那最后呢，它征服母土狗了没有？"

狗爷"征服了人家的身子，没征服人家的心。"

老师："咋讲？"

狗爷："一次，他硬是把人家抓压在身子底下给强奸了。那母狗性子好刚烈，起来后，就一头撞到旁边的一棵树上，死了。"

老师："我的天，光听说人有烈女，没想到，还有烈狗。"

狗爷："严格意义上说，不叫烈狗，叫贞狗。它觉得它被一条脏狗给玷污了。"

老师："后来呢？"

狗爷："主人伤心坏了。北京来的客人也感到很内疚，狠揍了自个狗一通。两人把那母土狗埋在了一棵牡丹花下，还给做了个冢，树了个墓牌，写上两个大字'贞贞之墓'，背面还写了两句碑文。"

老师："啥话？"

狗爷："质本洁来还洁去，一抔净土掩风流。"

老师："这狗的举止，似乎颠覆了我的价值观。"

社会学家慨："连我们这的土狗，都瞧不上北京的狗了！可这边的人，还猛往北京蹿！"

三十六 鬼话

　　地下的疯子一大早，又嚷嚷上了："尊敬的诺奖评委，各位来宾，各位记者，十分感谢这一届的诺奖能颁给我。谢谢。无论历史领域，还是艺术领域，太过超前的东西都是要上绞首架的。诗的世界里不乏这样早到的英雄。窒息呼吸的是漫天阴霾。电闪雷鸣中的沉舟侧畔，雨后天晴的自由花开。我之所以能得此殊荣，是因为你们有勇气破除陋规，大胆改革，从此届开始，宣布得诺奖者，必须是已经死了的。这样，就最大限度地制止了人为暗箱操作，在死神面前，人人平等。找到理想读者，就好比要在茫茫人海里找到自己心心相印的爱人。伟大的文学家需要伟大的读者。没有伟大的读者就没有伟大的作品。如果没有苏轼这样伟大的读者，陶渊明也不可能成为伟大的诗人。珍惜每一次的相遇，但是并不是每一次的相遇都美丽，只有祈求相遇会是在对的时间遇见对的人，那么带来的将是快乐和幸福。而错的时间遇见对的人是一声叹息，对的时间遇见错的人则是一种遗憾。世界名著的作者，好多，都是在死后几十年甚至上百年才出名的，这遵循了艺术的一般规律——所谓时间是最后的审判者。时间冲走一切该冲走的，留下该留下的。历史没有固定的编程，崭新的程序有别样的精彩。子规半夜犹啼血，不信东风唤不回。懂事，不是更深的绝望，我的需求没有罪。我这次的获奖，还得益于你们的另一项改革，就是：诺奖只颁给没有在正式媒体发表的作品。这一改革实在是太好了。那些正规杂志出版社出的东西，全是经过平庸的编辑一道道地把关，选出来的作品全是一个模子里倒出来的，就像工业流水线上出来的啤酒。真正天才的作品，早被他们的第一道筛子就挡掉了。他们只登自个看着顺眼的作品，甚至哥儿们的作品。手中的权力已经成了他们屁股下的椅子，只有亲近的人可以交换着坐。即便在亲近的人里，也要看人的尊卑而搬不同的椅子。我知道此时你们正一个个瞪大着眼睛，嗔、痴、妒、疑、惑，月缺魄无光。每一根神经都在风中摇摆。高谈阔论的精英，仿佛真理在握，其实是一丛丛风中的芦苇。对我这不认识的小作者的稿件，当年你们可能看都没看，就扔在了纸篓子里。真得感谢你们的平庸，平庸是平庸者的通行征，天才，是天才者的方向灯。天才是一般平庸者识不出的怪物。还得非常感谢我的大学同学，他们好多都在这样的编辑部里呆着，我也曾将自个的作品私寄给他们，想走窄门，幸亏他们没有念及同窗之情，以冷漠视之。不然，如果发表出来，哪有我的今天啊！没有人不以貌取人，以利取人，看人下菜碟。同学，其实更多的时候是一堵你前行路上的墙而不是你行船上的桨与帆。风萧萧兮易水寒，独行者不是最终的悲哀者。在独行中，可聆听美妙的天籁；在天籁中，可独窥真理的光茫。有很多这样的时刻，你惊心动魄，而世界一无所知。你翻山越岭，而天地寂静无声。人生说到底，是一场一个人的战争。我还得感谢我的母校，上大学时，我很不喜欢中规正距地坐在课堂里，听那些老先生们的之乎者也，实在是乏味。我只爱看杂书，结果，考试几门不及格，就把我给劝退了。规则——一副反人性的枷锁与镣铐，冷酷而无情，它足以成就一千次死亡前最后的晚餐。我还得感谢我的大学女朋友，一看我被劝退，就跟上另一个学习优等生，跑到国外去了——爱情其实是世上最靠不住的糕点，看上去华美，它需要藏在里边的好多添加剂来保鲜。我痛苦万分，万念俱焚，所以，就跳楼了。生命并不贵，爱情没意思，两者都轻薄，不抵一张纸。我来到这地下后，才真正感悟到了社会人生的真像是什么，吟出了好多好多掘出灵魂的诗。将物品精心保存就必须相应地有将它们精心合宜地毁灭的办法，要不然世界就将被成堆的古物所淹没。人类会被多年不可忍受的积累所窒息。白的不停地被肆意抹黑，黑的急不可待地想漂白，假做真时真亦假，真做假时假亦真。儿童自个没穿裤子，　却指戳皇帝新装上有补丁……如果我在地上，还活着，是断然悟不出这些人生社会的真谛的。觉醒，才刚刚开始。感谢感谢，我还得感谢你们这帮地下的伙伴，真好哇，不知是哪一位，经常用手机跟他在瑞典文学院的儿子聊微信，将我吟的诗，源源不断地传给他儿子。我一边得感谢高科技，它让地球扁平了，让我的才能可以驾着电波伸开翅膀，在自由的天空，飞向任何想去的地方。　一边，我得感激鬼比人的高尚与纯洁，无私与慧眼。他们没有偏见，没有在人间的条条框框，没有嫉贤，没有妒能，没有无知的自以为是。感谢感谢。在人世，天才是痛苦与孤独的，智力眼力超群不是个叫大多数人喜欢的玩意。最后，我得感谢一下自个的父母，是你们，从小，望子成龙，逼我学这学那，上这个培训班，那补习班，反而造就了我逆反的性格，我偏就偷着读杂书，打篮球，爬山丘，反而考了个全市状元。感谢感谢，在我短暂的一生中，要感谢的人和事实在太多了。我虽然死了，但精神，却活着。人一旦觉醒，是任何力量也抵挡不住的，就是在地下，也要孜孜以求，进入探寻真理的更深的隧道里跄跄前行。物质进步没什么让人羡慕的，除非它能推动思想前进。坟墓由于在地下，其实比站在上边的人对人生看得更深更透，因为他是从下往上看，从死里往活里看……"

　　社会学家慨："这是鬼在说人语，还是人在讲鬼话？"

三十七　狗样

让狗爷算命者："狗爷，这一晌，又是白天听不见你动静，晚上似很晚才归来。外边逛得可美？"

狗爷："美个屁，累得屁淌。"

让狗算命者："累啥？"

狗爷："救死扶伤。"

算命者："狗也有这一崇高行为,咋讲？"

狗爷："前几日，我仨到城西河边瞎逛，钻一大桥下边，怎么发现，地上的疯子在桥下的河沿上躺着，已经奄奄一息。"

让狗算命者诧："咋回事？上次不是说，因为贴招嫖广告被送进疯人院去了嘛，怎么又躺在那？"

狗爷："我们也问他。他说是精神病院主动让他出来的。"

医生："我知道。精神病院是不可能长期让他呆下去的，费用花不起。特别是象他这样没依没靠的。"

科长："其实，他有依有靠。只是靠不住。"

让狗算命者："咋讲？"

科长："自从他老婆被我们前处长勾了，他砸了几次人家窗户被拘，后疯了，反反复复，就不能上班了。处里就打发他到了一个第三产业。后来这个第三产业让私人承包了，再后来，他也就稀哩糊涂被弄得下岗失业了。每个月，就领个千儿八百的过日子。他有个哥嫂管着他的工资，再苛点扣点，反正是这疯子也可怜。"

　　让狗算命者："总该有个管他的地方。"

　　科长："谁管？谁乐意管？懒得管！我想他哥嫂也乐得他不回家，我在世时，经常看他扒垃圾筒，谁不膈应。"

　　让狗算命者问狗："你接着讲，你们是怎么救死扶伤救他的？就凭你仨狗？"

　　狗爷："疯子给我讲，以前，夏天时，他大多数情况下，就宿在桥洞下，这儿就是他的'家'。其实在之前，就经常有上边穿制服的人，来将他的东西收了去，让他回他哥嫂家去住，说是有妨城市观瞻。每次，都是前边收了，他后边又整来一堆的东西，仍旧宿在那里，反反复复。这一次，他被弄进了疯人院，上边趁机又将他的东西全给收拾了。他被放出来后，仍到桥下来宿。可是，河里夏天来水量大，漫得河沿的沙子挺潮湿。正好，大桥两边的栏杆上，最近要挂好多城市精神文明建设的标语牌，内容是什么'尊老爱幼，帮困助残'什么的。他就晚上，偷偷想去拎一块过来，睡觉时，好放在身子底下防个潮。没想到，被工地上看材料的发现了，追撵过来，疯子扔了那牌匾扯趄跑，夜黑风高，就从桥头上摔了下来，腰也折了，腿也瘸了。我仨见到他时，只剩下一口气了。"

　　让狗算命者好奇："那你们对他又能咋办？"

　　狗爷："遇到他时，他只嚷嚷渴，我们就帮衬着他爬到河沿上去，他头伸到水里还没能吸溜上两口，就攥进水里了。得亏我仨猛拽，揪头的揪头，撕裤腿的撕裤腿，才把他的头拉出水面来，不然，他就完完了。"

　　算命者："真可是'救死扶伤'。后来呢？"

　　狗爷："他挺感动，都掉泪了。说我仨是他的再生父母，比他哥嫂强百倍。我劝住了，'本是天涯流浪者，相逢何必多客气'。后来，他又嚷着饿。我心想，这可咋整。最近，也不逢什么鬼节，也没见什么下葬的人。所以，我们仨才出来打打野食。我脑子还算灵光，马上就想到了那西坡堂。就领了小二与小三紧忙一路小跑，到那西坡堂去。正好，那一帮子人在那里正吃喝吟诗。我把那只京狗叫过来，私下里把疯子的事说了。那京狗挺同情，倒底是一只教授的狗，马上就偷偷进屋去，从一个纸箱里，撕咬出几根火腿肠来，给我仨一狗一根，叼了就往河边上跑。"

　　算命者："你们真是高尚，自个还饿着呢。没有经得住诱惑？"

　　狗爷："也矛盾着呢，能不想嘛？脑子里，思想斗争也激烈。有两次，小二与小三都把肠放在了地上，准备咬开，被我喝住了，'你们还是狗吗？一点狗样都没有，倒象是人。那边的，正在等着它救命呢。'俩狗只好重衔起肠子来。最后，来到桥下，送到疯子嘴边。好家伙，疯子吃得那个急，有几次，都快噎死过去。还是我几爪子上去猛拍他后背，才把他给拍活过来。"

　　算命者："后来呢？"

狗爷："他有吃的了，不就缓过来了嘛。这几天，我仨就一直在干这事。你想想，他一个人，胃口是我们狗的多少倍？我狗仨每次一狗只能衔一根肠。从城西到城东，十几公里，一天得跑四五趟。你是看不到，我们一个个的爪子，全是血泡。我们又给他从外边，叼来了纸箱板、泡沫塑料板、破棉絮什么的，给他在河沿上重续了个铺。累坏了，狗牙都弄活动了。就这样，算是把他给救过来了。"

让狗算命者："我真感动。我在世时的最后一段时光，情妇一大堆，还有儿子，没一个像你们这样实心待疯子一般待我的。"

文化干部："过去，我在世时，一到年底，就被抽上搞感动全市十大人物评选。其实，那些典型人物，水分一个个都挺大，哪有你们这么实实在在。你们这事才真真叫感动。都可拍成宣传片做为城市品牌，向外宣传！片名可起《感动城市之狗。"

狗爷："你们人，都尽搞那些虚套子。这是我们狗应该干的。"

三十八 鬼一般

墓园里，新躺进一位。

身边的医生跟其聊上了："啥病，何因，来到了这里？"

新来者："唉，一言难尽。"

医生："说说，生前什么职业？"

新来者："交警。"

医生："有权单位。"

新来者："干不下去。"

医生："咋回事？"

交警："良心有愧。年前，我办了提前退休，实在是不想再干了。"

医生："和我的情形似乎有点相似，说说？"

交警："我们的工作，有很大的创收任务，逼着你干一些昧良心的事情。"

私营企业家："你讲的这些情况，我似乎了解一些。据说，你们交警大队每年都有创收指标。指标跟年终考核奖励与升迁等相挂勾，为了完成任务，就生出好多法子来。"

交警："你说的一点没错。为了创收，真是啥法子都用上了。"

私企老板："讲细点？"

交警："我们正式交警受编制限制，力量有限。在一些车流量大，停车场少的地方，就找一个附近单位的保安或者清洁工做为'线人'给他们一定的提成。只要有人稍有一点点出线乱停车，那边他一个电话，　我们几分钟内就到达，他连见都没见到我们的警车，罚单就给他贴在了车上。然后，我们跑下一家，大大提高了罚款效率，做到应罚尽罚，没有漏网之鱼。"

私营企业家："这就等于是天天无本收钞票，比我们企业挣俩钱轻松多了。我们经营，得花费多少的心力与操劳，稍稍考虑不周，就翻船，完完。所以，现在考公务员的为啥那么多，就这个道理。不用动脑子，不用花力气，坐在办公室里，就来钱，旱涝保收一辈子，而且各种副利还超高。"

交警："你所说的一点没错。因为编制所限，很多有背景但学历不够的人被各种门路整进我们交警队来当协警。最后，混来混去，几年后，就变成了正式的。这些人，积极性最高。因为要表现，但也最容易惹出麻烦来。一次，一个有背景的司机投诉我们，说一交警，查他违章的时候态度蛮横，语言粗俗，甚至还连个大写的壹到拾的数目都不会。其实，就是协警，换穿了正式警的衣服出勤的。说实话，大多数情况下，我们正式警都懒得出去跑，坐办公室多清闲。"

私企老板："我掌握的情况，出现一些交通事故后，好像你们的油水更大。一次，我的车与一摩托车撞了，明显是那摩托车主的责任。可是，我一看，他就是个赔不起的主，我的车多高档呀。叫来了我在交警队一熟悉的哥们，把现场整成我负全责，让保险公司全赔。当然，我给哥们交警意思了三千。保险公司办赔偿的我也熟，明知咋回事，睁一眼闭一眼，也给了他一些好处费打点，结果是他们保险公司当了冤大头，私地下，我们几人皆大欢喜。现在社会就这样，处处潜规则，处处有漏洞，有权的，能钻上空子的，赚大便宜，没权的，钻不上的，小老百姓，出了事，自认倒霉。绳子都是细处断，现在的社会是越富的越富，越穷酸的越穷，马太效应。"

交警："你说的这种现象太普遍了，你接着听我讲。其实我们这行，出现重大交通事故后猫腻更大。如果电话报警的人描述了交通事故比较严重的话，最先到达现场的一定是拖车。其实，拖车的就是我们的关系户，也只有它一家，每一次拖车，都要跟我们分成。事发后，一般肇事司机都懵了，我们说啥他听啥，哪里想到问拖车费是多少。事后，才发现，拖车费奇贵，与我们论理，我们就会搪塞说那是人家拖车公司定的标准，找拖车公司的去。最后，他自认倒霉。"

医生："听上去，跟我们给病人开大处方是一回子事。"

交警："其实，拖车费还只是小意思。费用高的是拖车之后存车的费用。但当事人当时并不知道。到事情过了提车时，一看费用，傻了。很多车主还傻傻地为此拒绝提车。好嘛，你不提车可以呀，费用继续累加，上不封顶。每年都会遇到几个倔犟的司机，就是不缴，然后费用累积得确实高了，就放弃提车了，要告我们。胳膊是拧不过大腿的，到哪告，也是告不赢的。条规是由人解释的，法院的，跟我们都是哥们弟兄的。律师的辩护嘛，可以采纳，也可以不采纳。

再说，好多人是怕得罪我们的，吃了亏，往往打了门牙往肚里吞。得罪了我们，下次，再狠罚他……"

私企老板："我知道，绝大部分司机，是不敢惹你们的。你说的那少数几个，都是不懂利害的愣头青。"

交警："还有极隐匿的，有人跟我们头儿有铁关系，在二手车论坛发布卖车广告，编着告诉你这个车是法院扣押车等等，可以打擦边球，通过关系办出来上路。有的人就图便宜买了，就当了冤大头。车开出去不久，就会被我们扣了，罚款，往死里罚！然后……"

医生："我只说我们这行昧良心，没想到，你们比我们更昧良心。"

交警："所以，最后，实在是良心上过不去，就提前退休了。"

医生："这与你来到这里有啥关系？"

交警："儿子不干了，整日的吵吵，说我一辈子窝囊，张三叔李四伯的都上去了，就我，头发白了还是大头交警。他们的儿女们，通过关系，都进了警局，就他，进不去。本想再让我使点劲，没想到，我却提前退了，怨恨我得不成。老婆也站在儿子那边。一天父子俩大吵起来，我打了他一耳光，他竟然反手把我按在了地下，我就一下子晕了过去。后来，就到了这里。"

老师："咋都这样呢？还是我们教师这一行高尚。"

私企老板嗤："拉倒吧，老爷子你是岁数大退休得早，没赶上。你们那行，现在一点儿也不比他们两位行业昧良心的事干得少。这我知道得清清楚楚。我儿子的带课老师，一

　　讲到重点，不讲了，说是下课后，到某某培训班去听；班主任吃请的邀请，从开学，一直排到中秋节都排不完。一些家长，直接就给班主任口袋里塞钱，弄得老师都弄混了，不知道谁给了多少。到教师节，送礼的更是把老师家的门槛都踩破了。我儿子班上一个傻家长，不知行情，家长会上，还提问老师：为啥他儿子近视，又个矬，却被安排在最后一排。引得大家一阵哄堂大笑——笑他痴，笑他傻，不知行情。"

　　老师半天，有所悟："真是没赶上，穷了一辈子，也被儿女们看不起了一辈子。唉——"

　　疯子："这个世界真玄幻，坏人都由好人变。表面个个正衣冠，背地却是鬼一般！"

三十九 缺德事

　　有鬼突发奇想，倡议："每一个鬼坦白坦白，活着的时候，有没有干过缺德昧良心事的？不要说谎，都到这里躺着了，是不是？长者为尊，先从老市长说起？"

　　老市长："让我想想，我嘛，肯定是干过好多好多这样的事。拿到今天来说，那简直就不叫昧良心的什么坏事。你比如说，当年，市上提拔干部，我给几个人答应的好好的，可是，经不住好多因素的搅和，最终，推荐上去的，却是另俩自个的老乡。虽然也内疚，但，却自我安慰，提谁不是提，这衙门又不是我家的？能力不行，放到岗位上锻炼几年不就出来了，我不就是放羊娃出身？结果，后来，这两个人整啥啥不成。就一摊稀泥，抹不上墙头。另两个有能力的，却失去机会，再没能上去。"

　　厂长："当年，厂子为压成本，明目张胆地排污，附近的老百姓天天骂，白搭，我给环保局长送了一套房。据说，好多人得了癌症。"

　　中学老师："我将几个不够分数线的亲戚小孩子，塞进到学校过，三十年前的事了。当时还得意，觉得给亲戚办了好事，现在反思，你亲戚的娃进去了，不就把别人的娃结挤了？"

　　人类学家："我有两篇文章，研究生替我写的，还有两篇，在网上也抄过一些别人的东西。"

社会学家："我为几篇论文的发表，给学报的总编送过钱。"

女人："我在学校门前，卖过各种小学生爱吃的零嘴，不说你们也知道那是咋整出来的。我孙子，从来不吃它，嫌恶心。最早在农村时，我家种的菜地，专门留出一块不上化肥农药的。其它的，往死里放，管它呢。"

蹭鸡儿媳者："老实说，我确实搞过儿媳妇好多次，实在是憋，但又穷，那一阵上来，也就顾不了伦理纲常。"

贪官："还用说吗？我不昧良心干好多的坏事，可能现在活得好好儿的，能躺在这里？"

医生："你们都知道，我就是因自责，心梗突发躺到这里来的。"

交警："我的事刚刚说过，不用说了。"

文化干部："我上次就已经说了，我那工作，有相当的内容，就是搞假典型、改改历史档案什么的。我得癌症，可能与其有直接的关系，压抑心情。"

科长："我明明知道我们处长是个色鬼，仍把对门好邻居的媳妇介绍去陪跳舞。早都发现他俩搞到一起了，邻居多次问我，我却一真为溜须处长说假话蒙他。说实说，疯子落到今天这一步，与我，有直接关系，也怨不得人家老来砸我、踹我的碑。"

让狗算命后代是儿子还是孙子者："几个情妇其实全上了我的当，为我生娃的生娃，离婚的离婚，还相互不知情。不然，咋碰上我儿子喜欢上我情妇，生出个娃来弄不清是儿子还是孙子的难堪事。"

　　私企业主："你们一家家住的那楼房，钢筋都是我重拉细了的。本来放十根的，我也就放个六根。监管部门的都收了我的好处的，他们根本不敢给外人说，比我的嘴还严实。"

　　开火锅店者："你们或自个，或亲朋好友，多多少少都去到我店里，吃过我的地沟油火锅吧？"

　　疯子："我没有！我从小到大，没做过一件丧良心的事！"

　　狗："所以，你才会疯了！"

　　众鬼问狗："你干过什么损同类的事没有？"

　　狗："没有，我们之间，最多，为争个母狗咬两口，从来互不日弄！"

四十 吟诗

有鬼问狗："这一晌，你仨白天是不出去了，倒老是晚七、八点出去，为啥？"

狗："现在，夏天了，广场上可热闹。"

女鬼："我知道，跳广场舞的。广场、公园里、街道两边，到处都是。"

狗："你说的也是，但，现在，最吸引人的，不是那些跳广场舞的。"

女鬼："噢，我想起来了，是演节目的，每年这时候，都是一场接一场的演出，一场接一场的比赛。"

狗："你说对了一半，近几天，不是演出。"

女鬼："那是什么？"

狗："诗歌比赛。"

女鬼："诗歌比赛？哪有那么多的诗人，能撑起一台晚会？"

狗："你还别说，一个接一个，甚至一群接一群地上台，多着呢。"

女鬼："有人听那劳什子吗？"

狗："有人听，人山人河的。"

女鬼："见鬼了。听得懂吗，一个个？"

狗："我看大部分人是凑热闹纳凉去的。我旁边的几个人还在议论，这哪叫诗，顺口溜，标语口号大白话，"

　　女鬼："我说嘛，现在，连狗都不听什么破诗了。我在世时，我儿子喝酒时，酒桌上，一个当地的诗人塞给他一本那人出的诗集，拿回家来，还念了两首给我跟老头子听，没把我们笑喷。现在，也就是擦屁股都用卫生纸了，换几十年前，我就把它放卫生间去。儿子还随手递给我，让我再翻翻，我随手就扔进了垃圾筒里。"

　　狗："你还别说，最近，这劳什子好像又开始火起来，不但大广场上赛诗。我听那场子边上的人说，好像好多地方的媒体，也在搞这类活动。"

　　社会学家插嘴："有些事情，往往几十年间重复出现。我记着，在我这一生中，过上若干年，就有一次诗歌朗诵热，声势挺大。可是，每一次过后，屁也没记住什么。肚子里，还是李白的'窗前明月光，疑是地上霜'。还是杜甫的'朱门酒肉臭，路有冻死骨'。还是白居易的'可怜身上衣正单，心忧炭贱愿天寒。'当众人都是诗人之时，其实是对诗的亵渎。"

　　疯子突然冒出口："一个真正的诗人，必定具有博大的胸怀和诚挚的爱心，在不被腐蚀的灵魂中，方能喷涌出洞悉人性和世事的诗篇。他们大都是先觉者，以充满情愫和智慧的作品带给人们心灵的震撼和审美的愉悦，从而推动社会文明的进步。因此，真正的诗人都是孤独而特立独行的歌手。"

　　狗："其实今晚我们出去得早，赶到那度假村去，想捞点好吃的。赶巧那个北京来的文化人与地下这位老师的学生也在边饮酒，边对诗，让我给记住了。"

社会学家：“快快念来？”

狗：“那位北京文化人的诗是：‘一杯薄酒一首诗，诗沾红泪酒泡思。岁月不忆人间事，枯藤年年发新枝’。这位地下老师的学生和了他一首：‘一杯薄酒一首诗，诗成酒尽泪沾衣。劝君少忆少年事，多看新发杨柳枝。’”

片刻，疯子吟出一首：“惯于长夜不眠度，白骨头上没发丝。梦里依稀慈母泪，坟头变幻大王旗。才子早做地下鬼，世上从此无好诗。吟罢低眉无写出，月光如水照戈壁。”

几位雅鬼赞：“好诗来自地下！”

四十一　三十河东

一阵吹吹打打后，又一位新鬼躺进了墓园。

傍晚，有鬼问："何因，来到这里？看上去，你似乎岁数也不是很大？"

新鬼："儿子，畜牲，生了个畜牲，连畜牲都不如！"

旧鬼问："讲来，听听？这一晌没啥新鲜事体，大家伙都挺寂寞。"

新鬼："狗崽子当保安，与人合谋监守自盗，撬了本公司的保险柜，携款外逃，被逮了回来。我一气之下，就……"

旧鬼："你气性还真是挺大？"

新鬼："你有所不知，他盗的是我战友儿子的分公司。战友儿子就是看我的面子，才让他进的自个的分公司。"

旧鬼："听上去，感觉你跟你战友的关系很铁？"

新鬼得意："那还用说，我是农村入伍的，当年，我退伍时，就是凭他，把我安排进了城，当了一家工厂的保卫科长。"

老厂长："听出来了，你是 xx 吧？"

新鬼："哟，老厂长，是你？"

老厂长："你说的战友是 xx 吧？"

新鬼："对对，是他。"

老厂长："老市长的儿子，当年高考没考上，去了部队，正逢打仗，就去了前线，听说还立了功，退伍后，就进了团市委，直接当上了团委书记。后来一直升到副市长，最后，又去了省上。后又到了外地，当了副省级干部。"

新鬼得意："你说得太对了。你对我战友的情况真是了如指掌。"

老厂长："这市里，老些的人，谁不知道他爷孙几代的情况？不过，听说，他打仗时，并没真正在前线，只是在前线指挥所里干文书工作？"

新鬼："是，是。是我们团的文书。"

老厂长："你可是真正拎着脑袋上去的，半片肺被打烂了。可你们俩立的都是二等功。有点儿不太公平。"

新鬼："公平，怎么不公平？指挥所里，照样有生命危险。毛岸英，不就是最高指挥所里牺牲的？枪子儿不长眼睛。"

厂长："我退休后，厂子多年一直效益不好，最后就破产了。你后来上哪里去了？"

新鬼："唉，一言难尽！你说说，我这肺，只有一片干活，基本上是个废人，能干啥？多亏了老战友帮忙照顾，换着在一些单位干干保安。后来，他不是调到省上，再后来，又调到外地去了嘛，当了副省级干部。可是，对于我来说，可就是越来越指靠他不上了。最后，岁数也大了，也越没人要了。到最后的最后，找了个看厕所的活。其实那工作听起来埋汰，但实惠，舍事都没有，白拿钱。可是，遭儿子白眼，老埋汰我没出息。他谈了好几个对像，都因为我的情况，吹了，对我是一肚子的怨气。他走到盗窃这一步，也有我的原因。连个高中都没上，你想想，能找个啥好工作？还是求老领导的儿子，给了个面子，让他去人家分公司当保安。你看看，他就干下这丢人的事。你说说，我能不窝火？"

老师："我明白你是谁了。你家的情况，我可能比你还知道得多。解放前，你爷爷，其实当年在城里住着，很有些名气，开着好几家店铺，什么粮店、油坊、车马店的，乡下还有好多地，让二地主给你家照看着，根本不用自个亲自去。每年秋上，二地主就把一年从雇农手里收的粮食用皮车拉进城来进供给你爷爷。多了的，就先贮在乡下二地主家的仓里，随用随送。"

新鬼："你是谁？咋对我家的底细知道得这么清楚？我也曾听我爸给我讲过这些个。好像土改时，我爷爷被镇压了，我们一家子也就被撵到了乡下。"

老师："这就更对上了。你家祖上，和我家是世交。你爷爷年轻时到外地念过学。你家祖上不但有钱，还一直是书香人家。我听我爸给我说过的。"

新鬼慨："没想到，后代混到这份上！要不是我老战友这一辈子帮衬，我可能还更惨。你看看，我那个没出息的儿子，他偏偏就更不争气……"

老师："你也别夸你那老战友，我说出来，惊你一跳！他爷爷，曾是你家的长工——就是你家乡下二地主家的雇农。后来，跑出去革命了。后来，回来了……你那个战友，也不是你说得那么好，　文革那时，他还刚上小学三年级，我老伴是他的班主任，挨斗时，挂在脖子上的牌子是用铁丝吊着的，他就便劲地上下拽来拽去，疼得我老伴直呲牙，他倒是撇着小嘴直乐。后来多少年，虽然他沾他爷爷和爸的光，官当大了，可是，在街上见了我老伴，他都绕着走。"

新鬼："噢……"

狗："你们人好像有句俗话：三十年河东转河西。你看看我，以前是主人家的一条狗，现在，你们一个个都尊我爷似的，今天请教这个，明天请教我那个。还请我当算命先生，给你们圆梦。你们的墓园，恰成了我的天堂。我领着俩小兄弟去观展览，办展的人都请我题字。这就叫轮回！"

疯子开口——

"天空、云朵、雨水的忧伤

坟场、墓穴、幽灵的悲怆

　一条狗吐出猩红的燥热

　领悟最深的，是荒草和树叶，

　发出低徊的吟唱

……"

四十二　咬钩的鱼

　　月明星稀，狗仁归来。

　　蹭"鸡"儿媳者问："上哪去浪了？"

　　狗爷："去公园逛了一回，又去渡假村吃的晚餐。"

　　蹭"鸡"儿媳者："日子过得挺它妈滋。有啥新鲜事，讲讲？我们一个个整天躺这里，寂寞死了。"

　　狗爷："有，一知名人物，跳河了。"

　　蹭"鸡"儿媳者："有多知名？为何跳？"

　　狗爷："双十佳——十佳模范丈夫；十佳廉洁干部。纪委找他谈话了。"

　　蹭"鸡"儿媳者："怪，现在，老听说有人，纪委前脚谈活，后脚就寻短见。你说的这位我猜到了，在我们小区住，人人皆知。他呆的那就是个清水衙门嘛，一不管人，二不管钱，三不管物。人也很老实，老婆瘫床上多年，一直是他伺候，喂吃喂喝，接屎接尿，推着轮椅天天小区里转悠。每天洗的尿布、床单什么的房后晾一绳。电视报道我看过，家里的摆设，还不如一般人家强。每天还骑自行车上班。这样的人，怎么会被纪委找着谈话呢？"

　　狗："正是他。公园里那帮人也是这么说道，觉得不可思议。"

　　贪官嗤："不识庐山真面貌，只缘不在此山中。染缸里没白布。"

蹭"鸡"儿媳者："都传出些他什么受贿的事情？"

狗："说他外边养着俩情妇，还有私生子。在一情妇家中，光金条搜出了几十根。另一情妇家中，有几捆钞票都发了霉。"

贪官："一听就是个土老帽，还把钱放在家中，还藏金条，傻。"

蹭"鸡"儿媳者问："你是怎么做的？"

贪官："以钱生钱，还能将它洗白了。或者是存瑞士银行。"

蹭"鸡"儿媳者侃："看来你确实是个大贪，门清。可是，怎么也就被整出来了呢。"

贪官："以前说过的，拔出萝卜带出泥，一个老鼠坏一锅汤。官场其实是个高危职业，和整天爬高压线上作业的没啥两样。"

蹭"鸡"儿媳者："你说得也太绝对，那是让你摊上了。当官的，风光享受一辈子的多的是。让我，我宁肯去高压线上干活。"

地下疯子："人总是羡慕和看高自个没得到的东西。"

贪官："听，疯子在说你。"

蹭"鸡"儿媳者继续慨："现在，真是怪怪的。一些看上去，听上去，很像贪官的，风声再大，岿然不动，几届班子下来，还是不倒翁。倒是平时各方面挺老实的，反倒出事，让大家伙都吃一惊。装得那么像，是咋败露的？"

贪官："堡垒，总是从内部攻破，十有八九是睡在身边的赫鲁晓夫日它的鬼，外人知道个啥？"

狗："对。说他就是若干年前惹下了一个副手。后来，人家找到了比他靠山硬的靠山，上去了，到别的单位也当了一把手，最近又蹿换到了纪委书纪的位子上。你想想，能有他的好果子吃，不往死里查他！所以，就出事了。公园里的那帮残疾，都一个个为其鸣不平，说其实是大贪利用权力整小贪。他可能是全市贪得最少和情妇最少，品德也最好的小官了。"

蹭"鸡"儿媳者："柿子专捡软的捏。"

有鬼叹："苍蝇不叮无缝的蛋。"

贪官诘："哪有？全有缝。是想叮你还是不想叮你。"

狗："渡假村的那几个文化人，也在吵吵这事。"

贪官："是咋吵吵的？"

狗："拿钓鱼来说事。"

贪官："咋说？"

狗："要钓鱼的前一天，钓鱼者都要往钓鱼的地方撒鱼饵。结果，第二天，那儿的鱼儿就特多。一些鱼，第一次咬钩时，没被钓上来，把嘴勾破了，第二第三次，还去咬钩。甚至钓上来的有些太小的鱼，被重放回水池去，还是重又被第二次第三次的钓上来。"

蹭"鸡"儿媳者："没听明白，他们想说明啥？"

　　贪官："人为财死，鱼为食亡。自然本性，谁也改变不了的规律——连狗都能明白的理，你却不懂！"

　　蹭"鸡"儿媳者问狗："前一段，你们救傻子时，为啥能忍住了不吃那火腿肠而送到他嘴边？"

　　狗："我不是说过嘛，是我看得紧，不然，那两个早都半道上就把它吞进狗肚了。"

　　蹭"鸡"儿媳者："那你自个呢，当初是怎么控制住欲望的？"

　　狗："我以前说过，我是一只能听懂人语的狗，它俩则不懂。我经常去文化干部的家，受他的影响大些。近来又经常去渡假村和那几个文化人厮混，近朱者赤，近墨者黑嘛，狗也是环境的产物，跟啥人，学啥人。"

　　蹭"鸡"儿媳者："确实是这样。你看看，你两个小兄弟就大不如你，外边找着趴母狗，弄出了一窝窝的小狗仔。你好像从来就没这些事情，真是道德楷模，廉洁好狗。"

　　狗："人家说你脑子有些简单没错，看事情往往表面与偏面。说一条狗好，就好得成了楷模。人没完人，狗无完狗。以前说过的，我小时也爱趴母狗，之所以懂人语，是被我家主人给早早儿骗了，不然，我也早都妻妾成群了！"

　　疯子突发声："狗被骗所以显纯洁；被主人抛弃后变慈悲——世上没有原本的圣徒。"

　　蹭"鸡"儿媳者："疯子啥意思？"

　　狗："不要相信权威，不要迷信偶像。"

蹭"鸡"儿媳者："我一辈子，就是被各种各样的偶象包围中度过的。"

狗："所以你愚，好哄。你们人，其实个个都是那想咬钩的鱼。"

墓园一片寂，众鬼似有悟。

四十三 争

傍晚，狗归来。

蹭"鸡"儿媳妇者："听上去，你仨中好像少了一位。老二呢？"

狗爷沮答："殁了。"

蹭"鸡"儿媳妇者："咋回事？早上一伙出去好好儿的。听它高兴得还吊了两嗓子。"

狗爷："见义勇为！"

蹭"鸡"儿媳妇者："真是一个英雄团队，好狗好事层出不穷。讲讲？"

狗爷："一言难尽！那文化人度假村边有个恶邻，也开一度假村。来头大，气派也大，一天去他那的吃客不少，小车停得满满的。吃剩的东西就也多。北京来的那文化人的狗，和我们仨，时不时地，也就钻过铁丝网，进那边打打野食。可是，那主人，有一条大狼狗，又凶且恶，每次我们钻进去，它都会扑过来。幸亏它平时被主人用链子拴着。我们就也能拣点。可是，每次，就把它气得吹胡瞪眼直汪汪。它主人一听到它叫唤，便找过来，把我们几个给撵出铁丝网来。"

蹭"鸡"儿媳妇者："这就是你们的不对，是人家的地盘嘛，你们非要钻进去。"

狗爷："是它的地盘没错，可是，那么多客人吃剩的，它一只狗又吃不过来，也霸着，最后，都被拉泔水的弄走了。我们几个是看着既眼馋又可惜。贪污和浪费，是极大的犯罪，是不是？”

蹭“鸡”儿媳妇者：“这话听上去耳熟，连狗都记下了。说今天的具体事，老二是咋殁的？”

狗爷：“今天，逢周末，客人多。他们那园子里，遍地是人吃剩的肉骨头，把我们几个馋的，就又钻进去。没想到，那大狼狗竟然没有被主人拴起来，很快就发现了我们四个，冲上来，就把那条京狗按在了自个的胸脯下。我们几个在一旁嗷嗷叫，引来了它主人。可是，他主人在吃客们的指责中，只是像征性地嗔了两声，也不上前去阻拦，任由自个的大狼狗狠咬那条京狗。我被吓蒙了——你也知道，我是一条有人智商的狗，所以，遇事就没胆量，劲光用在了嘴上。倒是老二，天不怕，地不怕，一次次地扑上去救那京狗。没想到，彻底惹恼了大狼狗，狼狗就放脱了京狗，把它抓到自个胸脯下，只几下，就把他在众狗和众人包括他主人面前，活活给咬断气了。客人们不干了，要求主人严惩他那条恶狗，可是，主人振振有辞：‘是它们闯进来的，又不是我的狗跑到它主人的园里去的。我家狗这叫保家卫园，我奖励它还来不及呢！’听听，这哪是人话？一点狗道主义都不讲。我们狗都不会这样。客人们一看园子主人跟他的狗一样，也就罢言。”

蹭“鸡”儿媳妇者：“后来呢？”

狗爷：“我们几个急回去秉告给了那帮文化人。几个紧忙赶过来，一看对方主人与狗都凶神恶煞的样子，也没折，只好将死了的小二尸体拎回来，用铁锨在贞贞墓旁挖了个穴，埋进去，说是给它俩配个阴婚，算是对它的补偿。"

蹭"鸡"儿媳妇者："没搞个仪式？毕竟你家老二是为他们的京狗丧命的。"

狗爷："搞了，还搞得挺像那么回事。那北京人直夸我家老二，说一条当地流浪狗，为了一条不远千里到此落草的京狗，搭上自个的性命，这是一种什么精神？这是一种省际主义的精神！可歌又可泣。"

蹭"鸡"儿媳妇者："当地的文化人没来两句？"

狗爷："来了，也客套了两句，说，'要生存，就得有牺牲，死狗的事情是经常发生的。但是，为了整个狗群的利益，为了解救远道而来的省际友狗，就是死得其所！'"

蹭"鸡"儿媳妇者："你没来上两句？"

狗爷："当然来了，我最后发的言。我咬着牙，盯着网那边的大恶狗咒道："有的狗，死得重如泰山！有的狗，活得轻如鸿毛；有的狗，虽然死了，但它仍然活着，有的狗，虽然活着，但已经死了！""

蹭"鸡"儿媳妇者："那恶狗有啥反应？"

狗爷："仍然是冲着我吠叫！老实说，我虽然狗嘴上样咒着，心里却是怯得很，生怕它听得不顺耳了翻过网来，把我给也压在胸脯下。谁不怕死呀！届时，那几个文化人躲得肯定比兔子还快。"

四十四　人与狗

傍晚，狗归墓园。

蹭"鸡"儿媳妇者："感觉你俩这几日又遇事情了，跟前些日子回来不一样，有些落寂？"

狗爷："你猜对了，那条大黑狗，死了。"

蹭"鸡"儿媳者"噢，死了。应该高兴不是？它以前仗主人势，经常欺负你们，还咬死了你家老二？"

狗爷慨："那是你们人的思维方式，睚眦必报，我们狗不是这样的。"

蹭"鸡"儿媳者："讲来，咋回事？"

狗爷："别看它呆在大庄园里，吃香，喝辣的，可是，它没有咱的自由身呀，大部分时间，是被拴着的。你可是没体会过被拴着圈着的滋味，有多难受。疯子不是诌过一首诗——生命诚可贵，苟且价更高，若为自由故，二者皆可抛？"

蹭"鸡"儿媳者："活着时，进过一次局子，体会得到，自由是世界上最无价，最宝贝的疙瘩。它一准是挺羡慕你俩的。"

狗爷："是的。一般晚上，主人是把它放开绳的，就是让它防着想翻进去的人。没想到，它却想翻过那铁丝网来。可是，没能翻过来，肚子却被铁丝穿破了肚子。那个惨！我们见了，都转过狗头不敢正视。"

蹭"鸡"儿媳者："他主人呢，见了一定很伤心？"

狗爷："也就那样。看样子，以前，养的狗也多了，无所谓了。"

蹭"鸡"儿媳者："没赶快弄到宠物医院去看？"

狗爷："弄去了。宠物医院老板开出了天价，两人戗戗上了。结果，庄园主不肯付钱，就把黑狗又拉了回来。"

蹭"鸡"儿媳妇者："这宠物医院老板也忒贪了，见死不救。"

狗："这种事情，我听说，在你们人医院也是经常发生的。"

蹭"鸡"儿媳者："问题是它就一条狗，再贵，能贵到哪去？"

狗："呃，挺贵。要是你家狗，我估计，你也是百分之百不肯掏那价。"

蹭"鸡"儿媳者："这狗医生，心太黑，就想趁机敲诈一把。"

狗："你说得对，他与庄园主过去结下过梁子。"

蹭"鸡"儿媳者："噢，讲来？"

狗："他俩其实以前是一个村的，庄园主是村长。狗医院老板以前家挺穷，多年申请低保，村长就是不给他弄。"

蹭"鸡"儿媳者："为啥？"

狗："名额有限嗓。村长把名额都给了自个的亲戚甚至几个睡过的情妇。狗医院老板不服，就一级级地去告。可是，村长儿在市里做官。不但没告成，还被一次次地抓去蹲过局子。"

蹭"鸡"儿者："唉，这什么世道，狗仗人势。"

狗："你说得有点不准确，他的黑狗是仗人势，他是爹仗儿势。这种事情在你们人之间非常普遍。"

蹭"鸡"儿者："是的，往往是儿仗爹势多一些。接着讲。"

狗："这狗店老板进了几次局子，觉得，这样耗下去，也不是个事，就出去，到外地一家狗医院，给人家打工，学手艺。几年下来，学成了，回到本市来，雇佣了个专门学过兽医的大学生，开了这家市上唯一的宠物医院。"

蹭"鸡"儿媳者："这不挺好嘛。"

狗："开店需跑办好多证，都拖着办不下来。他一打听，原来，都是村长儿，在市里关系盘根错节，搅和着起反劲。"

蹭"鸡"儿者："那他咋办？"

狗："咋办，服软呗。据说是给村长磕头作揖，送了不少票子，才把店开起来。"

蹭"鸡"儿媳者："那他还敢这么牛？"

狗："你们人不是常说三十年河东转河西嘛。"

蹭"鸡"儿媳者："开一狗店，怎么转？"

狗嗤："人傻不能赖社会，所以，你一辈子混得这样悲摧，被其它鬼都嗤笑。他自打这店开起来后，生意是一天比一天火。特别是：会来事，能看人，见养名犬的主来，他反而要的钱少，态度特别的好。"

蹭"鸡"儿媳者："为啥？"

狗："名犬主人是谁？不是达官，则是富人。一般人，也就养个土狗。"

蹭"鸡"儿媳者："噢，茅塞开了。"

狗："他后来，竟然还攀上了一位管纪检的书记——一次，他精心把其家的一只爱犬从死亡线上救活了，对方十分感激，说是等于救活了自个的一个儿子，有啥事，就吭声。他就把自个被村长憋屈的事说了。没过多久，村长的儿，就不知为啥事情，被办进去了。他算是出了一口恶气。"

蹭"鸡"儿媳者慨："黑！要不是从你狗嘴里，我活着的时候，从哪里能听到这些个！"

狗："所以，狗店老板这次是狠狠地不松口，天价，爱治不治。庄园主气不过，不就一条狗嘛，不治总行了吧？拉回来，又怕影响了自个生意，就把它拴在铁丝网外避静处的一棵大树腰上。刚开始时，还每天送点水和吃的，到后来，就不给了，让它自生自灭。"

蹭"鸡"儿者："一个村长，现在又是庄园主，就这样对待自个的狗？"

狗："你以为呢。好像手上有些权的人，心都挺狠，别说人道，狗道主义更是不讲。"

蹭"鸡"儿媳者："后来呢？"

　　狗："还是我兄弟俩发现的它，同类嘛，怜悯，前嫌尽弃，回去后，告诉了那几个文化人，倒底有善心，每天拿些吃的与喝的来喂。但最终，仍是没能过来，死了。"

　　蹭"鸡"儿妇："可怜。咋办，埋了？"

　　狗："哪里，被他主人拎回去，做了菜，上了客人的餐桌。"

　　蹭"鸡"儿媳者："屁吧，胡编，哪有这样的主人，不救，扔了，也就罢了，死了，还要用它的肉来赚钱？"

　　狗："骗你是王八。你不知我们的狗鼻子特灵？今天我钻进他园子里，啃一块客人扔地上的骨头，我一下子就闻出来了。"

　　蹭"鸡"儿媳者："你吃了嘛？"

　　狗："我能吃吗？我是狗，不是你们人。　"

　　蹭"鸡"儿媳者："不吃同类的肉，我今天算是又一次领教了你的高尚，确实令我感动。这一点，我们人根本做不到，闹饥荒时，饿极了，不但吃死人，活人，都要杀了吃呢！"

　　狗："我太了解你们人了，所以，我才逃出我主人家的。看看这条大黑狗的下场，以前多得意，多受宠，杀我家老二时，可根本没有想到自个有今天。"

四十五　神州病夫

傍晚，狗归墓园。

蹭"鸡"儿媳妇者："这两天又上哪去浪了，有啥新鲜事体吗？"

狗爷："还是时常去度假村那边遛遛。有。"

蹭"鸡"儿媳者："讲讲？"

狗爷："那边最近比较红火，热闹。"

蹭"鸡"儿媳者："咋个热闹法？"

狗爷："天天唱歌跳舞，锣鼓喧天。"

蹭"鸡"儿媳者："咋回事，度假村，图清静消闲吃饭的地方嘛，那不影响生意，把客人都吵走了？"

狗爷："嘿，生意好得不得了。唱歌跳舞的，全都是来消闲吃饭的。"

蹭"鸡"儿媳者："咋回事，听不明白？"

狗爷："话还得从头说起。两月前，来了一帮人吃饭，饭菜上得晚了点，有人发开牢骚。其中有两个就说，'发什么牢骚，来，咱们还不如在这间隙跳会儿舞。'这一说，一伙人就跳上了。越跳越兴奋，到后来，老板把饭菜上来，倒是顾不上吃了，仍唱仍跳，吃饭时，也一边吃，一边有人站出去唱，跳，玩得可是热闹高兴。"

蹭"鸡"儿媳者："唱的什么，跳的什么，那么乐呵？"

狗："听旁边人说都是文革歌曲和舞蹈。"

蹭"鸡"儿媳妇者："知道了，我在世时，一帮婆娘，也经常在公园里跳，那叫'忠'字舞。"

狗："对对对，就是忠字舞。他们跳完吃完，余兴未了，临走时，就给老板出主意，让老板将度假村重新装修，全部整成文革那年代的模样。走廊啦、篱笆上啦，全贴上那时候的标语——他们还一条条地拟了标语内容：'不忘阶级苦，牢记血泪仇'、'树欲静而风不止。'、'打倒美帝，解放全人类。'……什么的，还让老板把园中央恢复成当年村队部样子，一棵歪脖子大树边立个大黑板，写上：'今晚有最新指示发表，大家不要睡觉，等待'。旁边墙上挂上伟人像与那时候的宣传画，三个工农兵模样的人，伸出三只大拳头把几个小人头砸在下边。还放上音箱，连续滚动播出伟人语录，"东风吹，战鼓擂，现在世上，究竟谁怕谁……'什么的。大门口和走廊，都插满了红旗，贴满标语。"

社会学家插言："这样的搞法，在德国是遭禁止的。老板采纳了没有？"

狗："当然采纳了，没花多少功夫，就改装成了，现在，那度假村红彤彤一片，整个一个红海洋。"

社会学家："历史总是换一种形式滑稽重演。生意如何，比以前？"

狗："好得不能再好了！一拨一拨，摩肩接踵。把老板忙得顾头顾不了腚。有几拨人，每次来，就换衣服，全穿黄军装，胳膊上箍红袖套，跳呀，唱呀。对了，我还忘了说了，老板又整了条新狗，他们竟然让有人装成被斗的地富反坏，被架'土飞机'，再有两人把那条狗牵来，架在被斗的人的脖子上，说是'不准地富反坏分子乱说乱动，只需狗骑在他脖子上屙屎屙尿。'那狗，才小，可能是被吓着了，还真是尿了被架者一脖子，逗得全园子的人笑，鼓巴掌。那个被斗者，也不生气，还傻乐。这时候，从隔壁文化人那边，飘过来一段大提琴声，是那个来落草的北京人拉的。我以前听他拉过，说是英籍大提琴家杰奎琳的曲子《殇》，调子特别忧伤。我过去每次听一次，眼睛湿一次。可是，这帮子人不干了，隔着铁丝网粗口大骂对方不识相，这边正高兴着，拉那么个破曲子，扫大家伙的兴。那边的文化人，就赶忙停住，不敢拉了。"

蹭"鸡"儿媳者；"为啥？"

狗："这边人多势众呀。他那边，才几个鸟人。又都斯文，惹翻了这边的，绕过去，凑他们几个一顿，还不是白吃亏。"

社会学家："其实这老板是我当年同班同学，虽然家在农村，因离城近，在城里上中学。他爹，文革前也当村长，文革中被揪了出来批斗，就是在他挂那语录牌的歪脖子树上，吊死的。"

人类学家慨："有哲学家说过，人其实本质上，就是会说话的猴子。"

疯子突然冒出两句歪诗：

血沃荒原肥蒿草，

寒凝大地辗春芽。
神州自故多病夫，
墓园日日噪暮鸦。
……

四十六 信仰

傍晚，狗归墓园。

蹭"鸡"儿媳妇者；"今天遇到些啥新鲜事，说说？"

狗："度假村那边，那个当地的文化人，跟外地来旅游，顺路看一下他的儿子，恶干了一架。"

蹭"鸡"儿媳者；"为啥？"

狗："这儿子，是带着自个一家三口前来旅游的，顺路，见一下自个的亲生父亲，父亲呢，就要非拉儿子一家三口去给他爷爷奶奶扫扫墓。儿子心底并不太愿意去，但，毕竟有关人伦，也就只好答应去了。可是，回来后，爷父俩，就大干了一架，儿子一气之下，当天呆都没呆，拎上行李，一家人就开车走了。"

蹭"鸡"儿媳者；"做儿子的，大老远来一趟，不听父亲的，去上一趟祖坟，似乎说不过去。"

狗："儿子走后，这文化人一边骂，一边哭，烧酒一口气灌下两瓶，北京来的那位文化人拦都没拦住，醉成了一瘫泥。然后，一遍一遍地让北京的文化人拉那首杰奎琳的大提琴曲《殇》。竟然哭昏过去，是人们掐人中才过来的。"

蹭"鸡"儿媳者："父子关系到这程度，摆谁，谁都伤心。这儿子，怎么这么混帐呢？"

狗："他这儿子，从小不在他身边，是在成都的姥爷家长大，与他长年不联系，没啥感情。"

蹭"鸡"儿媳者："噢，怪不得。生身不如养身重，他为啥要将小孩子送给姥爷家去养？"

狗："说来话长。这位文化人，插队时和同点一个军干家庭出身的姑娘恋上了。后来，小孩姥爷转业回了成都，小孩妈为了爱情，留下来，两人在当地招工，结婚，有了儿子。当时这边不是生活条件差嘛，就把儿子送到姥爷家去养。后来，小孩子大些的时候，接回来准备在这边上学，可是，小孩哭闹着根本不呆，所以，只好重送回成都姥爷家去。再后来，由于两口子家庭背景不同而造成的方方面面的矛盾，离了婚，小孩妈也回了成都。他从此孑然一身，再没娶，过了大半辈子。"

蹭"鸡"儿媳者："为这么个儿子，当爹的，我看也没必要哭成那样。"

狗："其实，我看那文化人并不是哭儿子，主要是哭他自个的老子与他娘。"

蹭"鸡"儿媳者："噢，讲讲？"

狗："他父母亲最早在省级一家新闻单位，父亲当年风华正茂，才气非凡，被认为是报社一支笔。可是，他妈刚怀上他，他父亲，就被打成右派，下放到这边的夹边沟劳改农场。社领导逼她妈跟他爸离婚，可新婚燕尔的小俩口感情非常好，他妈去火车站泪流满面地送别了他爸。刚开始，他爸与他妈还通信频繁，互吐衷肠。可是后来，渐渐，他爸信就越来越少，最后一封信只是一张纸条："快看看我来吧，多带些吃的。晚了，就见不上我了。"妻子吓傻了，忙从娘家东挪西凑了点钱和吃的，几天几夜坐火车来到这里的劳改农场看丈夫。一路风尘颠沛，心焦似火地寻找到农场厂部，头儿却告诉他一个惊天霹雳的消息——她丈夫，已经在几天前死了。她当场就晕了过去，等她醒来后，问领导丈夫死时的情形与埋尸地点，厂部领导的回答是：'死的人太多了，他们记不得了，让她找和她丈夫住一个地窝子里的劳改犯去问，因为，人是他们埋的。可是，她去找到那两个埋她丈夫的人，领她找到那块荒地时，却发现，地上有个浅浅的坑，尸体却没了。就在附近四处找，陪他的两个犯人说，肯定是被别的犯人偷了去吃了。可是，即便是被偷了去割了肉，尸骨头颅总还是有的呀！就找呀找，她的手指，都挖出了血。在一个个沙丘上，有无数个或掩埋或半露的尸骨，可是，一副副骷髅，只剩下个空架子，根本辩认不出来了模样。绝望的她，在丛丛坟丘间，大哭了一场，捧了一抔黄沙，用围巾包起来，回到了兰州。后来，她就带着儿子，调到了这里的一家学校。再后来，"四人帮"粉碎，她的丈夫平了反。再后来，她死了。死前，嘱咐儿子，将她葬在劳改农场的那片乱坟岗子里，也不要立碑，也不要坟头……"

蹭"鸡"儿媳者："这故事听起来，让我们做了鬼的，都忍不住落泪，他当孙子的，为何如此铁石心肠，那可是自个的亲爷爷奶奶啊！"

　　狗："这孙子，从小在成都长大，根本就跟爷爷奶奶的，没啥感情。以前，他爸给他在电话中好多次说过他爷爷奶奶的事，他都很烦，根本破烦听。这次来，他爸硬拉他到那劳改农场去，没想到，还离着一里地，就被几个军人和扎栅拦住了。问是咋回事，对方回答：'这里是军事重地，是部队的作战演习地块，不充许外人进去。'所以，回来的路上，父子俩就大吵了一路，儿子就说老子太把他爷爷的事当个事，夸大其辞。老子一气之下，就打了儿子。孙子也是半大小子了，跟这个没见过面的爷爷根本也没感情，一看打他爹，也就凑上来帮着老子撕扯爷爷。所以，儿子开车走后，老爷子就嚎天抹泪，几乎气死过去。"

　　蹭"鸡"儿媳者："这样的儿子，连狗都不如！"

　　狗："呃，你可别这样说，听那文化人说，他儿子，现在是某大学的副教授，网红，到处做正能量报告，光身上的各种社会头衔，就有十好几个。"

　　社会学家："哲学家有一观点：人相信，喜欢什么，就会看见什么；不相信，不喜欢什么，就看不见什么——因为不那样，信仰会出现崩塌，精神会受到毁灭性打击。所以，人们从各自利益出发，宁肯拒绝接受真实，而坚守自已旧有的价值认可。"

　　疯子突然发声：

　　荒野

　　躺着多少

不被认领的坟丘，
只有哨哨风，
夜夜吻着它们的额头。

四十七　改造

老市长："近一晌，这墓园，从早一直到晚，叮叮咣咣个不停，吵得人实在心烦，在干嘛呢？"

狗："在改建。"

贪官："又改，我在任上时，刚刚才改建完。"

狗，"听说市上来了新头。"

贪官："怪不得。怎么个改法，听上去，这工程还弄得挺大。"

狗："可不咋，这次，动大了。"

贪官："怎么个大法？"

狗："以前，不是有墙嘛，我们狗几个以前进墓园来，都是顺着一个浇树的水沟钻进来，现在，不用钻了，全换成了栅栏。我们可以从任何一个地方就进来，比以前方便多了。"

老市长："这不又回到了三十多年前，我当市长那会儿的情形？"

贪官："老市长，一听你就是老黄历了。肯定不会是你当年那样——竖些水泥桩子，拉几根铁丝。"

狗："对对对，这次是公园湖边的那样的栅栏，可漂亮气派了。"

贪官："一听就明白了，铝合金、不锈钢之类的。纳闷，我在任时，把前几年的土砖墙刚换成了水泥方砖墙，不是蛮好的嘛。"

狗："听说，新领导的意思是：墓园树木已长成，养在墓地人不识，你们死人又欣赏不了，实属资源闲置，可惜。换成栅栏，是要让红杏出墙，风景外显，供活人们观赏。"

老市长："新领导脑子有问题？这荒郊野外，又是坟地，谁放下城市里的公园不逛，跑到墓地来看景？"

贪官："老领导你又是在念老黄历，'山中方七日，洞外已千年'，现在这边都几乎快成市中心了，只因为是坟地，所以，城市建设才绕着它走，把这一块撂出来，显得荒芜，与整个城市面貌很不合谐。"

狗："你说得对，听说，新领导就是这个想法，充分利用这一块绿地资源聚集些人气，将周边开发出来，建楼房。"

老市长诧："什么人愿来，天天守着看坟地？"

狗："你别说，周围，新楼房都一座座起来了。"

贪官："肯定是经适房，给穷鬼们建的。"

狗："对对对，就是叫什么经适房，比别处的房子，价要便宜好多。"

贪官："我完全明白了，难怪要重改建墓园。"

狗："听说，要把这它改成一个公园，让住进新楼的人，就近休闲有个去处。靠得近的，不用下楼，可在自家阳台上，直接欣赏墓园风光。"

老市长："这是哪跟哪呀！再整，哪能把墓园整成个公园，有点儿太离谱。当年这的情形，我又不是不知道，就一荒丘，树再长大了，能好到哪去？"

狗：“你还别说，这墓园几月整下来，还真花园似的，让我这狗都观之赏心悦目。”

老市长：“悦目在哪，你倒说说？”

狗：“栅栏不光是栅栏，它隔三步岔五步，就镶有很漂亮的框，框里不是画就是字，全是用很精美的花花绿绿的装饰材料搞成的。”

老市长：“都写些什么，画些什么？”

狗：“我是狗，又不识那些个。”

贪官：“我大致能明白写的什么画的什么。”

狗：“沿栅栏新开了一条环墓道，铺了人工塑胶，踩上去，爪子感到特舒适，和在我原来主人家的地毯上走一样。两边移来了各色的花呀，草呀，加上头顶一棵棵钻天杨，是比市里其它公园差不了多少。”

贪官：“听上去很美，还有些啥大变化？”

狗：“大门从西边又挪到东边了。”

老市长：“怎么是‘又挪到东边了’？我在任时，门它本来就是向东边开的。”

贪官：“老市长你老是念老黄历，那都是八辈子之前的事了。这门，之前，向北向南都开过，当时，都有它的说道。在我任上，刚刚把门从南边挪到东边。当时的新领导视察全市时来到墓园，端相说：对面是高速路，全国各地的车辆往返穿梭，一天成千上万辆地过，让人家一到你城市口，首先映入眼睛的就是墓地大门，很不雅观，有碍城市形像，所以，就挪到西边了。”

老市长：“哪现在为啥又要挪到东边？”

　　狗："听说这一次新来的领导视察时，发现东边有一块老墓地，是建这座城市的首批人躺在里边。以前，被当过传统教育基地来着，逢一些纪念日，有关单位还组织人马来搞活动。可是，近十几年，活动也不搞了，跟这边的一些个新的装修很好的墓比，那儿简直就像个乱坟岗子。新头就说，把门开到东边，让进墓园来的人，首先就要看到它。说这座城市之所以有今天，是因为有了这些先辈。所以，那边的改建工程投资最大。"

　　老市长："这嘛，才觉得有些道理。我的一些老领导，全埋在那边。"

　　狗："听说新来的头说了，一定把它打造成全墓园最吸引人眼球的景观。整成全省数一数二的传统教育基地。别的投入就不说了，那儿以前有个叫城市开拓者的雕塑，原来很破旧了，还倒在沙窝里。这次，重吊了起来，让工匠重新打磨抛光，灿然得就跟新的一模一样。底座也全换，整成了大理石的，抬高了八尺，扩大了三倍，几个上边的人像比以前一下子高大了不少。别说你们人了，我们狗，头抬得再高，都只能看到上边人的脚尖。四周，搞了个很大的花坛，栽了好多松树与翠柏。中间整了几块巨石，弄成了介绍一个个重要人物个人生平事迹的展示牌，可像那么回事了。坟也一个个全用水泥砌了，让人看了一下子就肃然起敬，不似以前，我狗俩还时不时蹿到那破坟头上屙泡屎撒泡尿。整与不整，就是不一样。现在再到那跟前去，我狗俩腿都打晃，抬起前蹄先敬礼。"

　　贪官："门楼呢，前任领导的字换了没有？"

　　狗："早换了，是现任领导的，比之前的大了有一倍，大理石底，黄铜字，闪闪发光。"

　　贪官慨："在我记忆里，这已经是第四次换字了。"

　　狗："有人说，说不定，这字，过不多久，又得被铲。说'天有不测风云，官有旦夕祸福。'"

　　老市长："整了这么多景，附近住的，有人来逛吗？"

　　狗："没有。边上的有几座楼，晚上都亮灯了，显然是住进人家来了。可是，墓园里，整天一个鬼影也不见有，也就是我狗俩肚皮吃撑了，偶尔过来转转。"

四十八　唯变不变

　　老市长："这墓园的改建不是已经完了吗，怎么又听见叮叮咣咣起来？"

　　狗："墓园整完了，火葬场的改扩建又开始了。"

　　老市长："为啥，难不成把火葬场也整成个花园？"

　　狗："老市长看来是对改建颇有微词。这么回事，这墓园以前不是跟火葬场是连着的嘛，前边烧，后边葬。后来楼房越盖离这越近了，当然，这火葬场就得挪地了，得离居民区远点。把原有的这推了，在墓区东边重建一个。"

　　老市长："这城市的发展也忒快了些。以前，这里离市区老远，晚上市民谁敢上这边来？除非是不怕鬼的。现在，竟然给楼房让地了。"

　　贪官："老市长你确实是在这躺得太久了。这三十多年，城市发展的现状，你要活过来看一眼，准能吓你一跳，以为是进了北京城呢。"

　　老市长："你说得也忒夸张了些。"

　　贪官："一点不夸张。你那时，城市人口才几万？现在，发展到了多少万？告诉你吧。这火葬场，在我任前，就已经扩建过两次，在我任上时，就动议过搬迁，一直拖着。看来，这一次，是真拖不下去，必须搬了。"

老市长慨："我那时候，想得就够长远了。那时，别说个人了，有好些单位也没一辆汽车。好多人骂我们说是烧个死人得跑那么远，办丧事时一大拨人，找个车很不方便。现在，却说是建得近了。"

老厂长插嘴慨："人没长前后眼。我就是从这火葬场硬找市领导软磨硬泡地调出去的。当时，在火葬厂工作，是很掉价的，别看你当个场长，老婆孩子都不跟你一桌子吃饭，膈应。周围邻居见了也躲。同级干部中，最被人瞧不起，都知道那是个硬按在你头上的'官'。后来可好，我退休时，是企业待遇，接我班的场长，退休时，是事业单位待遇，工资比我高出一倍还多。我要一直在火葬熬到退休，说不定，现在还活得好好的。都是因为后来调去的厂子效益不好，破产了，我按企业待遇退休了。儿女没沾上我的光，给了我不少气受不说，自个平时有了病，也是花不起钱，能扛就扛。该看的病拖着不看，该体检的舍不得体检，该住院的，舍不得住院，才得了个晚期癌症。"

狗："现在，可是全颠倒了。墓地大门口贴出公告，要扩招殡葬工，应试的人海了。据说还要笔试、面试什么的，过好几关，还有学历要求。这样下来，录取率好像还不到百分之一。"

社会学家插嘴慨："比我们当年第一届恢复高考时的录取率都低好多！"

贪官："我早知道这些情况，现在殡葬工成了香饽饽，工作环境比以根本不能比了。以前，都是土炉子，烧尸时，扒拉来，扒拉去，像烙烧饼。有时候，逢上个机械故障、停电什么的，还得钻进炉子去收拾。现在，可是好，电闸一开一关，分分钟的事。尸体的运来运去，全是机械化作业。车间与医院的病房一样整洁，想明白了，其实它就是医院的最后一个科室而已。殡葬工穿的白大褂，干净得跟大夫没两样。而且，家属对其比对医生还尊敬，全塞份子钱，比生小孩时给医生塞红包的钱多得多。"

老市长："你怎么知道得这么详尽，就好像你在火葬场干过似的？"

贪官："我没干过，我小舅子干过场长，还是我给弄上去的。当时好多人钻着脑子想去，小舅子大学毕业在北京呆了好几年，混不出个人样来。房价高得更是离谱，对像也跟他吹了。被我硬叫回来的。刚开始，还老大的不情愿，没干三个月，就对我说，这辈子，绝不再挪窝。后来，不但有了湖景房、名车，还人里挑人，找了个大美人。就那，还在外边又拈三惹四的，弄得媳妇一天神神经经盯他。"

蹭鸡儿媳者插嘴："看来，火葬场场长是油水大。现在小舅子近况如何？"

贪官叹："没干上两年，已经被换了，现在是新市长的小舅子接任场长。为此，我小舅子大病了一场。不但外边的女人全跑光了，媳妇都几乎跟他打离婚。"

蹭鸡儿媳者："啧啧，不可思议，风水真是轮流转，几十年转到了火葬场。"

　　贪官："现在都说，宁当火葬场场长，不当旅游局局长。殡葬业，是比旅游业还火的朝阳产业。你想想看，现在，一年死的人有多少？医院那大楼，一座接着一座地盖。得癌症的、三高的、车祸的……像我这样，被纪委谈完话上吊的、跳楼、跳河的，多了去了。"

　　蹭鸡儿媳者慨："不是我不明白，这世界发展忒他妈快！不知再过二十年，又会是啥行当最吃香。"

　　社会学家插嘴：" '鸡' ——你儿媳那样的。我在世时，已经显出端睨了：像什么网红主播，刚刚火起来，其实好些人背底下干的就是 '鸡' 活。以后，一品的 '鸡' ，抢占各类影视名星的风头，我看是大势所趋。封建社会，那些个名妓——李香君、陈圆圆什么的，谁个不晓？这就叫历史轮回。大的，几百年轮一圈，小的，几十年轮一回，时间不知不觉地改变着一切，包括人们的好恶、观念。唯物主义叫事物呈螺旋式上升。"

　　贪官："你讲得有理，就拿我说，前半辈子，觉得自个选的路，就是人们认定的天经地义的正道。可是，纪委约谈后的日子，可真叫生不如死。心想，这辈子，干个啥不好啊，非要去挤仕途！殡葬工推我往焚尸炉送时，我对他那个慕啊，心想，调个个多好！"

　　社会学家："世上，一切都在变，惟变不变。时间一拉长，当时神圣的，会变成荒诞；当时荒诞的，会变成神圣，历史的演绎就是戏法，沧海变桑田，桑田重变回沧海，搅得好多人迷糊，不明就里，大跌眼镜。你别看现在那些个热门的电视剧，再过上几十年，人们可能连它的名字都叫不上来，倒是这人写我们这群鬼的《狗聊》，可能被后人反复念叨，就像人们津津于《聊斋》、《西游》。和我们整日聊天的这狗，就不定被雕成石像，被用十尺高的台基抬起来，供人们瞻仰。人们到这座城市来，可能不是主要看什么文物古迹，而是奔我们几个的坟头而来，辩认哪座是作品中的哪个鬼的。这墓园可能扒了栏栅重被高高的围墙圈起来，以挡人们翻墙逃票。那个城市开拓者的雕像，倒很可能重又栽进沙窝里，最后被黄沙所掩没。"

贪官："你太有想像力了。"

社会学家："那是你读的书太少，不懂历史，更不懂文学，所以鉴别力差。从你最初所选定的人生之路，就可看出你的见识之短。"

四十九　智商

科长对文化干部："闷得很，唠唠。"

文化干部："唠啥，你说？"

科长慨："你说以前那疯子经常来踹我墓碑吧，我挺生气。可这一晌，他不来踹了，我反倒有些不习惯了。"

文化干部："贱！其实，人大都有一种受虐时间长了就享受其中的心理，觉得生活原本就该如此。"

科长："不是，你理解错了我的心思，我总感觉他沦落到今天这一步，实在是因为我的缘故。要不是我穿针引线地把他媳妇介绍给我们处长认识，做了处长情妇，继而又当了处长老婆，疯子根本落不到今天这一步。还宿在桥洞下，没吃没喝，让几条狗救他。所以，我内疚，也不知他近况如何。真希望他好好的，还每天来踹我墓碑，这样，我心里，倒反而好受些。"

狗插嘴："你别操心了，疯子已经好了，现在又满世界乱蹿，如果你觉得还内疚，哪天我遇到他转达你的意思，让他来踹。"

科长："看来，人是不能做良昧心的事，不然，到坟墓里躺着心都不得安生。"

狗："可是，人活着的时候，都不这么想。"

文化干部："可不咋的，还是狗说得在理。这使我想起我在世时的好多事情。"

科长："不就是改档案的事？"

文化干部："没你说的那么简单。我的工作不仅限于它，还有好多，是树新典型。"

科长："树新典型有什么违心的？"

文化干部："隔行如隔山，你不知道，这里面的名堂多了去了。"

科长："啥名堂？"

文化干部："你想想，人嘛，本质上，都是自私的，吃喝拉撒，七情六欲是断不了的。可是，经常情况下，上级为了宣传需要，就要让你抓生活中的先进人物的先进事迹。哪有那么多的典型啊。你就得拿着放大镜去找芸芸众生中的好人，先进。然后拿来，专写他们的好，不写他们的坏。而且，还要像化妆师一般，把他们身上一个个的优点放大，甚至常常放大到就好像不食人间烟火，我自个编得都心理没底。这哪是人，简直是神嘛，整出去谁信？"

科长："习惯，习惯就成自然了，自然了，大家伙就信了。"

文化干部："信个屁！我给你讲一件我活着时的真事。"

科长："你讲。"

文化干部："我骑电动车上下班，经常路过一修车铺，车子有啥毛病，就在他那儿修，一来二去，都熟人似的了，一边修一边唠个嗑什么的。那天，我的车带坏了，让他换，修好交钱时，我才发现我当天换了衣服没带钱，说明天过来时给他带来。没想到，他竟然不答应，要扣下我的车，让我回家取回钱来再推车。我以为他是跟我开玩笑，他却认真地说：'老哥，我说的是真话，你没开店做生意，不知我们吃了这方面多少的亏。有的人，修完车，也像你这种情况，说是没带钱，第二天送来，可是，再屁也等不来了。这样的人绝不是一个两个，多了去了，从此再也不从这店门前过。有时在菜市场遇到了，远远就躲了。有的学生娃娃，补带完了，也说，'叔，没带钱，明天给你带来'，可是，第二天，大模大样地从店门前骑车过去，嘴里还叼着肉夹饼，就像忘了补带的事一样。你想想，我们这小本生意，这样的话，还赔得起，店还开不开了？'。我说，'那咋办，你还真让我走回去取钱，我家远着呢，我还要去上班。修车师傅说'必须去取，请你谅解。'，看我作难，想了想，又说，'这样吧，我骑我车，你骑你车，我陪你到你家取钱。'我和他只好骑车取钱。路上，我问，'你怎么这么不相信人？难道现在就没一个讲诚信的好人了？'他反驳我，'真的，老哥，你没开过店，接触的人窄，现在，讲信用的好人就像大熊猫一般的少。'正好路过一面墙，上边有我挖掘打扮化妆出来的一个典型人物头像，我就问，'你说好人像大熊猫一样少，可这一遛墙，几十个先进典型，这一位，就是我亲自一手搞的材料。'没想到，他嘴一撇：'大哥，上次换了车带菜市场见了躲我的，就是他！"

　　狗："你们说的这家修车铺我知道，而且主人跟我很熟很信任我。"

　　科长："咋回事？"

　　狗："你看我为什么这么油光水滑？其实我在全市有好些个采食点。就是说，有好些个野主人。这家店铺的主人午饭爱吃包子，起先我蹲在一边远远地看，他若吃剩的包子，就会丢给我一个半个的。一来二去，就熟了，有了感情，他去买包子时，我也就跟着去。一次，他对那包子铺的老板说，'每天中午我生意实在是太忙，我把钱给这狗给你叼来，你把包子装塑料袋扎好了，让它重给我叼回去就成了。'所以，我每天中午就负责给修车铺老板到包子铺老板那儿叼包子。"

科长："修车铺老板连人都一个不信，能信你一条狗？不怕你把一塑料袋包子给全叼跑了？"

狗："你傻呀？我们狗的忠诚信誉是你们人皆知的。再说，我一次，再多，也就叼走一塑料袋包子，有几个？这常年累月下来，主人给我多少包子？加起来，是多大的数目？"

文化干部慨："人智商倒是不如狗智商！"

五十　补课

　　蹭"鸡"儿媳者问狗："这一晌，又去哪儿浪了？"

　　狗："回了几次原来的老小区。"

　　蹭"鸡"儿媳者："看来，狗也念旧。"

　　狗："自然了，你们人身上所有的情感，其实，我们狗也有，只是不像你们人那样，善于表达罢了。"

　　蹭"鸡"儿媳者："听上去，似乎挺有感触？"

　　狗："当然了。一草一木皆似旧，只是不见儿时友。"

　　蹭"鸡"儿媳者："哪去了？"

　　狗凄："死了。"

　　蹭"鸡"儿媳者愕："咋死的？"

　　狗慨："不自由嘛。整天被主人们一个个关在屋子里，有的甚至整在地下室里，暗无天日的。也就是主人晚上拴上链带出去遛上一半圈。好些个，都是主人买的劣质狗粮来喂，十有八九是地沟油做成的。你想想，它们能活几年？"

　　蹭"鸡"儿媳者："可怜。以前，真是从没想过这些，以为那些个被人宠着的狗都过着幸福的日子。"

　　狗："我给以前给你们说过的那家，把病狗扔出来拴在树上让它活活等死了，后又养了只小狗？"

　　蹭"鸡"儿媳者："似乎记得。"

狗："当时把它美的，还以为主人宠它得厉害，也死了。"

蹭"鸡"儿媳者："看来，有好些狗，表面风光，其实，是在受主人的虐待。"

狗："可不咋的，好多狗，都识不清这一点。我如果当时不果断地离开我主人家，现在早都和你们一样做鬼了。我们狗活一年，顶于你们人七年的阳寿，这样算下来，我都能当你爹了。"

蹭"鸡"儿媳者："你骂我？"

狗："没骂你。我是在骂人。其实，你们人，不但虐我们狗，也虐你们自个。"

蹭"鸡"儿媳者："怎讲？"

狗："我这两次回去，发现小区不但好多狗死了，好些个熟悉的人，也都死了。我家主人、我上边提到的那家的两口子，还有一家人家的小孩子，还有……竟然，都死了。"

蹭"鸡"儿媳者愕："咋回事，死这么多？"

狗："多乎哉？不多也！任何一个小区，你如果一半年离开再回去，肯定都是如此。"

蹭"鸡"儿媳者："有道理，毛爷曾说过，死人的事是经常发生的，关键是死得其所。为人民的利益而死，就是死得重如泰山，为自个的利益去死，就是死得轻如鸿毛。"

狗："你胡扯些什么，是黄历？我听得一头雾水。死嘛，还有个什么为人民死为自个死的。"

蹭"鸡"儿媳者："你生得晚，没赶上那个张口说事就背语录的年代。我这是条件反射，习惯成了自然。言归正传，他们一个个都得的啥病？"

狗："大都像你这样拜，好吃懒作。"

蹭"鸡"儿媳者："你又在骂我。"

狗："没骂你，真的，好些，就是得的你这样的病——中风。突然，打着麻将，摸了张好牌，一激动，以为自个要发财了，就倒过去了。"

蹭"鸡"儿媳者："我是蹲着下棋，站起来时倒下的。"

狗："本质是一回事，表现形式不一样罢了。不就是平时吃好的，喝好的，又不爱动弹？"

蹭"鸡"儿媳者："你说得似乎有道理。但，也不光都是中风死的吧？"

狗："癌症。好几位，包括那个年纪轻轻的小孩。其实，也是一回事，也是好吃懒作的结果。"

蹭"鸡"儿媳者："咋讲？"

狗："吃'好'的嘛，炸的煎的、烤的卤的。常常下馆子死的，大都是手中有些权的——因有人要巴结。每顿撑得胀胀的，还根本不运动，结果，四五十岁，就把自个给报销了。这不就是好吃懒作的下场。"

蹭"鸡"儿媳者不服："那个小孩子的死，如何解释？"

狗："一样，现在的学生娃，有几个不吃零嘴的？你光看那校门口一个个扎堆的小食摊，就知道是咋回事。上学时死学，下学后不是困在桌上做作业，打游戏。这还不算是好吃懒做吗？所以，谁也不怪，都是自个把自个给作死的。"

蹭"鸡"儿媳者："你说得确实是有那么些道理。"

狗："相当有道理！我们狗的鼻子，比你们人的嗅觉高多少倍？我为什么当年非要从主人家出来，其中一个原因，就是他不断地拿劣质狗粮喂我，让我吃他们剩下的食物时，我也能闻出其实那些肉并不地道，有毒。可是，我那傻主人，懂个啥呀！不但自个可着劲吃，还硬逼着我也吃。我不吃，他就饿我，好几顿不给我换食。我实在是受不了，加上他其它方面的霸道，所以，我才逃出来 。现在的日子，真它妈的美啊。一些人，还觉得我是只流浪狗，把他们以为好吃的食物，扔给我，像是施舍与可怜我。其实，我用鼻子一闻，就知道它新鲜不新鲜，致癌不致癌。如果闻着不对劲，多么诱人，那怕是一大猪肘子，我都是不会碰的。可选择的食物多着呢。"

蹭"鸡"儿媳者："你还真说服了我，你是比我们人聪明些。"

狗得意："聪明得劲大去了。"

蹭"鸡"儿媳者："说你白，就往面粉袋里钻？"

狗："真的，不是吹。好多方面，你们人的见识，真还是不如我。上次，我们狗仨为救那个疯子，从城市东头到西头，给他叼吃的。一天往返好几趟，爪子都一个个磨得血淋淋。可是，没几天吧，就都好了，身子骨还越跑越壮实。可是看看你们人，屁大的城市，家家买那么个破死壳朗，上班没有三步远，上下班，都开上，堵在大马路上按喇叭，不就图个脸面？在单位上坐着，路上在车里坐的，回到家，在电视前坐着，一个个还都以为自个过着美日子。岂不知，都是一个个大傻瓜。这就又归到了好吃懒做上。你看那医院的大楼，建了有多少座？我有一次遛达进医院，好家伙，吓我一跳，以为是开运动会呢，人山人海。和公园的空空荡荡，成鲜明的反差。"

蹭"鸡"儿媳者："这场面我知道，生前经常去医院。"

狗："阳光和运动是最好的抗生素，连我死掉的小三都知道。好些好些的人，快变成棺材瓤了，才一个个醒悟过来。公园里，可着劲在那练身体的，全是一帮子老头老太太，就没几个年轻的。你去问问，没一个没病的，不是这病，就是那病。你看看我这身子骨？我刚才说了，按七年折算，我都能当你爹了，多硬实？就是因一天不知倦地跑，整日晒大太阳，鼻子灵，又能控制住下边的嘴，不吃垃圾食物。当然，最主要的一条，就是身心自由，不攀比。可是你们人，在单位的，为往上爬，相互日弄；经商的，为了多挣两个，相互日弄；回到家，夫妻、兄弟、姊妹之间，也是为了利益相互耍心眼，日鬼倒棒锤，哪有个精神不紧张兮兮的？你们人类的学者不是也研究出来了吗？精神因素在寿命长短上，占很大的比重。所以，你们人，身上背着的东西太多太多。你问问你们这地下一个个躺着的，不管行业、地位高低，活着的时候，是不是都脱不了权、钱、名、色四个字？像我，主人早早把我给骟了，欲望一下子少去好多，吃了今天，不想明天的事。可是你们人，把那么几张油印的纸，存呀，攒呀，贪呀，好多，都是在这上边要了命。再就是争个谁管谁，我管你，就弄得你当我儿子，你管我，我就在你面前装孙子。你看看我对我老二老三，多民主，从来不管束他们，他们也不整日谋着篡我的位子。所以，友谊地久天长，日子舒心自在。"

蹭"鸡"儿媳者慨："每每与你一席谈，胜读十年书！"

文化干部呛："你读过什么书？文革中的初中生，基本上就是个文盲。现在，天天跟上狗补课吧。"

社会学家："是不是有点儿忒晚了？"

五十一　轮回

　　蹭"鸡"儿媳者问狗："这一晌，老见你弟兄俩早出晚归，回来，就睡了，也不跟我们聊了，都忙啥呢？"

　　狗爷："跟你们聊有些没意思。"

　　蹭"鸡"儿媳者："那你在干啥有意思的事？"

　　狗："最近老到我过去的老小区，蹲一边听一帮南墙根晒太阳的老头老太太唠嗑。觉得挺有意思。"

　　蹭"鸡"儿媳者："都唠些啥？"

　　狗："多了，家长里短。但，我能听出来，其中一个主要话题就是互相显摆。"

　　蹭"鸡"儿媳者："显罢啥？"

　　狗："我的儿子最近升了，你的女儿最近嫁了，亲家公是个什么头儿的……"

　　蹭"鸡"儿媳者："这就有意思了？没意思，我在世时，聚在一起，也就唠这些个。你是条狗，可能觉得新鲜，我的耳朵都听出了茧。"

　　狗爷："你听我慢慢说嗓。最近本市可能就要出件新鲜事。"

　　蹭"鸡"儿媳者："啥事？"

　　狗爷："一个省报的驻站记者，正在被停职接受调查。以前只听说官员被查的，这次是记者，还不新鲜？"

　　文化干部插嘴："我知道此人，是不是姓牛？"

　　狗爷："对对对，就是姓牛。说是在这本市驻了十好几年，除开市长书记，没人敢惹。外号牛三。意思就是书记第一，市长第二，下来是他。"

　　文化干部："那就对上号了，此人通天。 我在世时候，全市机关都知道的，背底下还有一个绰号，叫'组织部第二部长'。"

　　狗："是是，看来，你太了解他了。"

　　文化干部："家喻户晓。"

　　蹭"鸡"儿媳者："我在世时，好像也听到过，本市有个记者，没有他办不成的事。"

　　文化干部："市长书记隔几年就换一茬，他不换，铁帽子王。所以，好多人知道他的大名而不记得历届书记市长叫啥。"

　　蹭"鸡"儿媳者："他这么牛，咋出事的，谁告的？"

　　狗："人们都怀疑说是他的对门邻居拐弯收拾的他。"

　　文化干部："道来，讲细点？"

　　狗："也没多少可讲的。说是十好几年前，这牛三养一条狗，大冬天早晨，狗就要闹着出门，可能是憋了一夜尿要去撒。牛三呢，不愿带出去遛，嫌太冷，恋热被窝。就独自将狗放出去自个遛。可这狗，有个坏毛病，每次，不在外边撒尿，出门后，支着腿就在对门邻居的门垫上美美来一大泡。邻居有了意见，给记者讲了几次，牛三很牛，刚开始还说改，每天早晨，自个儿带狗下去遛。可是，没遛上两天，就烦了，大冬天早晨的天气实在是太冷。还以为遛了几天，狗的毛病改了，就重将狗自个放出去遛。可那狗毛病根本没改，我行我素。结果，对门邻居可能忍无可忍，特意准备好，一天早晨，拿一铁棍，在那狗正要在他家门垫上抬腿放尿时，猛地出去，就是几棍，打得那狗呲牙狂叫。惊动了牛三，出门来论理，先还是好说，最后，就吵了起来。

狗被打瘫了，牛三将狗送到宠物医院去。那狗是名犬，救了三天，花了一大笔钱，但最终还是瘸了一条腿。两家就结下了梁子，再不说话。这邻居，当时在单位是个副科长，正等着升正职，啥都考评完了，就等发榜公示。可是，不知为啥，公示栏出来，却没了他的名字，就怀疑是'地下组织部长'从中做了手脚。后来，也是事事不顺，都记在了牛三头上。心想，爷惹不起，躲得起，就自个活动着调到了临市。一来二去，又蹿进了省城，前两年，又进了省纪检委，而且还混到了部门的头儿。"

文化干部："我完全明白了是咋回事，勾践啊。纪检干部，前些年坐冷板凳，现如今，摇身成了牛检。这就是世事。"

狗："你听我给你慢慢讲。这两家吧，后来都换了新房，搬走了，房子留给各自父母住。儿子们留下的矛盾也转给了父母，两家是相互天天见面，老死不打招呼。现在是反过来了，这纪检干部的父母，也养了一条狗。现在到冬天了，也是一大早将狗放出去自个遛。你说这狗，以前还好好儿的，可自从对门的儿子停职调查后，天天出门来，支着腿在牛三父母家门垫上狠狠地屙泡屎。”

蹭鸡儿媳者："那不是欺负人？说狗仗人势，还真是。它从哪里就知道，对门的儿子与自个家主人儿子间疙疙瘩瘩的事？"

狗："你太小看我们狗的智商了。我们在一些方面的特殊功能，没养过狗的，你们是根本体会不到。主人的一举一动，一言一行，啥心思啥想法，知道得一清二处。"

蹭鸡儿媳者："牛三的老父亲呢，也没操起根铁棍，将那狗的腿给打折？"

狗吓："每次，都是悄悄自个收拾了。"

蹭鸡儿媳者："这也太欺负人了。"

狗："还有呢，一天，灯黑，牛三的父亲出门一不小心，一腿就踩到狗屎上，滑了个仰朝天，髋关节碎了，现在坐在轮椅上下楼，去到南墙根晒太阳。"

蹭鸡儿媳者："这回该发声了吧？没找对方论理？这医药费什么的，牛三父母得赔吧？"

狗爷吓："赔个屁。牛三的父亲说怪他自个没看清，不怪那狗。"

蹭鸡儿媳者："啧啧，熊成了这样。至于嘛？"

　　狗："还有呢，牛三家二儿子，专门开车去宠物店，买了好多袋高级狗粮，说是对门家的狗可能是最近喂得不好才屙稀。"

　　坟地里，一片寂静。

　　狗："还有呢，牛三家二儿子，专门开车去宠物店，买了好多袋高级狗粮，说是对门家的狗可能是最近喂得不好才屙稀。"

　　坟地里，一片寂静。

五十二 权威

傍晚，狗归墓园。

蹭"鸡"儿媳者："每天就等你来，给大家解闷呢。今天又见或听到什么新鲜事体吗？"

狗："有。"

蹭"鸡"儿媳者："来快讲讲？"

狗："还是在我老小区的南墙根，一帮你们未来的伴友在热聊着一件关于他们孙子辈的事。"

蹭"鸡"儿媳者："啥事？"

狗："说是有一网红作家，前几日到我市来了，给一帮中学生作报告，签名售书，弄得中学生们象盛大节日到来般狂欢，激动成狗。可是，其中一个女生不以为然，说他的作品一般般，不但矫柔造作，还多次被揭涉嫌抄袭。没想到，遭到群欧，打成重伤住了院。另一女生，得到了他签过名的笔，却热泪盈眶。哪承想，当天，她的那只笔，就不见了。她怀疑是班上一名女生窃去了，索要，对方不承认。结果，她叫来一帮校里校外的朋友，把那女生一顿爆打。那女生回家来，就割了腕，幸亏家人发现得早，才没出人命。"

蹭"鸡"儿媳者："那支笔，究竟是不是她偷的呢？"

狗："你还别说，还真是她拿了。那女生，躺在医院里，还对前来看他的老师同学说：'我就是不给她，打死我也不给它’那笔，本来人家是准备给我的，让她先一步抢去的。”

疯子突发声：

“为什么快乐总是走得匆忙？

我都来不及闪亮登场，

就错失了眼前的风清月朗，

于是只能在黑夜里黯然地游荡。

纵然天上有皎洁的月光，

我看见的仍然是夜空的裸妆，

是不是走过了这一程，

我就能学会笑着将一切原谅？

……

文化干部："这娃好长一段时间不嚷嚷了，感觉病有些好起来，今儿个是又受什么刺激了？难道是狗说的中学生的事情，又勾起了他往日的忧伤？"

蹭"鸡"儿媳者："别理他，他就是癔症又犯了，根本就没听我们说什么，在那里自我陶醉。我们接着唠我们的话题？"

人类学家："记得当年，市里出了个学伟人著作积极分子，去到北京参加会议。会议结束时，全国的积极分子要被伟人接见，她恰好站在伟人身后的第二排。伟人落座时，转过身来随意地跟模范们握个手，她竟然很幸运地被握到了。回来后，在全市做报告。好家伙，万人空巷。做完报告，成千上万的人挤着争着去握她那只被伟人握过的手。回到家，还是每天都有人前去她家，排着大队握她的手。有一个人说：'这是个人崇拜'，结果，被定了个现行反革命，抓起来，几乎打了脑袋。"

文化干部嬉："一个'二传手'，都被大家伙敬成了'神手'！"

疯子又吵吵起来：

是不是我把酒干了，

孤枕边就不再有痛苦和惆怅？

若把纷扬的往事统统埋葬，

也许我会习惯一个人的时光，

怕只怕我卸下了负累，

终究绕不开旧日交织的情长。

如今，我试着将往事淡忘，

慢慢熟悉了黑夜中的千景万象。

可是当我穿过那条记忆幽径，

还是不小心被思念狠狠擦伤……

蹭"鸡"儿媳者："你听听，烦人不烦？我们唠得正好！"

文化干部："你别说，这疯子吟的诗还真不错，似肚子里有满腔的话要向人诉说。"

蹭"鸡"儿媳者："疯人疯语，你还当真了？我一点儿也听不出他想说个啥子丑寅卯。咱们接着聊咱们的，别再理会他，他就不再叫唤了。"

沙锅店主接续："别说伟人了，他们的儿孙们都受人崇拜！我那店刚开起时，其实生意一般。一次，他们中的一位路过我市，市上一位搞接待的干部领上到特色小吃一条街来吃个便饭，鬼使神差，就进了我的沙锅店。我从此就撞了大运。"

蹭"鸡"儿媳者好奇："快讲？"

沙锅店主："随行，跟着几位记者。有一记者，写了篇报道，还照了张相，第二天登在报上，马上，后几天前来吃饭的人就把门框都挤碎了。那位大人物的后代吃饭时，随便应付了一句'蛮好吃'，嘿，搞接待的干部就记下了。回到宾馆，要让他留墨宝时，那人拿起毛笔半天想不好要写啥，接待干部打破窘态，提醒：要不就写'xx沙锅蛮好吃？'那人就写了。过后，真迹存在博物馆里，用玻璃罩罩着，把复制的给我送店来，嘱咐我如何如何。我遵嘱把记者的那张照片与那字带去到装璜公司，用最好的材料裱装出来，挂在饭馆最显眼处。好家伙，那几日，全市我估计家家都不开伙了，全涌到我店里来，把我的两个伙计都累倒住进了医院。以后，每逢重要的日子或外边重要的人来，市上全安排到我这店来。一进门，不点菜，先站在字与像片前瞻仰。都夸写得好，开一路书风如何如何。一次，一拨食客进店来，又在一起瞻仰。其中一个却不买帐，讥道：'有啥好，我看就是狗扒'。惹得旁边几位不满，吵吵一阵，竟然动手撕巴着几乎大打起来。那一位饭也不吃地扭头走了。"

又传来疯子的嚷嚷：

我的呼唤终是高不过蝉鸣绝响，

　　那我就罚自己在沉默里清修。

　　只是，这桎梏的日子，

　　怎样才能等到春风过场？

　　蹭"鸡"儿媳者火起："呔，疯子，你能不能安生点？听不懂我们在说啥，也不要捣乱好不好？"

　　疯子默声。

　　蹭"鸡"儿媳者催沙锅店主："快讲，后来，是不是生意火得一塌糊涂？"

　　沙锅店主："那还用说！把旁边几个店全挤跑了，由我盘下来。还把我选进了政协委员。每年都给我好些个奖励。真是要名气有名气，要地位有地位，要女人有女人。一个员工被我开了，他不满，泄愤揭发我用地沟油。都不用我出面，公安直接就收拾了他，说他犯了造谣污蔑寻衅滋事罪，拘在看守所里呆了一星期，出来乖乖再不说啥了。其实，他就是说，根本就没人信他的。人一但得势，就象大火起，风再大也是吹不灭的。大权威是权威，小权威一样，也能被人捧成神，供着。"

　　文化干部慨："啧啧。"

　　狗："你们人，真是太复杂。"

　　文化干部问狗："这种情况在你们狗群中好象也有？我活着的时候，时不时地看到一群狗，跟在一只狗的后边转来转去。"

　　狗："那一准是群流浪野狗。家养的狗，都被你们人训化得一点儿也没有崇拜权威狗的意识了。一变成野狗，就有返祖现象。你们忘了？我刚开始来到墓园时，小二小三張口'狗爷'闭口'狗爷'奉承我。开始时我也觉得受用，可后来，被他俩孤立了的感觉。都是个狗嘛，分个啥等级，都称兄道弟叫"同志"不好？嘿，刚开始，还挺难纠正，硬是它俩叫一声我'狗爷'，我就抬腿给他们俩爪子，经过好长时间，才板过来的。你们人也知道，一种习惯一但养成，是很难很难矫正的，只有靠打。"

文化干部："你确实是一只具有民主精神之狗。"

狗："这可能是被我主人骗了的缘故吧。七情六欲的，看得都挺淡了。"

疯子：

曾经的执着被谁写成了遗忘？

如果幸福就这样在无声中散场，

那就让影子和忧伤，

陪我默默走尽一个人的地老天荒

……

蹭"鸡"儿媳者："跟你们唠嗑累人，每扯到最后，就是一些莫测高深的玩意。连狗的话我都听不太明白，又搅和进个疯子来，颠三倒四一通胡话。真不如在公园跟那帮残疾朋友呆一起自在，畅快。"

疯子突然又冒出一句："睡着的人是叫不醒的。"

蹭"鸡"儿媳者："听听，又扯的什么屁谎，在说谁呢？"

五十三　露脸

傍晚，狗俩走一颠三地回到墓园。狗爷一边还哼哼着：

一畦田垅，仨俩雅客。吟诗弹曲，躬耕不辍。南望祁连，冰峰巍峨。北看农舍，浓荫蔽野。林间过清风，听之而为声；云端出明月，目之而成色。茅椽蓬牗，不妨襟怀；阶柳庭花，润得笔墨。陋堂，飘醇香一绺，苔痕，着霜露几多。谈古笑今，觥筹交错：南阳诸葛氏，北枭曹孟德；萧何夜下追韩信，宋江朝赴梁山泊……历代英豪，杯中走过。激越处，浪声高歌；哀婉时，神伤筷落。忧天下之忧而忧，乐天下之乐而乐。遥想阮籍、嵇康，闲情大概如此；托梦陶潜、东坡，逸致或就如我。"西坡草堂"，土如农舍，魂之归所。"

蹭"鸡"儿媳者："又上哪浪去了，竟然似喝了大酒，满嘴说这么长的胡话，啥意思？你真能记得住？我听得都累。"

文化干部："你别说，我听这狗嘴里吐的全是文词，还挺高雅。"

狗爷："近朱者赤嘛，你们人说过的。我们今天又去城南边那一拨文化人自娱自乐搞的度假村了。我刚才哼的就是地下老师的那位学生新作的一首长诗，叫《西坡草堂赋》"

蹭"鸡"儿媳者侃："看醉成这样，难不成是让你也上桌了？"

狗自得："跟上桌也差不多。那几位文化人太喜欢我了，这个把我摸一把，送嘴里块肉，那个把我抱一下，给块骨头。以前，他们喝酒时，我就感到好奇，舔过他们洒下来的酒。一来二去，就喜欢上了。那些文化人挺通狗性，专门给我备了一酒杯，每次他们喝酒时，也倒上一盅，时不时地给我灌上一口。"

老师慨："无聊之极！当年我就看他是个没出息的东西。现在，竟然混到如此地步，跟狗作伴喝酒。耻辱，当老师的耻辱！"

狗嬉："你老太正经，没听明白刚才你学生作的诗嘛？连北京来的那位都一个劲地夸他，很有才气。"

老师慨："狗屁诗，有什么才气。你哼哼半天，我也没听出个啥名堂出来。"

蹭"鸡"儿媳者得意："看看，不是我听不懂，连他的老师也没听懂。"

狗："你估计是根本就听不懂。老师嘛，本来就对他学生有成见，是没认真听。你们根本不知道，他们把那篇赋写在一个木牌栽在了草堂的进门处，有好多人慕名前去欣赏和背诵。连地上那个疯子，以前总是爱在大街上背那标语牌上的话，现在不知从哪里听到了消息，也天天跑来背开它了。"

老师："一个疯子和条狗，背他所谓的诗，说明了啥？不就和疯子与狗一样地活着？"

狗："老师，你听我说了，会吓一大跳。"

老师不屑："就凭他，能干出什么人样的事情来？烂泥上不了墙！"

狗不紧不慢："你这学生刚参加了一回全国诗词大赛的选拔。"

老师诧："啊？"

狗："初试复试都过了，可是，没被入选。"

老师嗤："那管屁用？肯定是水平太洼被刷了呗。"

狗："其实初试复试成绩都很好。"

老师："考官一定认定他基础知识不过关，野路子。上学时，我就知道的，华而不实。"

狗："他在考场，倒把考官给考住了。"

老师愕："啊？放狗屁。打死我也不信。"

狗："老师，你不信听我慢慢讲嗓，别动不动就狗屁狗屁。你也是个读书人，对我们狗尊重点。你学生那帮人，可是把我当宾客的待，从来没有辱过我。"

老师愤："所以他没出息，混到今日天天跟狗在一起喝酒的地步。你讲，烂泥上不了墙的，咋还能把考官给考住？！"

狗慨："你们人，一但对哪个人形成固定看法，就很难改变。就跟我们中的有些狗一样，一辈子就跟定一个主人，有些愚。事物都是可以发展变化的嘛。"

老师烦："快讲，他是如何把考官给考住的？我听着像听书？"

狗："考官每出一首诗，你那学生就能马上背出，而且还讲出一大堆这首诗背后的好多背景和知识来。似乎这些知识有些考官并不掌握，所以，每每面面相觑，大眼瞪小眼。考官禁不住，问他肚里究竟背了多少首诗？他回答说：'不

多，也就是个两千多首。'唬得考官们直翻白眼，也以为他
是牛吹过了。可是再考，问啥都难不住他。考官问一首，他
倒能背出十首相关的诗来。考官又问他是怎么下功夫的。他
回答说：'曾经把《全唐诗》翻得几次开了胶，重又去街上
装订了两遍。'考官们就再不敢往下问了。"

老师仍不屑："你就胡吹吧。我死不相信，一个个大学
教授，被他一个啥文凭都没有的野路子给整怕了？不然，为
啥没被取上？"

狗："我还没来得及告诉你，考官中，就有一个是你当
年的学生，也是他的同学。下来，推心置腹地对他说：'你
不能参加比赛，到时候，把主持人与考官晾在台上，让观众
笑话咋办？'"

老师："吹！牛皮都吹破天了！"

狗有些来气："告诉你吧，后来的结果是：他们把你那
看不上眼的学生，整了个特邀评委。目的是为了活跃气氛。
再者，是让全国的观众也受到鼓舞，不光专家教授能当评
委，草根也能。"

老师口气忽有转缓："这小子，其实当年我看他就挺聪
明的。我上次不是说了嘛，偏科。如果把外语、数学分再考
得高点，现在，肯定就不得了了。"

狗："看看，刚才还在埋汰，这会儿话就变了，比翻书
还快。"

老师催："你快讲吧，后来呢？"

狗："后来的情形还容我细说吗？在比赛现场，真是就
耍了他一个，把其它的评委还是全晾一边了。他一评，就引

来一大阵掌声。台上的选手，猛着给他鞠躬，老师长老师短的。”

老师乐：“还真给我掌脸。”

狗：“你那学生今天跟我酒喝时说了，让我也加把劲努力，下次争取把我也带去，给他们露两刷子！”

五十四　狗拍戏

　　蹭"鸡"儿媳者挖苦狗："近几日早出晚归，回来后也不多言，还真是跟上你那度假村的文化人朋友在背古诗，准备上电视？"

　　狗爷："你说得也有点靠谱。可是，是另外件事情，把人累得屁淌。"

　　蹭"鸡"儿媳者来兴趣："啥事？"

　　狗爷："在拍电影。"

　　蹭"鸡"儿媳者愕："啊，你还真日能上了？"

　　狗："不骗你，真是拍片子。"

　　蹭"鸡"儿媳者："咋回事，讲讲？"

　　狗："那位老师学生在电视上出风头的事，成了全市的大新闻。这不，一回来，就招惹来当地电视台的采访他。采访时，那帮子文化人三扯两扯怎么就扯到了我们狗仨桥洞底下救那地上疯子的事。电视台领上采访的头儿几乎跳起来，一拍大腿叫：'太好了，'雷锋'就在我们身边，我们却四处找'雷锋'！采访完那老师的学生，就急匆匆给我们整专题片，说是市上现在正在申请全国文明城市，这个题材，拍出来，那是蝎子屙屎——独一份，片名都事先拟好，叫《感动城市之狗》。所以，把人整得挺乏。"

　　蹭"鸡"儿媳者："啧嘈，狗都反而教育开人了。拍片子有那么累吗？"

　　狗："咋不累！一个镜头，得好多次地反复拍。"

　　"蹭"鸡"儿媳者："为啥？"

　　狗："事情是三只狗干的，可是，你们也知道，小三已经死了，他们整来一只家狗。可是那家狗，又不好好配合。给它只肠子，让它叼嘴里跑，可是，一眨眼功夫，没了，被它早吞到狗肚了。"

　　蹭"鸡"儿媳者："家狗的嘴倒比你这野狗的馋？"

　　狗爷："我也馋，但跟几个文化人呆时间久了，近朱者赤嘛。他们的好品质我学了好多，所以，能控制住自个的欲望。"

　　蹭"鸡"儿媳者："还有呢？"

　　狗："那疯子也不好好配合。刚拍呢，他又背开那个老师学生写的诗了，要不，就高兴地蹦高'我媳妇要回来了，我媳妇要回来了'。摄制组的人左哄又劝大半天。所以，折腾人。不，折腾狗。这一天下来，我的狗骨架都散了。"

　　蹭"鸡"儿媳者好奇："这都多少年过去了，疯子仍没忘他媳妇？"

　　狗："是摄制组的人哄的他。"

　　蹭"鸡"儿媳者："咋回事？"

　　狗爷："其实，这两年，疯子的哥嫂对他可以了。衣服也给他换洗，也不让他再晚上到桥洞下睡觉。给他吃得可能也好些了，人养得白胖了些。一句话，有点人样了。听电视台人说，要找他拍片时，起先他哥嫂还不同意，说这不是揭他俩口子的伤疤给外人看？电视台的人就给疯子的哥嫂做工作。讲了这件事的重大意义如何如何，又给他俩做了一些生活上的许诺。俩口子答应了。疯子的工作却咋也不好做，因为他就迷迷糊糊不是个正常人。还是电视台的利害，使了一招——疯子的媳妇当年跟了地下这科长的头儿后，过了没两年，科长的头儿就又有了新相好，跟她离了婚。而且，调整到外市去工作了，把她撂了单，一个人孤孤地过着。电视台的就找她给疯子做工作，答应他，疯子如果好好配合拍片，她就考虑重回来跟他过。那女的一听，就跳了起来，'我的妈，我就是跟狗过，也不会跟他重新过！他都疯成那样了！'电视台的就给她做工作，说：'也不是真要让你回去跟他过。就骗骗他而已。电视拍完，就拉倒。'如何如何，也给她许诺一些小惠。对方就答应见疯子一面说说。疯子见了媳妇激动成狗，一听只要配合拍完电视，媳妇就回来跟自个重新过日子，也是一个蹦子跳老高，大叫：'我配合，我拍！'因为有些白胖，电视台的就让他饿上一半月。嗨，女人的吸引力就是大！那疯子，还真是每天只喝点清汤寡水地把自个饿了半拉月。开拍时，过去的破烂衣服也没了，电视台的本事大，不知从哪里找了几件破衣帽让其穿戴上，又从哪个饭店整了点锅灰，给脸上抹上几把。那桥洞下的破棉絮，塑料壳什么的，都不见了，电视台的也都一一整了一些来。"

　　文化干部慨："这不就是弄虚作假吗？"

狗嬉：“我觉得，这地下的许多鬼里，就你是爱较真。”

蹭“鸡”儿媳者急：“别打岔，然后呢？”

狗：“然后就是化妆我们狗仨。”

“蹭“鸡”儿媳者：“如何化妆？”

狗爷：“往我们身上浇水，然后，再撒土，整得就跟土迷日眼窝的工地上的民工一样。我们俩倒好说，那个家狗，被宠惯了，每次，根本不配合，总是一撒上去，就自个扑腾着抖落掉。”

蹭“鸡”儿媳者：“还有呢？”

狗爷：“还有就是往我们的爪子上涂红药水。”

蹭“鸡”儿媳者好奇：“为啥涂它？”

狗：“傻吧？这地下别的鬼肯定都想到了，装成爪子磨得流出血的样子呗。那条家狗特别不配合，每次都扑腾着挠人，挣脱了跑老远，追不回来。让我兄弟去给哄回来。”

蹭“鸡”儿媳者：“我的妈呃，还真下功夫像模像样地整事！”

文化干部：“那电视剧，不都是这么整吗？”

蹭“鸡”儿媳者：“倒是。”

狗：“所以，一天下来，挺它妈累，跟那工地的民工没两样。你想想，要把两条野狗和一条家狗，再加一个疯子，攒到一起演戏，能不累吗？我们哥俩好说，导演说咋演就咋演。就是那家狗与疯子，一个疯疯颠颠说不听话就不听话，一个仗着是家狗，说撂挑子就撂挑子。弄得导演老是当三孙子一样地哄他们俩。我哥俩就只好陪着。肚子常常饥肠辘辘，嘴里叼着火腿肠，香香的，就是不能吃到肚里去。谁让别人夸咱是雷锋来！"

蹭"鸡"儿媳者慨："真是下大功夫了！"

狗爷："嘻，白忙乎一场！"

蹭"鸡"儿媳者："咋回事？"

狗："拍完后，他们兴高采烈地把片子寄到上级单位审核，没想到，被劈头盖脸在电话里一顿训。"

蹭"鸡"儿媳者："为啥？"

上边骂他们："你们猪脑子呀？还有没有政治敏感性？这事，本来，就是人应该干的，狗替你们干了，悄不声就得了，还要挖出来张扬，你们脑子有病呀？！"

五十五 玄妙

狗爷夕归，狗嘴里又哼哼着：

"夏蓝秋蓝一样蓝，

绿有归意红不倦。

黄叶挺出一万株，

云烟渺渺荒村远。

嫩掌拨出清波去，

堤上丽衣翩若帆。

水天相吻无限意，

秋风有情秋心软。

为何眼前如此净？

桃源根处是涅磐！

文化干部："谁的诗？听上去，挺有水平。"

狗爷："就是地下这老师的那位学生写的。说是有两句是从曹雪芹的诗中化出来的。"

文化干部："啧啧。真是不得了！你背它，难不成，下次，他真要带你去全国的赛诗会上露两刷子？"

狗爷："他再不去了，推荐我去。所以，最近我才这样下功夫。"

文化干部："为啥？他不是上次整得很风光嘛？"

狗爷："不去，自有他不想去的理由。"

文化干部："啥理由？"

狗："他回来后，嗓子疼了一月。"

文化干部："为啥？"

狗："霾呀。说简直就是个毒气室，那边的人无法想象是咋呆的。给个再大的名头，也不去。让我去，说我们狗的嗓子皮实，经糟。"

文化干部："京城里几千万人咋呆的，嗓子都如你？再说了，组委会能让你一条狗去显摆？"

狗爷："嘿，这你就想错了。笑应得兮不痛快。说是一个草根，都整了个满堂彩，把一个个大专家都晾在了一边，何况一条狗，那会是个啥情形？这个创意太好，收视率一定打着跟头往上涨。说是只要把我训练得能背出那么几首，把观众情绪调动起来就行。他们要的是现场气氛，功底不功底的，倒在其次，谁在那么几分钟里，细咨你的功底？更何况，是对一条狗？电视台一般都是玩虚把式。所以，我现在哪有时间跟你们瞎聊，有空就背他写的诗。"

老师憾："就为个嗓子疼，这么好的极会就放弃，真也是神经病，没出息。多少人现在挤着想进去进不去。他倒是牛上了。思维不正常。"

狗："老师，你是在这边呆了几十年，不知道那边的霾有多厉害。告诉你一件事。你那面试了你这位当地学生的学生，在他回来前，请他吃了个饭，饭桌上，大放悲声。"

老师："咋回事？"

狗："肺癌，晚期，墓地都买好了。参加诗歌赛的评委，主要是妨于电视台朋友的面子。二来，也是出来接触接触社会，散散忧闷的心情。"

老师惊："噢？"

狗："饭桌上，你那当名教授的学生讲起了高考前的一件事。"

老师："啥事？"

狗："说是开考那天，自个去上厕所，那时的厕所还是茅厕。不知哪一位在他之前上厕所的，可能是肚子坏了，刚刚把一泡稀屎屙在了蹲板上。他眼近视，没看见，一腿踩上去，就滑了个大跟头，全身沾满了屎尿。赶快回家去，换了衣服，气喘嘘嘘往考场跑。那时的考场官得还比较松，因为人都老实，作弊的没有现在这么盛行。虽然晚了几分钟，监考人员听了情况，也就放他进去了。在饭桌上，你那位名教授学生一个劲地感慨：当时，狠骂那个跑肚拉稀的——你眼睛长没长在屁眼上？也非常感激那位放他进去的监考人员。因为，第二年，就要开始考外语了，他当时就是个外语盲。所以，机会只有那一次。现在倒是埋怨：那位跑肚的，你当时，为何不把那泡稀屎拉得再大一点，再稀一点，直接把我干进茅坑里？那位监考人员，你当时，就坚持纪律不放我进去多好！说不定，这会儿，我也整天跟你们一起厮混，在家乡的度假村，赏明月、吸清风，喝酒作诗呢。"

地下疯子突发声："世事无定规，人生很玄妙。"

五十六　兜兜转转

　　科长："好些日子不见疯子前来踹我碑了，心里反而有些空落。"

　　狗爷："等着吧，有好事。"

　　科长："啥好事？你这狗嘴说话总是不把门，我这一个地下之人，能有啥好事？"

　　狗："你听我把话说完，你就知道了。"

　　科长："说？"

　　狗："你当年不是把人家媳妇引荐给你们处长跳舞，结果他媳妇跟了你们处长。所以，他才记恨你，老来踹你碑？"

　　科长："是呀。我们处长后来升了政法委书记，突然心脏发作，死了，就埋在不远处。可是，他就是不敢去踹他的碑而常常来踹我的碑。"

　　狗爷："其实，好多人传着说，那就是一个空穴。说是有人到香港旅游都见本人了。当年，他是因贪腐败露，搞了个假心脏病发作，逃了。"

　　科长："简真是胡说八道，怎么可能呢，一个大活人？还有，你上次又说是他调外地了，把疯子他媳妇给甩了。让人信哪头呢？"

　　狗："你们人，好多事情都是以讹传讹，真相有几人是清楚的？"

　　女人插嘴进来："可不咋的，我在世时，听我一个邻居说我一个中学同学谁谁死了，正儿八经的。说是她扫墓时，都看到过她的墓碑。可是有一天我上街去逛服装店，有人从后腰把我搂紧了，我挣脱出来回头一看，当场就把我吓瘫在了地上。抱我的，就是我那同学。”

科长：“别打岔，让狗给我说疯子的事呢。”

狗爷：“疯子摊上大好事了！”

科长：“啥好事？”

狗爷：“天大的好事！”

科长：“快讲嗓！卖什么关子？”

狗爷：“他可能获得一大笔财产的继承权，而且，还要娶一个年轻护士当媳妇。”

科长：“呃，你这狗嘴说话不要太离谱好不好？”

狗爷呲：“　信不信由你，听我给你细数道来。”

科长：“我看你这狗嘴今天如何吐一支大象牙出来！”

狗：“这疯子的哥，有个儿，开个钓鱼池，还有饭庄，生意这两年越做越火。人有钱了，就起色心。当然，也就有‘色’主动寻上门来。那承想，对方的对象不干了，找上门来兴师问罪。他仗着自个有钱了腰杆儿硬，根本没把对方放在眼里，话说得很难听，激怒了对方。撕扯中，还把对方捣了个乌眼青。对方气不过，从腰里摸出一把刀，就把他给捅了。他媳妇闻讯前来，一看，就扑了上去。对方一不做二不休，杀一个也是杀，两个也是杀，气头下，又手起刀落，把他媳妇也结果了。”

科长：“啧啧，都说色子头上一把刀！那疯子的哥嫂，知道这一消息，还了得？”

　　狗爷："你听我说，别插嘴。疯子的嫂嫂之前就已经中风偏瘫坐轮椅了——所以，疯子才再不睡桥洞下，回家去了。他哥是让他当帮手伺候他嫂子——听到这一噩耗，当时就一命呜乎了。他哥呢，也受不了这天塌一般的打击，也晕了过去，现在正躺在医院抢救室里，据说是醒不过来了。"

　　科长："啧啧，世事难料！天有不测风云，人有旦夕祸福。"

　　狗："你说得一点都不假。"

　　科长："可是，你说疯子要娶媳妇，又是哪门子的事？这一祸一喜，两竿子也够不着呀？"

　　狗爷："够得着。往往你的祸，就是我的喜，特别是所谓的'亲情'之间。我一条狗，却把你们人的那点烂事，看得清清楚楚。"

　　科长："道来？"

　　狗："这疯子的哥，如果醒不来，他儿子的这笔遗产，疯子就成了当然的继承人。"

　　科长："他哥嫂的儿子没有儿女？"

　　狗"没有，他媳妇是不孕症。"

　　科长："娘家也没什么人？"

　　狗："好像是没有，是从孤儿院里长大的。"

　　科长："这大好事让疯子给捞着了！真让人相信，上天有眼，你在这方面遭了损失，在另方面就得到报偿，只是时间的事。"

　　狗："好像你们人有句哲言；'上帝给你关上门的同时，一定会给你开一扇窗。'"

　　科长："你概括得比我好。赶快说他找媳妇的事，我很感兴趣。看你怎么往下编得让我信服？"

　　狗呲嘴："想嫁他的，就是拐了他老婆的你们处长的外孙女。"

　　科长："闭了你那臭狗嘴，越编越离谱，你这不是有意的逗我玩？"

　　狗："你爱信不信！"

　　科长："讲，我只当是在听狗吠。"

　　狗爷："不是吠，我是在给你娓娓道来。你们处长儿，纨绔一个，所以，教育小孩上，也一塌糊涂。高考分数差，就上了个卫生学校。在学校时，跟一个上医学院的同学谈恋爱好多年，结果，对方一毕业到大医院当了医生，就把她给甩了。她受不了打击，大病一场，从此，精不精，傻不傻，勉勉强强通过他姥爷的旧关系进了当地的医院当护士。可是，就跟红楼梦里的傻大姐一般，说话不着调，天上一下，地下一下，明白两天，糊涂一阵，科室里的重要工作都不给她干，只干个杂活，说穿了，就是个护工，基本上跟个闲人一般，由医院养着。所以，终身大事就一直拖着，拖成了老姑娘。谁愿娶一个半傻当媳妇呀。"

　　科长："看来，真是有因果报应。全是他姥爷作的孽。"

　　狗爷："也许你说得有道理吧。之前，疯子嫂子偏瘫后，时不时地去住院，就住在这半傻的科里。一来二去，两人竟然就熟了，惺惺相惜的感觉，所谓：同是天涯受骗人，相逢就觉如初识；懵懵懂懂最是好，只是当时已惘然。

　　这一次，疯子哥重瘫晕在医院，两人再次见面，感情就迅速升温。女方的父母听了女儿的介绍，亲自去医院相了一回，见对方白白胖胖，哪像个疯子，倒似个电视剧里的男一号。说话也斯斯文文很得体，没有半点疯傻的感觉。又听女儿说，对方如何任劳任怨一把屎一把尿伺服哥嫂，想以后自个要是那样了，也指望疯子会那样。这样的快婿打着灯笼恐怕也满世界找不到的。更何况还有一笔可观的遗产立马可望。再说，自个女儿也是个半傻，能推出去，就是天大的幸事。世事轮回，生活早已颠倒，不是自个爹活时的那会儿了。所以，就痛快得不成，巴望疯子哥立马死，后续的红白喜事如何张罗，都心底里谋划好了。

　　可是，半路中，杀出个程咬金，疯子的媳妇，不知从哪里得到了消息，杀到医院来，跟疯子与半傻护士吵吵上了，决意要跟疯子复婚。还口口声声，'你看你才多大，疯子都能当你小爹！半傻护士毫不示弱：'我姥爷当年能当你大爹，你怎么那么屁颠？'把疯子媳妇一句就给噎了回去。疯子也态度坚决：'都哪年月的事了？我把你年轻时的模样都忘了，还来叫缠！'"

　　科长唏嘘："后来呢？"

　　狗："还要什么后来？你就美美地等着吧。疯子说了，前脚他哥蹬腿，后脚他就跟半傻媳妇办事。届时，一定一定，要到你坟前来，给你送把喜糖，放挂鞭炮。而且，好像说还要给你重新立块好碑。说是没有你，哪有他疯子的今天！"

　　科长：“我的天，真是在听天书！你这狗嘴，真是吐出了像牙！”

　　地下的疯子突插言：“小说离奇不过现实。”

五十七　显摆

有鬼问狗："近晌忙啥？"

狗爷："刚帮着办完一桩丧事。"

蹭"鸡"儿媳者："这墓地近日也没到鞭炮声响呀？"

狗爷："你傻。现在的墓地都扩大多少了！分好多个区呢。一个区，又要分几个小区。墓园里，以前，只有一条路，现在，都有三环了。"

老师："啧啧。不是说现在的人都寿命增长了嘛。"

狗："不懂，不知你这种说法有何依据。反正我用我的狗眼直觉观察，近些年，来这墓区躺的人是一年比一年的多，而且好多似乎并不大，按人与狗年龄一比七的算，好多还得叫我老哥甚至老叔呀什么的。"

蹭"鸡"儿媳者："说说你在为谁帮着办丧事。我很好奇，哪有狗为人帮着办丧事的，难道这家的人手太缺了？"

狗："你说对了。现在这世上，就没有你想不到的事情。"

蹭"鸡"儿媳者："哪就快讲来给我们听，每天，闷得就等你讲外边的新鲜事。"

狗爷喒喒嘴，吐了两嗓："这两日油大，吃得有点儿伤胃口。"

蹭"鸡"儿媳者："还摆上谱了，快讲吧，别拿板了。"

狗爷："我为他办丧事的这人吧，其实也是这地下老师的一位学生，同时也是那度假村当地文化人的中学同学。"

老师："噢？"

狗爷："说起来，老师你可能记得，叫 XX。"

老师半天："想起来了，学习也不咋样，脑子好像还不如上一位灵光。"

狗："我的感觉也一样。可是，他身上似乎有一种说不出来的自得与优越感。"

老师："噢，从何而来？"

狗爷："他好像是个副处级。而你那个会作诗的学生则一辈子啥也没混上，只是个大头科员。"

老师："噢。当年看他天资平平，没考上大学，去了工厂当钳工，能混到今天，也算不容易，当然应该有点自豪感。说实话，他这才走的是正道。那个会作诗的学生，别看你把他吹的，我打心底里，还是瞧不上他。"

狗爷："你这当副处长的学生，还有一得意之处。"

老师："啥？"

狗爷："他儿厉害，竟然在若干年前，考上了中央要害机关的公务员，几年时间，混了个正处，比他老爹还高出半级。老实说，你这学生退前，只是个科级，那半级，是退休时，给照顾上的。"

老师："不管照顾不照顾，副处就是副处。真是个官宦世家呀，有出息。当时，我还真是没看出来，他能退休混到个副处，还能把儿子培养得这么出色。"

狗爷："他不是到年龄退的，是一次因公出差，半路上中风，被救了过来，偏瘫，没办法继续工作了，所以，组织上才照顾的他。"

老师："噢，原来是这样的。"

狗："倒霉的是，他刚偏瘫没多久，老婆却又查出得了癌，没一年，就撇下他走了。"

老师："祸不单行。不过，好歹给了个副处，生活上没啥可担忧的吧？"

狗："经济上是没啥，雇了个保姆。可是，耐不得孤独呀。所以，打听到他同学在郊外整了个度假村，隔三岔五，就让保姆推着来了。"

蹭"鸡"儿媳者："可是找着地方了。我为啥活着的时候老去公园，因那儿有十好几个残疾，呆一起，就感觉一天的时间过得快了些。"

狗："可是，那文化人与他这偏瘫同学，呆一块就吵。其实那文化人很烦很烦他来，背地下，经常给那个北京来的文化人咕叨。"

老师："咕叨什么？毕竟都是小时一个班的。"

狗："你不知道，老师，你这偏瘫了的学生，一喝上两杯，就开始显罢。先吹自个的工资是他同学的一倍，又说他雇的保姆的工钱都比他同学的多，轮椅是几万的，心脏里搭的五个支架就是对方度假村的全部家当如何如何。说文化人当时就是不学他，会来事，所以，才混到今天如此地步。结果，文化人就跟他争：'我这混得是少吃了是少喝了？是我到你家去吃喝了，还是你到我这来找吃喝？坐轮椅、搭支架也整出优越感了，舒服吗？'"

老师默。

　　狗："更让文化人烦的是，洒桌上，只要有新人来，三句话之后，你那偏瘫了的学生准能把话头拐扯到他那京城要害部们当处长的儿子身上，自得之意溢于言表。接着就是大吹特吹：'别看我现在瘫了，年头节下的，市委书记都领一帮头头脑脑到家来慰问。老伴去世时，市委组织部亲自出面给张罗的一切。组织部长主持的追悼会，排场大了。市委书记虽然白天不便出席，可是，晚上，却亲自来到家中，表示慰问，还送了礼金，'如何如何。整得满桌子的气氛很不对劲。你那文化人学生就不想让他再来，可是，躲不了，腿在他身上，虽然瘫了，可有轮椅呀。每次来，刚开始还可以，只要酒杯一碰唇，就又开始翻肠子倒肚子上边那些个，整得你那个文化人学生还没折，因为他口口声声'同学'、'发小'的。本来一桌子的雅人，刚开始也谈的是雅话题，到最后，每每让他整得很俗。他不但自个来，有两次，还把他原单位的下属也整来，在酒桌上，借着酒劲，耳提面命：'如果没有我当年提拨你……所以……你要……'如何如何。对方给他个面子装出洗耳恭听样子，其实是为了应付他。可是，他以为对方听进去了，翻来倒去地叨叨，把你那文化人学生惹烦了，埋汰：'呃呃，码子点清楚了，你现在就是一退休闲人，而且还坐在轮椅上。人家可现在还在任上，工作上该干什么不该干什么，自会有人家现任领导安排，也轮不上你嘴皮子都磨破了的指教。'结果，一句话把他给惹翻了，两人竟然几乎酒杯一摔撕把起来。也就是那文化人有涵养，又看他是个瘫子，旁边的北京来的文化人也劝架，你那文化人学生才让了步，并丢下话：'以后，就请你再不要上我这来，爱到哪浪到哪浪去！’呃，这副处长的脸皮就是厚，过后，照来不误。”

蹭“鸡”儿媳者：“你扯得有些远了，你不是说他近日死了吗？简单了说，别啰哩啰嗦的。”

狗：“不说前边，你如何理解后边？前不久，这瘫子的儿子出事了，都上新闻了，说是内鬼，为得经济上的好处，给正在查处的对象通风报信案子的调查进展。你想想，这还了得！他自个被‘双规’调查了。瘫子听到这一消息，当场就晕过去没醒来，两天后，就乌乎哀哉了。”

蹭“鸡”儿媳者：“这次丧事是咋整的，组织部门出面了没有？”

狗爷哧：“出面？躲还来不急呢！”

蹭“鸡”儿媳者：“原单位呢？”

狗：“连那位他提拔起来，酒桌上对他捣蒜似装顺从的下属都没来。也就是文化人念及和他同学、发小一场，替他草草张罗了完事。你可能想不到，连他的遗像，一路上都是由我来抱到坟场。那文化人发感慨：他这‘自豪’了个啥？他单位一个退休了的老职工就留在本单位打更几十年，算下来，瘫子这辈子拿的工资总合连人家打更者的一半都不到，还活着的时候使劲地吹吹吹。活了一辈子，也没长大，真是个巨婴。’”

老师还要问什么，狗说：“我得赶快到他那边看看去。今早晨，我唬他：‘听说你虽然躺这了，好像你儿子的事与你也有牵连，上边已经来人了，马上就要到坟头上来问你。’一句话，就把他又二遍吓死过去，半天听不到动静。这会儿，我得赶快过去，看看他醒过来没有。"

五十八　狗势

狗："醉罢归来不思远，月明星稀正堪眠。纵然一夜风吹冷，只在戈壁坟头间。"

文化干部："哟，真的下起了功夫，不但背，还自个作起来了，不得了。"

狗："这是地下老师度假村的学生作的，我只是有感而发，改了后边的两句。"

文化干部："何感？"

狗："妈妈的，最近说是为创什么文明城市，又在剿狗了。我特别感慨，你们人，为什么一边说狗是你们人类最好的朋友，一边，又不停地时不时收拾我们。你看看我这脖子，全是血，就是被他们的大网兜挂的，也就是我机灵，不然，早都被他们罩了去。"

文化干部："罩了去咋办？"

狗："上次不是给你们说了嘛，放进大铁笼子里，大卡车拉了，送到城外祁连山下的大戈壁，自生自灭。"

文化干部："这么冷的天。又没吃没喝，还不是一个死？"

狗："可不咋的！就跟送到火锅店是一回事，只是，他们怕背恶名遭骂而已。"

文化干部："你不是以前救过疯子，还准备被做为感动城市之狗上报，都拍过电视嘛，虽然好事最后没成？"

狗："你们人，哪管那些，只是用你时，你就成了爷，不用你时，你狗还是条狗，才不管你以前干过些啥。再说了，你们人的各种机构，复杂得很，管这摊的不管那摊。上次整材料拍片的是电视台，这次剿狗的是公安。"

文化干部："可怜，投胎为狗。"

狗："可不咋的，我以前给你们说过多少条狗的命运？——被主人喂地沟油狗粮喂死的；得了狗瘟不给看被主人拴在树上拖死的……最近，还又冒出一个和主人小孩玩耍时，不小心挠了主人小孩两爪子，主人怕自个小孩子得狂犬病，就活活被打死的；还有一只，主人不在家时，爬到锅台上去，贪吃主人锅里的肉，没小心，把锅给几乎整翻，汤撒了一锅台，怕主人回来治罪，吓得一根绳子把自个在暖气管子上吊死的；还有一只，原主人到别的城市去，把房子卖给了新房主，顺便也把狗给了他。没想到，那狗流露出对原主人的思恋，对新主人表现得不是那么热情与孝忠，主人因此就冷落甚至关他的禁闭，让他忘了前主人。可这狗，就是天性改不过来，结果，就被主人给收拾了；还有的狗，跟着有权有势的主，到外边，就狗假人威。结果，不小心，却被记恨他的人给使手法作了；还有的狗，也是仗着主人家高贵，吃好的，喝好的。可是，跟上主人也得了富贵两病，骄奢淫逸。主人倒没先死，它先死了……等等等等。奶奶的，比来比去，还真它妈的像我这样整日生活在你们人类墓园里的狗，还安全、自在点。"

文化干部："以前没感觉到，你们狗的世界，原来也是如此众生百态，炎凉尽显！"

狗："我还没有给你说一条歹毒之狗，这次剿狗事件中，它罪行累累！"

文化干部：“为啥？”

狗：“他帮着你们人，咬杀了我们好多条狗。同类呀！以前，只知你们人类会杀同类的，现在，我才明白了，狗经过你们人训化后，也会失去狗性，通了人性，毫不吝惜地对同类大开杀戒的。”

文化干部：“究竟是怎样的一条狗，如此对待同类？”

狗：“公安局长家的狗！”

蹭“鸡”儿媳妇者插言：“难怪！狗，都是被豢养在官员家里的好，羡！我要是活着，宁肯在局长家当一条狗，也不当我在世时那样的窝囊人。”

狗：“文革中长大的吧？没文化，真可怕！看事物只看到表面。让我跟它换，我根本不换。”

蹭“鸡”儿媳者：“别骂人，我们这岁数的，谁不是那时长大的？除过极少数幸运儿，有几个是肚子里有墨水的？不然，怎么一个个待在社会最底层？”

狗：“局长那家的狗，我看也象你们这帮年龄的人，肚子里啥也没有，还特愚忠，一点儿也不知道事物都是发展变化的。”

蹭“鸡”儿媳者：“你这是啥意思？”

狗：“有意思，只是你不明白我说的意思。”

蹭“鸡”儿媳者：“你就直说吧，我承认我的智商不如你还不成？”

狗：“这才有自知之明。告诉你吧，外边疯传，这公安局长受贿数额大了去了，好多人都在举报他。离‘双规’，

也就是一步之遥的事。你想想，主人倒了，它能有好下场
吗？"

　　蹭"鸡"儿媳者："会有啥下场，溜走找新东家不就得
了，凭它的会逢迎？"

　　狗："哪有那样的好事，众狗把他恨得呀咬。我听到好
多小区漏网的流浪狗都已经串通好了，到时间，大家伙要一
涌而上，每几只狗拽它一条腿，来个众狗分尸！"

　　蹭"鸡"儿媳者："好残忍！"

　　狗："这招，不是我们狗的首创，也是跟你们人几千年
前的祖先学的。"

五十九　狗头金

科长问狗："你不是说疯子要来给我立新碑，我等这么长时间，咋也不见来？"

狗不屑："疯子当时也就是半疯不疯的情况下，撂出的那么一句人屁，你还当真了？何况，他现在已经彻底清醒过来了。"

科长："我也不是真指望他能来给我立新碑。只是你说了他近来的情形后，比较好奇而已。他近况如何？"

狗："日子过得美极了！"

科长："咋个美法，说说？"

狗："新媳妇已经怀孕了，肚子椢得老大，俩口子老手牵手地大街上遛达。碰上我过几次，问他，他说，已经做过什么超声，说是龙凤胎。"

科长："啧啧，人福份来了，真是挡都挡不住。"

狗："可不咋的，现在疯子整天乐得合不拢嘴。"

科长："那他前妻呢？"

狗："听他说，猛着粘他，都下跪了，疯子只是不肯。谁愿意放下鲜桃不啃吃蔫桃，是不是？你们人的这点德性，我是最清楚的。"

科长："疯子难道一点都不念过去夫妻一场的情份，忘了自个以前是为啥疯的？"

狗："念，据疯子说，看她鼻涕一把泪一把的可怜劲，给了一笔钱。"

科长慨："真是三十年河东转河西！"

狗："还有一件事呢，疯子现在被疯人院院长聘了去，一星期给那些过去一起呆过的病友做一次心理辅导。"

科长："天哪，这是哪跟哪！你不是在说书？"

狗："没诓你，绝对是真事。"

科长："这院长自个有精神病？请一个过去的疯子给疯子们做心理辅导？"

狗："看看，你还过去当过科长，怎么认知水平还不如我一条狗呢？我都能理解。这叫：'榜样的力量是无穷的'。院长是让他去，用他自个的亲身经历，教育那些个精神病人，不要为生活中的种种不如意想不开而死钻牛角，疯子不就靠自个的努力，改变了自个的命运。"

科长纠正："他哪是什么经过努力改变自个命运的？纯粹就是傻子走路上，被一块'狗头金'绊了一跤。"

狗："我发现你们人总是爱拿我们狗说事。"

科长："我这可是夸你呢。知道啥叫'狗头金'吗？就是像狗头的天然金块，比经过提炼铸成的金块值钱不知多少倍。"

狗："我猜到了。"

科长："我知道，你的智商很高。问题是，我还是整不明白，他明明是白拣的便宜，院长为啥就要说是他靠个人努力获得的？"

狗："给你细说吧。上次，电视台那个准备宣传我们狗的片子没通过上边审核。可是，这事，让市报的记者知道了。你们也清楚新闻记者的本事，就是挖掘，说难听点，就是能从一泡黄屎中拣出一块'狗头金'来。"

科长："咋回事？"

狗："这位记者把其它的全略了去，专们挑出疯子如何伺候瘫了的嫂子与哥这一块，写了一个大通讯，疯子一下子就火了，替代了我，被选成了感动城市一百位好人之一。院长是看了报道，才亲自上门去聘的疯子。"

六十　如果

　　厂长："今天跟我唠唠吧，咱俩好长时间没有单聊了。"

　　狗爷："我正要跟你说呢。最近市上刚发生一件大事，就跟你有关系。"

　　厂长愕："啥事？我都躺这里近三十年了。"

　　狗爷："你一手提起来，后来官做得挺大，总公司副经理，被你儿子女儿骂成白眼狼的那位。"

　　厂长："噢，他怎么了？"

　　狗爷："疯了，住进了疯人院。"

　　厂长："天，怎么可能呢？"

　　狗爷："信不信由你，全市上上下下都在吵吵。疯子也给我说了，他不是被聘去给疯人院病人每星期一次作心理辅导嘛。"

　　厂长半信，疑："好好的人，又当那么大头，怎么就会疯了呢？想不通！"

　　狗爷："这年月，想不通的稀奇事多了，因为，它就是个出稀罕事的年代。"

　　厂长："咋讲，他是如何疯的？我实在是感到太惊愕。"

　　狗："你应该能想到的，这年头，像他那样的，能出啥事？纪委找他谈话了！"

　　厂长："谈个话，就疯了？"

狗爷：“你们地下躺着的这位贪官副市长，都上吊了呢。咋说？”

厂长：“你说得也有道理。可是，我实在有些纳闷，就纪委谈个话，不至于跳楼的跳楼，发疯的发疯，心理素质一个个也太差了。俗话说：好死不如赖活着。”

狗：“他就赖活不了，所以才疯。”

厂长：“为啥？大不了去蹲几年牢，过几年不就出来了嘛。我在世那时，也碰到过这样的干部，都是老老实实去牢里，呆个三五年，减刑或保外就医出来了。”

狗：“墓里方七日，世上已千年，现在，跟你在那时根本不能比了。”

厂长：“为啥？”

狗：“贪的金额太大了，说了会吓死你！再说，都是整出一个，后边坠出一大串。你不死，不疯，别的人，会逼着你死，逼着你疯。”

厂长：“这我明白。都怕受牵连呗。”

狗：“好多人说，其实被你提起来的这位，是装疯，并不是真正的疯。”

厂长：“为啥？”

狗：“连疯子都看出来了，他表演得太过劲了。最极端的，他把大便抹在自个的脸上甚至嘴上。疯子说，他当年疯着的时候，再傻，都知道屎抹在身上都隔瘾，还别说是抹在脸上与嘴上。试透他纯粹就是表演。”

厂长不解：“他为啥要这样埋汰自个？大不了就是坐牢嘛，连人格都没了？”

狗爷嗤："大家都说，这些人，一惯都会演戏，两面人。过去，就在台上讲话是一回事，下来，又是另一回事。所以，戏演习惯了。其它的疯子起哄，让他往嘴里吃，他就知道，再怎么哄，他才不往嘴里抹，这是他的底线。疯子最清楚，告诉我，他是故意埋汰自个，想蒙混过关。听疯子说，纪委的人到过疯人院里几次，每次来时，他就比平时变本加厉地疯得厉害，他就是在那里装。肯定是自个的事情太大了。另一个目的，就是为保别人。"

厂长："你说得有道理。"

狗爷："可是，他这一整，把疯人院搞得不得安生。本来，其它的疯子还安稳点，他一闹腾起来，其它的疯子也就跟他学。你们有句人话说'榜样的力量是无穷的'。现在，疯人院里整个成了一戏院。"

厂长："医院也不想个啥法子管管？"

狗："咋管？如果对一个真疯子，还好管，对一个假疯子，反而难管。就像那贩毒的，他贩的是真毒品，你抓得有理。他如果贩的是假的，你还真没折。是不是？再说了，疯人院院长好像也接到了上边什么方面人的指示，不管不问。疯子对我说，估计是连疯人院院长也屁股上有屎，怕牵扯。所以，乐见他装。"

厂长慨："这什么世道，怪怪的！"

又叹："现在想来，当年我提拔他，还真是害了他，如果我不把他当干儿的待，对他好，他就老老实实一工人，现在，可能好好儿的过普通人的日子。"

　　又叹：“想当初，得亏我那几个儿女都稀泥抹不上墙。不然，要是让我循私提起来，还不定今天疯人院里装疯的就是我儿子呢。”

　　社会学家突发声：“人生没有如果！”

六十一　悟性

　　狗："五色令人目盲，四色却使人眼爽；五音令人耳聋，一音却未免单调；五味令人口爽，为啥还有十三香？驰骋畋猎，不过份，就是消遣寂寞的大好时光；难得之货，只要用之有度，会使生活增质又增量；是以圣人为腹也为目，故不妄负一生好时光……"

　　老师："好像又到哪去喝酒了？叨叨的这些个，就像地下这疯子啁出来的，让人一句也听不懂。"

　　狗："好我的老师，亏你还是个大知识分子，连这都听不懂。这就是你那度假村的学生啁的。他跟那北京来的文化人说了两遍，我就记下了。"

　　老师："又在喝酒？"

　　狗："是。"

　　老师："又是把你也请上去，跟他们同桌？"

　　狗："是呀。"

　　老师慨："真真的没出息，我说得没错！即便是去京城里疯了一把，回来，咋样还是咋样。混到这份上，跟狗经常坐一桌喝酒！"

　　社会学家发声："狗爷，请你把刚才的再念一遍？"

　　狗遂又重念一遍。

　　社会学家慨："厉害，能从第一大圣人的名言中拣出毛病来，跟其对干，而且还说得头头是道，真不简单。人才，人才！"

　　狗慨："看看，毕竟大学教授，就是不一样，能识货。"

　　社会学家夸狗："你也不简单，竟然能把他改了老子的话，原原本本地记下来。"

　　狗嘻："阿尔法狗把你们人的九段围棋高手都打败了。你们人造它时为啥不起名叫阿尔法猪？"

　　社会学家："是的。我看你的智商和见识已经超过好些个人。"

　　老师对社会学家："刚才我那学生的那一通话我没听懂，你给咱解释解释？"

　　社会学家遂逐句解释一番。

　　中学老师听完，吼出声来："反了反了，一派胡言！竟敢亵渎圣人！我想，千百年来，他是第一人！大不恭，大不恭！圣人的话，是一个字，都动不得的。至理！他却是整个翻了个个。孽畜，孽畜啊！我桃李三千，怎么就教出了这么一个另类！"

　　社会学家驳："老师，你不能带着固有的观念看待事物。你这学生，其实反驳老子的话说得挺有道理。"重又细细翻译解释一番。

　　中学老师听完，半天，才哼出一句："按你把他夸的，他咋当年没考上清华北大？咋落榜了？说明还就是个二混子。"

　　社会学家："知道 xx 吗？"

　　老师想想，答："名字听着有些耳熟，好像是我住小区门前钉鞋的？"

社会学家又问：”知道 xxx 吗？“

老师：“他我记得清楚，我们小区门前开狗粮店的。”

社会学家又问：“知道 xxx 嘛？”

老师：“又有些耳熟，是不是市场里卖猪肉的那位？”

社会学家又问：“知道吴敬梓吗？知道蒲松龄吗，知道曹雪芹吗？”

中学老师：“你戏弄我？前边两个，我还有些不记得，反正也是名人。后边这个曹雪芹，谁不知道？鼎鼎大名，写了《红楼梦》的。“

社会学家：“前边的几位，不是你说的什么你家门前钉鞋开狗粮店或市场里卖猪肉的。都是历史上考科举的状元。”

老师无语，愧，半天，才道：“历史上，那么多的状元，谁记得下他们的名字。“

社会学家慨：“你这学生说的这番道理，我要是早二十年听到与理解，照着去做，不至于早早儿人到中年，就回到家乡来躺在这里，跟你老作伴。”

中学老师：“你说得有些玄，又吹他了。我真是不明白，你怎么对他就那么认可？”

社会学家：“不是我夸他，你这学生，确实是有水平，有独特的思维方式。所以，就很难很难被你认可与理解。我能想象得到，你们中学老师一般都是按教材上的内容教学生。天长日久，自个的思维与知识都固化了。所以，你根本不可能理解你这学生。甚至他做得每一件事与说的每一句话都会引起你的反感。"

狗发声："我理解它，我俩现在是最好的朋友"

中学老师慨："听听，和条狗成了最好的朋友，你还说他有出息，出息在哪？！"

社会学家慨："其实，这狗的悟性挺高的。"

中学老师："你的意思是我还不如它有见识？"

六十二 命运

狗爷对社会学家："教授，跟你说件事。"

社会学家："啥事？"

狗："今天我闻到一股香味在这火葬场的后墙跟下飘荡，便寻上前去，发现有几个人正在往粉刷一新的墙上镶字。"

社会学家："镶的什么字？"

狗："我也不识得，只听那几个正坐在一个床单上喝酒吃肉，一边聊大天。说是'埋子孝母'什么的。"

社会学家："我知道，那是二十四孝上的故事。怎么又整起它来了？过去一直被认为是封建糟粕，好多年都不提它了。"

狗："呃，整得可是漂亮，还配有图画。"

社会学家："火葬厂墙上整这些个玩意，给谁看？"

狗："教授你看你就是有些夫子气。就是给那些送葬来的人看的，提醒让他们要尽教道。"

社会学家："明白了，有道理。"

狗："领着他们干活的头儿，似乎提到了你与那位人类学家，还有那个疯子。他好像跟你和人类学家中学同届，比疯子早几届。"

社会学家："你没听到他叫什么名字？"

狗："没有，好像他手下都叫他 X 经理。对他可尊敬了。"

"他到底是谁呢？"社会学家问狗，也问埋在身边的人类学家。

人类学家："狗爷提供的信息太少，只说个姓，谁知道他是谁？我们上中学那时，这学校一千多人呢。"

社会学家问狗："他是怎么提到我们的？"

狗："我一边拣他们吃了扔在一边的骨头，一边支着耳朵听，还真听出了些眉目，全在埋汰你仨。说，一个比一个活得可怜，早早就躺在了这里，哪有他大半辈子活得自在潇洒。"

社会学家愠："谁呢？一个开殡葬公司的，竟然埋汰我们！"

狗："你们中间是不是有一个人，考上了北大，回来给学校作过报告？"

社会学家："对对对，是我，他说的莫不是我？"

狗："那就对上号了。他说他当年被刑车上绑着游街示众时，正路过你们学校大门，报告会刚刚结束，志得意满的你正好跟他四眼相对。他终生难忘。"

社会学家对狗又对人类学家："那就彻底对上了，那不是xx嘛！当时正逢严打，他扒女厕所，被抓了个现行。在风头上，好像被判了六年。"

狗："对对对，就是他。他在笑你呢，说是当初得亏扒了女厕所，得亏被人发现扭到了公安局，得亏被判了六年。要不然，和你们一样考了大学，说不定，这会儿，他也跟你们一样躺在这儿了，哪还能正喝酒吃肉聊大天，美着乐着。"

　　人类学家："后来，风闻说他出狱后，到处找不到工作，只好到火葬厂当了名殡仪工。"

　　狗："这就更是他了。他一边喝酒啃着骨头，一边得意地吹他当殡葬工时的事情。"

　　社会学家，"咋吹？一个殡葬工，有什么好显罢的？"

　　狗："呃，教授你真是有些迂，不懂世事变幻如魔方。求他的人可多了，那些死了人的家属，对他就像爷似的敬，都给他下好话——烧的时候，上点心，多烧，烧透点……什么的。"

　　社会学家与人类学家嘻。

　　狗："别嘻，真的，干一般工作的人，都不爱上夜班。可他这行，都抢着上。五更天发丧，家属都要给他们塞红包的。他得意说，'把他们那些个医生，算个球。人模狗样的。其实，我一个月下来，得的实惠，不比他们少。'"

　　社会学家："那他最后怎么又不干了，开起了殡葬公司？"

　　狗："他后来发现，其实殡葬公司，才是最大的爷，比他还牛。一个骨灰盒，标价八百没人要，后边再添个零，出手得可利索。死人家的丧事，开头到结尾，全交由殡葬公司包办。出殡时，一路吹吹打打，不管你是高官门户还是巨贾之家，全都听他摆布：吆五喝六，装神弄鬼，折腾得死人家属叫往东绝不往西，顺溜得毛驴似的。说那种享受，是你们一个个所谓教授们绝对想不到了。"

　　社会学家与人类学家默。

　　疯子发声："在世间快渴死的人，必然学会从一切杯子里痛饮。不愿喝脏水者，到头来，却只有渴死的份……"

　　狗："还有呢，说出来愕死你俩。他雇了一帮哭丧的，那些女的，都是农村来的，一个个更是把他当大爷一般巴结。他看不上谁，立马就让她走人。你想想，会有什么事情发生？他说他其实夜夜在当皇帝。甚至最后发大了，不屑玩这些个贱的。白天料理完丧事，晚上，西装领带，粉面油头，就去了高档夜色总会或是洗浴中心。那些个小姐，一个比一个漂亮，一个比一个嘴甜……"

　　几位均默。

　　疯子又开始乱语：

　　我不能说出的悲哀，

　　也是你的悲哀。

　　我愿意表达的，

　　其实也是你的表达。

　　人生的魔方，

　　总是在坟墓里，

　　才似乎有了解它的答案

　　……

六十三　战友

狗爷哼哼着曲儿夕归。

有鬼问狗："这晌上哪一带活动，听上去日子过得满惬意？"

狗爷："还是在度假村，跟一拨儿文化人厮混。"

社会学家："还是把你弄上桌去，陪他们吃喝？"

狗爷："没有，这一晌，来了一位贵客。我只有蹲在桌子底下捡拾骨头的份。"

社会学家："啥贵客？"

狗："一位刚从外地退休告老还乡的军分区司令，闻讯找到了度假村，硬是挤进了他们一伙。"

社会学家："一帮文人，搅进去一个武夫，能合谐？"

狗："合谐。而且，还投机。"

社会学家："为啥，道来？"

狗："这司令，听上去是行武，但似乎附庸风雅，喜欢诗词歌赋，舞文弄墨。"

社会学家："噢。"

狗："而且还特低调，招文化人喜欢。不短的时间，跟他们混得挺熟。起个绰号，叫'柴大官人'。"

社会学家："为啥？"

狗："仗义疏财。"

社会学家："噢，说说？"

　　狗："他说草堂太简陋，他出钱让人往好里收拾收拾，大家以为他在酒桌上喝多了随便说。没想到，过后，他果然就找来一帮人，重修了草堂。现在的草堂，跟以前比，简直是天上地下。"

　　社会学家："那不花一大笔钱？"

　　狗："就是。一拨文化人也问过司令，司令却淡淡地说'不多，没花多少'。后来，文化人拐弯抹角打听到，真正的价格是司令所说价格的三倍。"

　　社会学家："有钱。"

　　狗："还有呢。他还从花卉店里，整来一假山，假山上有花有草，用车拉了来，放在了草堂前鱼池边上。可有意境了，使整个草堂增色不少。"

　　社会学家："那肯定很贵。我在世时知道的，几万元上说。"

　　狗："你说对了。可是，一帮文化人问司令，司令又淡淡地说，没花多少。不贵。结果，文化人又转弯了解到，假山的价格是他说的五倍。"

　　社会学家："他这是干嘛，显自个有钱？"

　　狗："不像。我不是说了嘛，他做这些很低调，不显山不露水。一次，他拿来两瓶茅台，把几位文化人唬住了，说，'为啥拿这么贵的酒？'可他却说，'不一定是真的，可能是茅台镇上的杂牌酒厂出的。'可是，那位北京来的文化人一品，就说是真茅台。所以，一帮文化人挺喜欢他。"

社会学家：“明白，肯定在位时，捞了不少，退休了，无事可做，寂寞，可是逮着了个好去处，但又怕别人生事，所以低调。”

狗：“你分析得或有道理。还有呢，他说那度假村原来的‘西坡草堂’四个字，写得不够份量，他请外地一著名作家给重写。说是在部队时，和那位作家一个市，是非常要好的朋友。当时，一干人以为他只是酒喝大了说的话，没想到，过后不久，他就拿来了那幅字，把几个文化人都惊呆了。他还说，他邀了那位著名作家来这头旅游，大家又以为他是在说说而已，可是，过不久，那位大作家果然就来了。他还让几个文化人绝对口风紧点，不要惊动市上，接待全由他们几个搞……从那以后，几个文化人对他算是彻底服帖了，直夸他为人正直、低调有品格，真是可交之友。”

社会学家夸：“像这个级别的干部，能有这样的处事风格，真是少见。”

狗：“可不咋的，说来也巧，一次，他来草堂喝酒时，怎么与一个常来捡酒瓶子的给碰了个照脸，硬拉那捡废品的上了酒桌。弄得一帮子文化人很是不愉快。”

社会学家：“为啥？感到莫名其妙，哪跟哪？”

狗：“司令说那捡废品的是当年他战友。”

社会学家：“难怪。这司令人品就是好，自个荣华富贵了，还没忘落泊的战友。”

狗：“可是，他做得有些太出格。”

社会学家：“咋回事？”

狗："酒桌上，那拣废品的张口就要向司令借四万，说是儿子开出租，一月挣不了多少钱，想自个开个小门店，缺钱。"

社会学家："那司令答应了？"

狗："岂止答应，说是凑个整数，五万。不够了以后再向他张口。"

蹭"鸡"儿媳妇者突然冒出一句："羡啊，这年月，借老婆都不会给别人借钱的。"

社会学家："肯定是这司令太有钱了，把钱根本不当回事。"

狗："不是，你想错了。他俩以前不但是战友，而且，一起上过战场。"

社会学家："我全明白了，生死之交！一定是这拣废品的救过这司令的命。历史上这种事多了，像薛仁贵救唐王什么的，可以理解。"

狗："没有，你想错了。你们人总是爱犯自以为是的错误。事情的本来面貌往往并不是你们想当然的那样。"

社会学家："那是为什么？"

狗："酒后，几个文化人猛劝司令，说你钱千万不能借给他。肯定是肉包子打狗。说那人要多赖有多赖，十里八乡有了名。偷鸡摸狗坑蒙拐骗，没有他不干的事。光大狱，就进去过两次。出来后，也不务正业，经常来度假村拣废品时顺东西。一次，把一个他们朋友的手包摸了去。别人明明看见是他拿的，可是，他就是死不承认。叫来警察也没辙。在这之前，一次，他拎了两瓶茅台，说是有客人把包拉在了他儿子的出租车里，他儿子打开包，才发现，里边有两瓶茅台，自个家舍不得喝，拿到草堂来，想贱卖给一帮文化人。"

社会学家："文化人要了吗？"

狗："那时，他们对他的品行还不太了解，他编得也像，那个北京来的文化人端相一番，说'看上去，像是真的，'就买下了。没想到，喝了之后，把几个人撂翻躺了三天，都怀疑是他整的景，可是，又抓不着他确凿证据，也就不了了之。后来，才听说，他过去的一次蹲监，就是因为贩假酒。"

社会学家："这人可真是不咋样。都是个军人，都是上过战场的，差别咋就这么大呢！那句俗话可改了，叫：人品决定命运。"

狗："所以，那几个文化人是死也不肯让他上酒桌。可是，经不住司令的坚持，也是没办法。待席散，捡废品的离去，司令醉躺在草堂的席梦思上，才给几个文化人掏心窝子——当年，他俩所在连队是尖刀连，战斗结束后，要往上报记功名额。众人说捡废品的从一个山坡上滚下去，是滚雷英雄，当仁不让的一等功臣。记者也闻讯前来采访。可是，拣废品的坚持认定他是不小心滑足下去的，领导咋劝都不改口。"

社会学家愕："后来呢？"

狗："复员了。这全连唯一的一级英模的荣誉，就落在了现在的司令头上。"墓园一片默。

六十四　医院

狗暮归。

有鬼问："今天干嘛去了？"

狗爷答："看热闹去了。"

"啥热闹？"

狗答："一帮人，将一家医院堵得严严实实，水泄不通。"

医生："肯定又是医患矛盾，我在世时，见得多了。"

狗："是的，只是，这次是一家私立医院。"

医生："发生了什么医患矛盾？"

狗："一位妇女，怀了孕，去医院查体，却意外查出患了什么肿瘤，医院使劲地吓唬病人，左治右治。病人吓得精神压力巨大，花了大把的钱，只剩下了半条命，私底下到别的医院去复查，却查出只是普普通通的子宫肌瘤，只是长得大了点而已。病人一家大怒，说是医院成了骗子，索要巨额赔款，不然，就要法庭相见，把主治医生，也就是这医院的院长，整去坐牢。"

医生："我听着怎么这么耳熟！和三十年前发生的事是那么像！这私立医院的院长是不是姓 X，叫 XX？"

狗："对对对，就是他。我在一边听得清清楚楚。说这家医院既黑又贪，所有公立医院所干的损人的事，他都有过之而无不及。不但常常虚高药价，小病大治，而且，甚至无病而治。利用关系，拉一些单位与社区的人，搞一些个所谓的优惠体检。所有到医院来的，没有一个不查出是有病的。而且，好多都是吓死人的大病。"

有鬼问："有关上级部门也不查他们，任他这么坑蒙下去？"

狗："嗯，据说，他把什么书记、市长的全给搞定了。甚至省上卫生、纪委的人，都是他哥们儿。所以，遭了其骗的人，虽然人财两空，却状告无门。大家伙都给他起个外号叫 x 一骗。"

有鬼问："既然他臭名在外，为什么还有人愿意上他那儿去看病，不到公立医院去？"

狗："你想简单了，现在不是提倡医生多点置业吗？他把各公立医院的最好的大夫，全拉到他那儿定点了。大厅里，一码溜全是他们的照片。病人在公立医院，很难挂到这些个专家的号，只好花高价在他那里看病。公立医院虽然也宰病人，毕竟还有限。可是，到他这里，就根本没谱了，他想要多少，就是多少。听说，几十年下来，他在本市不算首富，也是二富三富的。在北京、上海、海南的，好多城市都买了房。还把自个儿子女儿全送到了国外。开的车都是全市最贵的。市长、书记，有病，不去公立医院，而是去他那儿，住比公家医院豪华得多的高干病房。"

医生："啧啧，三十年河东变河西，慨慨慨！"

狗："何慨？"

医生："他原来就是我们医院的，工农兵学员，最早是乡村的赤脚医生，在医院，医术是最末流的。当年，他误把人家一个怀孕的女子也当瘤的诊。结果，上了手术台，打开腹腔，却发现，所谓的'瘤'，却是一个孩子。如果当时，他以错就错，就把孩子当肿瘤的拿掉，啥事都没有。可是，年轻嘛，单纯，就把实情如实给病患说了。本以为病人一家转悲为喜，一定会感激他的。没想到，对方大怒，说他是庸医，草菅人命，死缠硬打，让医院给赔了一大笔的钱。他，也被医院开了。"

狗："这次，却根本不是误诊，而是有意的。病人起先就是怀孕，被呼悠来作体验。医院收了好多钱，作这检查那检查。结果，就检出了肿瘤，把病人一家吓了个半死，他说啥是啥。后来，眼看病人精神垮了，不行了，偷偷带出去，到其它医院检查，哪里的肿瘤，孕妇好好儿的。这一下，才露馅的。"

医生慨："他妈的，比起他来，我那些事，算个鸟，早听到这些，我也不会心惊肉跳地半夜心脏病发作，把自个早早儿整到这里躺下！"

六十五 蹲监

狗夕归。

有鬼问："今天带回什么新鲜事？每天，一个个就等着你呢，没有你的一天，好难打发。"

狗乐："有，只要你们听不烦。"

鬼慨："我们在世时，都没有在你这儿听得多。那么多荒诞离奇的事情！"

狗："这就是个出荒诞离奇事情的年代。"

众鬼异口同声："少贫嘴，赶快进入正题！"

蹭"鸡"儿媳者恭维："现在每天听你讲故事，就像我当年在收音机里听刘兰芳的评书。"

有鬼催："别多说了，快点让狗爷开讲吧！"

狗哼哼两声，清清嗓子："说的仍是那司令。"

蹭鸡儿媳者："司令的事不是昨天讲完了？"

狗："他的事讲完了，他小学同桌的的故事又开始了。"

有鬼问："啥故事？快讲。"

狗："我昨天不是说嘛，那司令已经像《水浒》里的好汉入了梁山一样，隔三岔五，就到草堂去，跟几个文化人厮混，喝酒。前日，领来一老一少一对男女，司令介绍说，对方是他上小学时的同桌，大老板，这次是来市里考察投资两个大项目——一个是豪华滑雪场，一个是长城博物馆。已经跟市上的头头脑脑们搅和了好几天，今日是抽空到草堂来消闲。又介绍此老板身边的妙龄少女。大家刚开始以为是老板的孙女、女秘书什么的，司令却道是其刚娶的新婚妻子，把几个穷酸文化人惊呆了眼。因此话都是由司令之口而出，再看那老板说话不显山不露水的深沉样，更觉莫测高深，遂热情相让，取出最好的酒，让人做上最好的地方风味菜招待。那老板喝得高兴，在酒桌上跟司令称兄道弟海阔天空地神聊。聊了国内聊国外，聊了天上聊地下，最后，似乎就剩空间站和中南海俩地他没去过。几个文化人平时还张狂一下来几句酸诗，此刻，只有双手放膝，支着耳朵，听天书的份。时不时斜睨一眼做矜持状的大美人儿。一桌饭下来，周游了列国，听了一通国务院总理讲话的感觉。待把那位大爷送走，才个个慨：这辈子活得其实真有些窝囊。

后二天，司令一到，几个人就争先恐后地问上了：'你那同桌怎么生意做了那么大？好像伙，又是在俄罗斯参股油气田；又是澳洲搞铁矿；又是在加拿大整无人机；又是在澳门涉博彩！难怪你一个堂堂司令，也对他恭恭敬敬的。'

司令谦虚：'人家现在身价几十亿，我算个什么？一个退休老头，落架的凤凰。'

北京来的文化人就侃，说，'你俩感觉关系不一般，像当年《沙家浜》中的胡司令与刁得一似的。'

司令就得意上了，'不过，他当年，第一桶金，确是我帮他捞的。所以，我对他有滴水之恩。"

几个文化人就慨："难怪你出手那么阔绰，'平芜尽头是春山，行人更在春山外'，原来，有这么大的老板在后边撑着。"

司令忙把自个撇干净，"我跟他是纯粹的发小，经济上没有得他什么便宜。我咋说也是个司令，还缺钱？"

几个人就装糊涂打哈哈。然后，好奇心索使，就紧着问这老板是咋发起来的。

司令'嘿'一声笑：'人的这命，可真是说不来，昨晚，我俩睡在国际大酒店的总统间，他把他老婆撵到隔壁去睡，跟我眼睛没闭地一直唠到窗户发白。俩人商量好，这两天，得走点关系，去临市的监狱里去看一个人。"

几个文化人惑，问是看谁？与他们好奇发问之事有何干系？司令说'关系大了去了。没有此人，也就没有我发小他的今天！'

大家伙更感好奇，催司令快快道来。司令娓娓："约三十年前，我这发小就在你们当地一家大型钢企的销售处当销售科长。当时的钢材不像现在似白菜，十分的紧俏，得批条挖门子才能搞到。所以，他成了千人追万人撵的香饽饽，比一般的处长还牛逼，连公司经理一级的，都来找他说软话，为自个的亲朋好友批钢材。人在风头上，往往招惹忌恨。恨他的就是他手下的副科长，两人为批钢材的事情结下了梁子。这位副科长表面上不显山不露水，对他唯唯喏喏，背底里，却在使着劲儿收集他的黑材料。而且，还使出当时来说最狠毒的一招——我这发小，父亲工人，母亲农转非，所以从小在农村长大，随母亲到城里上学直到工作，家里条件很一般，全凭自个努力，夹着尾巴作人，才熬到科长位置。所以，之前的老婆很不咋样，即矮又丑。人们都说，他俩根本就不般配。现如今，他手里有了大权，好多女人就开始往他身上贴。其中有一个做钢材生意的女老板有几分姿色，入了他的法眼。女经理赚钱心切，对我这发小眉目传情，投怀送抱，三下五除二，就把他搞贴。两人各有所需，干柴烈火，常去那宾馆里开房。巧的是，宾馆经理正好是副科长的哥们儿，结果，策划于秘室，安摄像于隐处，把两人苟且之事的经过，给结结实实全录了去。然后，和他掌握的我发小其它一些经济上受贿的事实一并，全盘端给了纪委。后来的结果，你们应该能想到，他被撸了，甚至进了监，被判了八年。'

司令接着说，'我发小表现好，减了几年刑，没呆两年就出狱了。出狱后，干过些各种行当，都不是十分行。后来，看房地产热了，就拉起个建筑队。第一个工程，就找的是我。我当时，在部队已经当营长了。团部正在搞营建，是我，帮他打通团长的路子，揽下了工程。所以，发小说，一定要去狱里看看自个的贵人——那位当年的副科长。没有他当初处心积虑的整材料告发，哪有自个的今天。'

几个文化人好奇'那位副科长，咋又今天跟着蹲在了狱里？'

司令道，'就是他，接了我发小的班，干上了销售科长。几十年下来，一直干到市长的位子上。前年，也被人举报了，也是他的副手下的套，也安的摄像，不过，不是在宾馆，而是在'鸡'院。整出受贿款三千多万，大部分其实根本就没花，在自个地下室里整捆地放着。小部分花在了几个'鸡'身上。被判了无期，可能余生，都得在监狱中度过了。我发小感慨：'此人其实比我胆子小多了，如果他当年不给我下套。我要干到市长的位子，比他整得事，可就恐怕大多了，弄不好，脑袋瓜子都要掉。'所以，发小一定要去监狱看一下，说是某种意义上，是他自告奋勇，替自个去蹲的监。'

众文化人听完，一阵唏嘘。

六十六　解脱

狗夕归，早有地下的鬼等不及，问："今日又带来什么故事？"

狗爷："我现在都成了孙敬修老爷爷，天天给你们一帮小孩子讲故事？"

有鬼慨："你竟然知道孙敬修？"

狗爷："所谓'近朱者赤'，我天天在草堂里跟那帮文化人混，啥不知道？渐渐，都能把你们人上下五千年的历史背下来。岂止是个国内讲故事的孙敬修，我连外国那个讲故事的卜伽丘都知道。"

有鬼催："别贫嘴，快讲，等着着急。"

狗爷："今天讲的，还是司令的故事。"

蹭"鸡"儿媳者："前天不是刚讲完他？"

狗爷："前日讲的是他上半部的风光，今日讲他下半部的倒霉。"

蹭"鸡"儿媳者："他不是好好的退休享清富了，倒哪门子的霉？"

狗爷："我感觉，这里躺的鬼，唯你脑袋瓜子最笨，就不会绕着弯想事。我考考你？你在世时，夏天呆哪儿？"

蹭"鸡"儿媳者："当然是树荫下，凉快。"

狗爷："冬天呢？"

蹭"鸡"儿媳者："自然是南墙根，暖和。"

狗："这就对了。世上任何事情，没有一成不变的好与坏。记住。"

有鬼催："来快讲吧，别跟他贫了，他智商哪有你高。"

狗："司令被他部队的一个电话给叫走了。"

蹭鸡儿媳者："为啥事？"

狗："摸脑门想想，这年头，被原单位叫走，能有啥事？"

蹭鸡儿媳者："莫不是……"

狗："你猜得八九不离十。"

有鬼催："别卖关子，快快道来。"

狗："司令送走他那发小没两天，一脸沮丧地来到草堂，叫嚷着要和几个文化人喝酒。可是在酒桌上，他却又提不起精神。几个文化人感觉到他有什么心事，便问他如何喝闷酒。司令已经和几个文化人混成了朋友，也说话掏心窝子，'直接给你们实说吧，我的老上级，一年前就被'双规'了，我的搭挡，年初就跳楼了。其实，我在驻地的干休所有房子。就是为了躲难，才回到老家来的，驼鸟心理。心里其实一直就很忐忑。没想到，还是没能躲过去。这一去，肯定是凶多吉少。'

几个文化人就给其宽心，问，'你不是说你挺廉洁的嘛？'司令苦笑笑，说'在河边走的人，哪个有不湿鞋的？虽然与你们几个相处时间不长，但，也算朋友了，就给你们直说吧。其实，你别看我表面风光，内心里，我特羡慕我那拣废品的老战友。刚才，我看到他在那猪圈墙根的大太阳下，铺着两条蛇皮袋，扯着呼噜大睡，那个香！我这大半年来，哪睡过一个踏实觉！加上这么些年来，当个领导，吃好的，喝好的，当时，还都以为是在享受呢！这不，几十年下来，造下一身的病。心、肝、肺，全坏了！就像架破旧的机器。里边全都生了锈，人们却只睁大眼睛盯那机器上的标牌。人面上，受人捧着，自个每天的遭罪，只有自个最清楚。'

几个文化人就不吭声。司令也是喝大了，突然来了一句惊天之语："妈的，你看猪圈墙根下呼呼大睡的那货，你说他当年就认了自个是滚雷英雄，不就把我给解脱了？"

六十七　诱惑

一大早，狗挠两下眼窝，准备出行。

蹭"鸡"儿媳者嚷："昨晚你回来的晚，我们都睡了，你欠我们一个故事。"

狗："一天都落不下？想听点什么？"

蹭"鸡"儿媳者："随便。"

有鬼附和："你说的，我们都爱听。觉得就像回到了多少年前的地上，比听刘兰芳的评书过瘾。"

狗爷爪子搔搔耳腮，半天，道："那就给你们来一个，还讲司令的事？"

蹭"鸡"儿媳者："别讲他那点破事了，现在的官，哪个不贪？听着腻。"

狗："那就讲讲他发小的事？"

有鬼道："好像也没意思，有关大款的事，听得耳朵也都起茧了。"

狗又挠挠腮："那就讲讲司令那个落泊的老战友的事？"

众鬼："烦，更不爱听了。一个穷鬼，在世时，走街上都躲！"

狗："那就讲讲司令发小的那个小美人儿？"

众鬼齐欢："这个好！"

狗慨："变成鬼，都一个个脱不掉个'色'字啊！"

蹭"鸡"儿媳者："来快讲，你看看受欢迎的程度！男欢女爱的事，大家伙是最关心的。"

　　狗清两下嗓子："还是讲那天在饭桌上。那个年轻漂亮的美人，听着几个大老爷们侃大山，一个人坐着无趣，便起身说去上个卫生间。文化人说，'我们这草堂不比城里，条件简陋，没有卫生间，只有个好多年前的简易茅房，但离这儿还有段路。'地下老师的学生边说着就起身来，给她指了方向，并要引领她去，那美人儿道，'不用了，大白天的，我自个去就行了。'

　　老师的这学生就重回头来坐在饭桌上。

　　没了女人，饭桌上就热闹起来。几个文化人直夸司令发小的年轻媳妇实在是长得年轻漂亮，倾国倾城，这小地方，大半年，也找不到一个与其媲美者，馋大老板艳福不浅。不料，司令发小却慨：'你们没体会过吃撑了后是种啥感觉？'

　　几个文化人就感到莫名。

　　司令发小自嘲：'简直就是个尾巴，甩都甩不掉！你走哪，她跟哪，生怕你有外遇，夜夜不放过。弄得我晚上一到卧室，就像当年插队时，那进磨房要被鞭稍子赶着推磨的驴，发怵。'

　　听得一伙人哈哈。

　　发小又对司令道：'这几晚，你也别回家住了，就在宾馆晚上陪我，也是个借口，让我消闲养上两日。"引得几个人大笑。

　　正笑间，突见美人儿张惶失措地进草堂来，一脸惨白。几人忙问，'咋着了？'

美人儿语无伦次：'在茅房，刚解开裤腰，怎么发现，茅坑下边蹲着个老爷们……'

几人一听，大惊，忙起身出草堂来，就看见远远地埂边，一个猥琐之人，匆匆离去。美人儿指道：'就是他，没错。'

这地下老师的学生一眼就认出，叫道：'他不是司令那拣废品的老战友吗？'

司令羞然又愤然，牙缝里骂出一句：'这货，果然是混到如此没出息的份上！"

过两天，送走那发小，司令重到草堂来与一干人吃酒，那拣破烂的以为几人不知他所干之事，还意意思思地想前来蹭酒。司令就喝过来审：'你那天是不是藏那茅厕下偷窥人家款爷媳妇来？'

拣废品者先一惶，马上便镇定了：'你说啥？我不明白？'

司令怒冲冲将事重讲一遍。

没想到，对方脸上毫无愧色，嘻嘻道："你说啥呢老战友？我是那样的人吗？她肯定是认错了人。想想我当年是如何面对那个一等功臣的诱惑回答记者的？'

司令大张着嘴而无语。"

六十八　同心相泣

一大早，地下的疯子就开始吵吵：

荒原，

死一般的忧伤。

寒风

驾着阴霾的翅膀。

无望的期待，

早已化为遥远的故事。

只有乌鸦的吟唱，

伴着坟头无尽的孤凉……

女人："烦死了！这一晌过年，天天的炮声，这好不容易清静下来，想睡个懒觉，他就又吵上了。"

蹭"鸡"儿媳者："其实这过年的十好几天，他天天在吵吵，你可能只注意了炮仗而已。"

让狗算命后代是儿子还是孙子者："就是，我也发现，从年前到年后，疯子每日都吵吵。"

社会学家慨："他也要过年啊！你们注意听他吵吵的内容了没有？"

仨几乎异口同声："谁在意他吵吵些啥，我们只是听那炮仗声了。"

社会学家慨："你们没感觉到吗？年前，咱们这每个的家人，都前来烧纸，唯独他家，没来。"

文化干部接嘴："他好像也没其它什么亲人，以前也就是父母来给他上上坟。"

　　社会学家喟叹："也不知抛弃了他的那位去美国的女友，现在咋样了？一准都成名教授了吧……"

　　科长得意："我不但家人前来给我扫墓，地上的疯子——我那老邻居，竟然也前来给我烧了一把纸，说是万分感激我，他们的儿子出生了。"

　　人类学家："都是个疯子，地上的，被人把老婆拐跑后，十多几年傻得不是一般，可是，现在却坏事变好事，活得滋滋润润。地下的这位，当年的文科状元，上的是最高学府，却早早地躺在了这里，大过年的，连个前来烧纸的都没有。命运真是捉弄人！"

　　社会学家："你们没在意，我可是把他这半月吵吵的全记下了，真是一首首好诗啊！以前，只知道他会现代诗，没想到，他的古诗词也是作得如此地好。"

　　文化干部："你念两首出来？我好像也觉得他叨叨的尽是古诗词。"

　　社会学家："他大年三十晚上，作的是一首是：

又到辞旧迎新时，

不是伤情不泪孤。

爆竹声声入耳来，

落进心底凉透骨。

初一夜作的一首是：

千门万户团圆日，

春风送暖一岁初。

谁人今夜亲不在，

孤听邻家仗声起？

正月十五夜作的是：
朗朗乾坤不夜天，
玉树琼花迷人眼。
待得东方鱼肚白，
琼花是假树皮干。

昨天还又作了一首：
亲不在，情已远，
往事渺渺如云烟，
别梦今犹寒。
杖声稀，霓虹暗，
元宵汤尽味已散，
明月已初残。”

女人："教授，脑子真好使，咋记下这些的？"
社会学家："我在世时，也好古诗词。我能听出这娃心里苦啊！所以，他一咕叨，我就记下了。"
墓园一片寂。突然，从上边传来狗的泣声。
众鬼问狗："从来没听见你泣过，今儿个是咋的了？"
狗只泣不语。
突然，疯子又冷不丁冒出一句：
"我之悲情谁与诉？同心相泣两相孤！"

六十九　鬼话实话

人类学家对身旁的社会学家："躺着也是躺着，唠唠吧？"

社会学家："聊什么？"

人类学家："唠唠各自在世时，最不愿对人讲的心思？"

社会学家："你先来？"

人类学家："确实憋在心底很久了，在世时，连我老伴都没告诉过。实说，心里真正装着的，是另一个人，奋斗大半辈子，就是为她。心里有个结，憋着一口气，出大名，扬大威让她看。但我在课堂上，却给学生们讲的是另一套——人生呀、理想呀、给社会的贡献呀，什么的。"

社会学家："讲细点？竟然在坟墓里都梦魂牵绕忘不了，可见真是刻骨铭心。"

人类学家："上大学时，她是我班班花，跟我轰轰烈烈地谈了两年，呃，临毕业，却跟外系的一个男生跑了。那男的老爹在外交部当个头，就为个她毕业后能安排到外国使馆工作……"

社会学家："我当年考大学的动力跟你说的差不多。上中学时早恋，跟一个当官的女儿好上了，毕业后，她进了机关。我去了肉联厂杀猪，她父母死活不同意，要给她介绍个干部，我只有考大学这条道。考上名校回来后，学校拉我去作报告，我讲的全是动力来自报效祖国之类的。其实，当年如果找对象没受阻，我也就是个继续杀猪的货。"

老市长插嘴进来："刚解放那阵，看那些进了城的干部，全被年轻漂亮女学生追，那个慕！所以，才当的兵。没想到，最后，竟然干到了市长的位置，一辈子在台面上作了大大小小数不清的报告，全几乎忘了，到墓里来记得的，还是当年当兵时的初衷——就是想找个漂亮女人。"

老厂长："我刚进厂时，就一小木匠，从农村来，谁也瞧不起。所以就卖力地表现：大早晨，别人还在睡大觉，我已经提前一小时，在厂间里开起了床子。目的其实就一个——争当个劳动模范。当上了，就能把千里之外的农村媳妇早一天接身边来。后来，果然就当上了。可是，我作先进事迹报告时，讲的也是上边你们说的那些个。哪里能将真正的心思吐出嘴来……"

贪官也凑热闹："我当年就一食品厂做酱油的，个子矮，搅拌酱油都趴不到缸沿上，还得脚下站个小板凳。工友们恶作剧，常把板凳给我藏起来。到年龄了也找不下个对象，还是在新疆建设兵团找的。婚一结，她变成了城市户口，立马和我闹离婚，跟上别人跑了。所以，逼着我必须当三孙子，溜着啪着往上爬，竟然成功了。也是在台上，讲了一辈子自个都不相信的鬼话，晚上跟一个个相好在宾馆，说的才是掏心窝的话——当然，仍然是鬼话，骗她们的话。"

有鬼慨："做人道鬼语，变鬼吐人言。"

七十　滋味

医生："高端人士们讲了自个最隐密的初心，倒也勾起了我这中端人士欲吐心中隐情的欲望，你们一个个想参与聊否？"

交警："当然愿意。都躺在这里了，大家彼此彼此，还有什么心思可隐瞒的。"

医生："我也确实憋得难受，哪就由我先说？我拿回扣收红包，给病人开大处方，做各种名目繁多根本没有必要的检查，心里内疚得厉害。可穿着白大褂去查房时，却装成人模狗样的白衣天使，让病人一个个敬着捧着，就觉得自个是个骗子。回到家，把钱交给老婆时，看她对你那无比欣赏的样，嘴上像抹了蜜般地夸，'这辈子选择嫁给你真是不亏。'女儿得意地搂着我的脖子撒娇'摊上你这么个爸爸真好'，心里就又是一种滋味。"

交警："很纠结是吧？"

医生："是。有件事，强烈地刺激了我：一个病人，被我用大处方大检查给逼出了医院。其实，那病也不是什么绝症，只要花点钱，也是能治好的。可他坚决要出院，说是再到省上的大医院去看看。我当时还挺生气，就给开了出院证。后来，我就把这档事给忘了。有一天，在大街上，遇上病人的儿子，问他爸后来到省城看病的结果如何。他叹口气说，'哪里呀，大夫，我们是农民，没医保。他是怕花钱，才那么说，回到家，硬抗着，前不久，刚走了。'我当时，就像被人用重锤往脑袋上敲了一下，不知是怎么走回家的。回家后，跟女儿老婆说此事，她俩竟然无动于衷，继续趴在电脑上商量着一件衣服好看不好看，需不需要买。当天晚上，我失了眠。过后，我跟老婆女儿试探着说想退了自个开个诊所，凭良心挣钱吃饭。老婆、女儿瞧我就像瞧动物一样，异口同声地反驳我：'你有病呀！'所以，我就一直在这种心情下工作。终于有一天，做梦被一个我治死的病人心口上捣了两拳，躺在了这里。"

交警："我和你一样，刚参加工作那会儿，脑子里就惦着一件事——收罚款。刚开始，觉得很爽，没像你当骗子的感觉，倒是常感到当爷的威风。交罚款的那些个人，我也知道他心里挺恨，可是，脸上得装着笑眯眯。一次，罚一个大车司机。他求情说自个老婆得胃癌正躺在医院里，能不能少罚点？我一听就烦，说'你这样撒谎的人我见得多了。就凭这点不老实，我今天还偏就要多罚你二百！'当晚，和弟兄们去一家夜总会潇洒，一小姐坐我大腿上诉苦，说她爹开大车跑运输，白天刚被交警罚了，数目还挺大，她妈得了胃癌，躺在医院里等钱用。要是平时，我也是不会相信的，小姐嘴里哪有什么实话。可是，她这话恰跟白天那大车司机的话相同！我心里也是强烈一震。那小姐让我开恩给她多给俩台费，让她干嘛都成。想想用白天罚了他爹的钱晚上来泡他女儿，我自责得厉害！所以，那天，我给她的钱特别的多。她感动坏了，要拉我上炮房，我婉拒了。她对我千恩万谢的，说我是她遇上的第一个好客人。那天从夜总会出来，我偷偷给了自个一个耳光——我好什么好？从那以后，我就心里起了变化，消极怠工。所以，后来，好多人都上去了。就我老大岁数了还是大头科员一个。再后来，不是可以提前给待遇退休嘛，我就退了。这可就把儿子给惹下了，说从小到大没沾上我一点的光，也就最后念想着让我把他弄进公安局当个协警，我却早退了。所以，就天天凿我，最后把我凿到了这里。"

文化干部："上次，不是说到我儿子嘛。当我知道他不是我亲儿子的事实后，那种痛苦是一般人想象不到的。虽然我表面上，仍装着啥事都没发生的样，仍然把他当亲儿子的待，可是他却内心里没了我这这个爸，考大学时，硬去到了他亲爸的学院。谁让他亲爸比我这个养父有地位有名望啊！从那以后，我就丢魂了一般。这还不算，更捅我一刀的是，老婆竟然借口常上省城看儿子，也跟儿子亲爹勾上了。上次，是人家强奸的她，这次，是她变被动为主动地投怀送抱。"

医生："这些，你是怎么知道的？"

文化干部："纸里包不住火！三天两头往省城跑，我就有些起疑，想儿子也不是这么个想法，又不是需要去喂奶！在家时，也是鬼鬼祟祟，经常躲在卫生间打手机。每次，都说是跟儿子在通话。你想想，时间长了，哪有不露馅的？终于，让我有机会看到了他手机中的聊天记录，好家伙，说的话，比我和她当年谈恋爱时还热络，还肉麻！她看事情败露了，破罐破摔跟我摊牌：
'这十好几年，跟上你，我得到了啥？人家现在是啥？
名师名导，学院院长！当年就答应我的条件，只要我跟
他，他立马和自个老婆离婚。现在，他老婆已得癌死
了。你自个看着办吧。反正跟上你十好几年，过的这穷
日子，嘴也没少吵，架也没少打，谈恋爱时的那点儿感
情，早都没了。他那边，就等我吐口呢，毕竟儿子是他
的。'所以，我那时，常常约一帮人来家中喝烂酒，那
狗还羡慕我，其实我是在借酒浇愁泥！不然，我能这么
早就到这里来吗？我是自个凿自个，只求早死……"
　　坟头上，传来狗的一声叹息。

七十一 倒心事

有鬼道："高、中端人口道出了各自到这里来的原因，现在是不是轮到我们这杂种人口倒隐私了？"

蹭"鸡"儿媳者："说吧，反正都成鬼了。我先来，我以前说过，厂子效益不好，倒闭了，一直吃老保。老伴脑栓，躺床上三年，把家里整了个一穷二白。儿子媳妇结婚时，买不起房，一直和我挤在一个不大的旧房子里。我才不到五十，那个急呀！常常，是从嘴里省了，到洗脚房去解决一下饥渴。一次，我蹭到一洗脚房，被领到一包房，半天，进来的人，没吓破我魂——是我儿媳！臊得跑出来。可是，第二天，儿子不在时，媳妇却安慰我说：'爸，别不好意思，人走哪一步，说哪一步，还顾个什么脸面？其实，一年前，我就把原工作辞了，到了那里。你儿子也知道，也支持。干什么不是干？现在这社会，笑穷不笑娼。我接待的比你岁数大的多了去了。所以，你也别不好意思。就地解决了，肥水不流外人田，也是给家里省两个。我跟你儿子想得都挺开，那玩意，就像咱家的蒜窝，用一次，少啥呀？啥都不少'，所以我就……时间一长，总有被儿子兑上的时候，一次，还真就被儿子给兑上了。我光身子钻进了衣壁橱里，儿子倒是装做不知，说是忘了去小买部买包烟，躲出去，给我了个穿衣服的机会。只是我这老脸……从此，心里就有了个结，不敢直视看儿子。说在

象棋摊上看下棋时，猛地起来就栽过去也是个话，主要
还是心里压力太大！”

　　让狗算命后代是儿子还是孙子者：“既然你把你的
龌龊事都讲了，我也坦白吧。儿子死撬着娶回的媳妇，
其实是我情妇中最可心的一个。因为接触频，所以，也
就认识了儿子。其实我心里都能猜到，儿子知道她跟我
是什么关系。可是，他就是中了邪了一般不听劝。我心
里也明白，他是看中了对方的长相。我那情妇也是死活
要跟他成，说是肚里都已经怀了他的孩子。我有啥办
法？只能让他们成。可是，心里一直就纠结，她跟我就
一直没断过，肚子里的孩子，究竟是谁的？她俩结婚
后，我那个抓肝挠心！她是我情妇中，最可心的一个
呀！所以，我和你一样，也是背过儿子常常和她干那事
——当然，你俩是为了省钱解饥荒，我对她可是从感情
出发。我好歹是个老板，不缺钱。可是，一次，也是让
儿子给兑上了，我儿子没你儿子孝顺，当时，就把我赤
条条地按在了地上……所以，你就知道我是怎么到这里
来的了。”

　　私企老板：“我也说了吧！我能把企业做那么大，
台面上分光——上墙上报上电视。可是，多少恶心事，
都憋在心里！活着的时候，说不出口——你每拿下一个
工程，得行贿吧？有的给房，有的给钱，有的给送女
人。可是，其中的一位，你说缺德不缺德？——我送他
的女人他还嫌玩得不够爽，竟然彪上了我媳妇！而我媳
妇，竟然情愿！两人背地里什么时候勾上的，我都不知

道！一次，我出差，中途提前没打招呼回到家，就被我撞上了。我老婆跟我婚前生死恋，你想想啥感情？跟我结婚后，要吃有吃，要穿有穿，她竟然……所以，我一口气憋得实在是难受……所以，才到了这里。”

火锅店老板："我媳妇，我活着的时候，对我弟那个烦，有好几次，两人都几乎打起来。一直在我耳边吹风，说他纯粹就是个二流子，好逸恶劳，让我把他给开了。我说，他再赖，毕竟是我一母同胞，是我把他从村子里带出来的，我把他推到哪里去？可是，谁能料想，我股票大亏跳了楼，我弟买的 ST 股停了牌而去抢劫，蹲了大狱，反而因不知股票已复牌而没抛，大涨发了财，出狱后，竟然两人过在了一起。你说说，啥叫感情？要不是狗说，我简真不相信这是真的。"

女人："在世时，不是天天跳广场舞嘛，打了鸡血似地兴奋。为啥天天跳？其实，和一个打鼓的，当年在知青点有过一段，爱得天昏地暗你死我活的。只是他家成份不好，后来他招的工种也挺埋汰，杀猪，硬被我父母死撬着没成。退休后，这不兴起跳广场舞，有了重新见面的机会，俩人又缠在了一起，也算是岁月给的报偿。说实话，我挺重我和他的情感，一辈子下来，不容易的。所以，常常在他老婆到邻市儿子家带孙子时，应他邀，我再给自个老头扯个屁谎，到他家中，给他做顿好吃的，然后，在床上磨蹭一下。一次，从他家出来后，我怎么发现自个手上的一个金手镯，落到了他家。第二天，问他，他竟然说没见到。我心想，见了鬼了，我就到你家去过，不在你家，还能落在哪里？当时心里就生分——你说说，几十年的感情了，一个金镯就动摇了！他还扯谎给我说，弄不好，是他老婆第二天回家来，见到，昧下了。我还真信了，心里忐忑，他老婆不要为这事找到我家来？可是，有一天，一群小姐，吃完晚饭接客前，也来到公园里转悠，正好和我们跳广场舞的兑上。有一个老姐妹就对我说，'快看快看，有个妞，手上戴着的镯，我咋看就是你的？'我一听，就扑上前去瞅，可不，我一眼认出它就是我的！我问她这镯子是哪来的？没仨两句，两人就拧把起来。那一群小姐哪是善茬，全扑上来向着她撕把我，把我按倒在地上。我等着他来解救，可是，他却躲得远远地装孙子……从哪以后，我就大病一场！从此，再不相信什么情呀爱的。后来，这事真就传到我老头和儿子耳朵里，常拿这事凿我。一次吵完架后，我一气之下，寻了短。"

坟头上传来狗的呼噜。

有鬼慨："地下这么热闹，它倒是睡上了？"

半天，狗答："今天不小心吃了一坨人屎，这会儿恶心得厉害！"

七十二 同窝聚会

狗夕归。

有鬼问："两天不见你鬼影，上哪去了？听上去，好像今天又有些喝多？"

狗："同窝聚会。"

鬼："啥意思，没听懂？"

狗："你们人，不是这些年也时兴这个？什么老乡聚、同学聚，甚至还听说有什么幼儿园园友聚的。"

社会学家："可以理解，人是怀旧动物。"

狗："其实我们狗也一样怀旧，所以，才有了这次的窝聚。"

女人："不可能吧？我以前养过狗的。你都多大了？一般情况下，一窝的狗崽，最后能活下来的，也就个把，大部分都夭折了。"

狗噎："知道我们这窝狗的出身吗？狗里面最高贵的。你养的那是什么狗？当然都中途夭折了。我们在还没出生前，达官显贵们就排好队等候了。一窝十几条，现在全健健康康，狗模人样地活着，一个比一个滋！你们没见这两天那排场，见了，恐怕慕羡投胎成狗。"

女人："一群狗，能怎么个排场法？说说？"

狗："见少，则识浅！知道吗？有两只，脖上套着金灿灿的项圈。"

女人："假的吧？"

狗："什么假的？货真价实！"

女人：“看样子，豢养它们的确实是达官显贵。哪另外的呢，为什么没戴？”

狗：“没戴的，有些其实比戴了的，还牛皮。”

女人：“为啥？”

“外边大地方来的，根本不需要显。”

女人：“为什么？”

狗：“身份不显自显贵，知道什么叫洋人吗？它们属洋狗。”

女人：“似乎能明白一点。”

狗：“脖子上套项圈的，表面上看似风光，显身份，其实，吃喝时，我看一点也没有我们其它的狗自由自在，连转个头叫与低头啃个骨头，都很拘谨。”

女人：“我不明白，你们一窝狗，东一个西一个，就你说的，有些还到了外边，怎么就凑到了一起呢？”

狗：“傻吧？我们狗的嗅觉，是你们人的多少倍！别看你们人一个个用着手机。我们狗，离得再远，也可以凭着嗅觉相互知道对方。听说过狗几千里外跑回主人家的故事吗？所以，你们人发明那些个玩意的功能，我们狗早就胎里带了。从这个意义上说，你们人，又不如我们狗。”

女人：“直接讲聚餐的事情。是 AA 制吧？”

狗：“土，我们狗比你们人有狗情味得多了。外边来的洋狗，戴项圈的，一个个争着要当地主。但，都捞不上机会。”

女人：“为啥？”

狗："我们一窝狗兄弟里，有一个，以前也是被主人豢养着戴项圈的，可后来不听主人话，惹了祸，被主人关了好几天禁闭，见自个也失宠了，便和我一样，逃出了主人家。和我不一样的是，人家有背景。因为豢养他的主人比我家主人有来头得多了，它跟着主人以前也结识了好多显贵，所以，有根基，做起生意来顺风顺水。这些年，你们人不是喜欢给自个的狗一个个的在家买狗笼嘛，他就抓住这一商机，发大了。每一次咱兄弟聚会，都是他来安排，别的狗想表示，也排不上号，他当仁不让。全窝狗，都很感念，说它真是一条'苟富贵，无相忘'，重手足情之狗。"

女人："啧啧。"

狗："我的感慨，你们人，老娘怀上你那会儿，基本就决定了你一生；我们狗，出窝那会，投着什么样的主子，基本也就决定了你一辈子的狗生。"

女人："吃得咋样？两天里，在哪里宿？"

狗得意："哪还用问？想都能想到。我们把全市最高档的一个国际大酒店几间房包了，好好糙了两天。平时，我都是在这墓园的水泥地上睡，换席梦思软床上，睡不着，就猛地在它上边翻跟头。平时撒尿屙屎全都是在墙弯。可是，在高档酒店里，实在不知所措。我那富兄弟看见了放话说："放心屙、撒，兄弟，没事，我掏了钱的。我干了多年的狗笼生意，把他们人的德性摸得一清二楚，没有钱搞不妥的事。高兴了，第二天走的时候，你大大地给它在床上来一泡！"

女人：“你这兄弟仗义，真慕！我一辈子，几乎没住过个宾馆，最多，住过几次低档旅社。你一条狗，倒是一住就是国际大酒店。除过吃与住，还有呢？”

狗：“还有就是凭吊我们出生时的狗宅。我说过的，你们人念旧，我们狗同样有此情结。”

女人：“怎么个凭吊法，我很好奇？”

狗：“我们之中的一只精贵狗当初被主人家留下了，它带着我们去的老窝。主人家住一楼，一个大栏栅，里边一个大铁笼，就是我们出生的地方。现在，已经有了新的一群狗，见了我们，还凶得不成，冲我们汪汪叫。我心想，你是谁呀，我们在这的时候，你们在哪？娘肚子里都没有。被带我们去的狗几嗓子喝退，我们才得以进去。”

女人：“进去后，干了个啥？一个狗窝嘛，有啥好看的？”

狗：“我说了几遍了，它就是一种情结，懂吗？你们人，为啥千里迢迢回老家祭祖？”

女人：“我懂了，你继续说。”

狗：“我们一个个进去，跪着给狗窝磕了个头，然后，每一位分别拍了点照，最后来了张‘全窝福’。”

女人：“然后呢？”

狗，“那还有然后？然后，我不就回到了这里，仍然睡我的坟头，跟你们一个个鬼作伴？”

女人：“觉得有意思吗？”

　　狗：“说有意思，也有意思，说没意思，也没意思。”

　　女人：“为何？”

　　狗：“他们，除过脖上戴着项圈的和外边来的洋狗，其它个个，也皮毛水滑光亮，打了蜡似的。哪像我，晚上睡这墓区，白天四处打野食，皮脏毛臭。我都能感觉到，它们好些个，表面上跟我客客气气，其实，爪子都恨不得捂嘴上。吃食时，我抓过的盘子，它们基本一个个不会再动。住宿时，别人都成双成对，那当东道主的大款狗客气地对我说：‘兄弟，特意给你安排了个单间，’让我享受。我知道他的良苦用心，知道怕伤了我的自尊罢了。照相时，他们一个个全抢着跟大款狗、戴金项圈的狗、外边来的洋狗照，我只能站边上的份。哪里有这里躺在坟头上跟你们聊着这么快活，无拘无束！特别是有一条脖子上戴项圈者，根本不顾及以前是一窝的，一条母狗下的，你稍一张口，它就一本正经教训你：‘你这叫声有点儿粗俗，咱们都出身名门，怎么能这么叫呢？自降身价，把自个混同于一条普通的中华自然犬。’弄得我很不自在。其实，我心底就说：我岂止是混成了一条中华自然犬，我比它们还不如，我现在就是一条天天睡坟头的流浪犬！”

　　女人：“我能听出来，你这两天表面快活，其实很憋屈？”

狗："你们人不是有本名著叫《红楼梦》吗？里边有个刘姥姥。其实，我觉得，我去的唯一用处，就是给他们添乐去了。"

女人："咋讲？"

那席上的好多玩意，我根本就没见过。一个肉丸我一爪子不小心，滚下了桌，我赶忙爬下去捡，别的狗拦住了，说'别捡，太脏。'我说：'一个大肉丸，我平时十天半月也捞不到吃，不吃太可惜了。'引得整个桌上哄堂大笑；睡宾馆，我又不会用那马桶，还像平时那样，虽然站在了上边，但仍是一只腿跷起来撒，结果，就撒在了外边。第二天，服务员不干了，反映给他们，说：'我看你们一大帮都狗模人样挺高雅，怎么掺合进这么一个货？是不是冒牌混进的，你们再核实核实？现在，婚宴上就经常有这样混吃混喝的骗子。'我们狗头给其陪不是又解释：'他就是我们一窝，没主人，野惯了，所以，身上粘了好些不太好的毛病，还请你多担待。'服务员就慨：'都是一窝的，差距咋就这么大呢？'下次你们聚会，千万别再让他掺和进来，我们这是高档宾馆，只接待有身份人的。也就是你们中间有个有钱的主，肯出大价，我们经理才破例了。下次你们要是再来聚会，把它重带来，恐怕是出多高的价，经理也不肯了。别说经理了，我这一关，就通不过，太埋汰了。'你听听，这对我是多大的刺激？我在这一年多跟你们这些鬼混，其中有一个最深切的感受，就是越是最低层的鬼，越它妈日眼，越把势利写在脸上。有点社会地位的，还把它藏在心底，一般不直接表现出来。"

　　女人："听上去，你这哪是去同窝聚，简直就是去受罪。"

　　狗："可不咋的．我还没给你说最难受的呢！"

　　女人："还有最难受的？我觉得你讲的这些就够你难受的了。"

　　狗："你确实是人里边下层的．我要是不说，你根本就想不到，我心底最难受的是什么。"

　　女人："什么？"

　　狗："就是上边那个戴项圈，两天里，老找我茬说我'言语粗俗，不合时宜'云云的那位。就它在席面最显，其实它叫的那些个，全是套叫废叫。它还作了一首诗在那里念，众狗都给它拍狗爪。我心想，神马狗屁诗，全是阿臾奉承。别说跟我那度假村哥们写的诗比了，比坟头下那疯子的诗，更是不如。他叫的那些个所谓莫测高深的玩意，这坟头下的鬼，哪个不知，谁个不晓？贪官嘴里平时道的那些个为官之道与内幕，比它叫的生动有趣得多了！脖上的项圈看上去金光灿灿，其实脑袋瓜子退化得厉害，倒还不如了刚生时在窝里的认知。我估计，是受了它脑袋瓜子同样简单的主人影响，天长日久，观念都生锈了。我听着他说话，就如同嚼蜡。还有一只外边来的洋狗，也就会两句鸟语，叽叽喳喳，以显自个见多识广，吹起来海阔天空。我心想，你讲的，我全知道，我知道的，你未必知道！所以，你才自个知少而不知自个少知！我在这坟头上每天听地下的社会学家天天用手机跟他在瑞典的儿子通微信，世界上发生什么大事，他都及时报给我们听，甚至连宇宙深处刚刚发生了什么，当晚就知道了。你那点子浅薄的，经过别人过滤了多少遍的东西算个啥呀？"

女人："噢？"

狗："其实，我发现，我窝有两条狗没来，那才叫大牛。以前，好几次聚，都不来。我就抽象出来——真正有大本事大见识的狗，一般根本不参加同窝聚。"

疯子："超智狗趴坟头。"

七十三　狗群

　　有鬼问狗："感觉自从上次你窝聚后，好像不大出墓园了，整日里，除过吃些祭品，就似乎卧在坟头下晒大太阳？"

　　狗："你说对了。但，不是光晒太阳，而是边晒太阳，边看手机。"

　　鬼："哟，还时髦上了？我来这里之前，才刚刚见到这劳什子，没想到，现在，连狗都玩上它了。"

　　狗："是上次窝聚时，我那大款兄送的。说，'你看看，我们一窝兄弟都早都用上它了，就你落伍。以后，有了它，你跟我们就有了联系，等于空中又回到了窝时。'我当时并没在意，回来后，一用，嘿嘿，真它妈好！比天天去外边遛墙弯有趣多了。"

　　鬼："有多有趣？"

　　狗："给你咋说呢。我们这窝狗，上次给你说了，出身名门，所以，命运大都比我好很多。有钱，有闲，不愁吃喝。所以，有的，满世界乱转；有的，诌几句带韵味的叫；有的，狗爪趴两下什么的，都往窝群里晒。"

　　鬼："这不挺好？"

　　狗："是挺好。可是，我们这窝狗，被你们人豢养得也沾了你们身上的好多'人味'"。

　　鬼："啥'人味'，讲讲？"

　　狗："有了极强的等级观。"

　　鬼："咋讲？"

　　狗："按脖上的项圈大小、外狗还是本地狗、皮毛的光亮如何，来决定话语权。"

　　鬼："噢。"

　　狗："有的狗兄，诌的那几声带韵的叫，实在是没啥意思，可是，它还自我感觉良好，不停地晒。别的狗，还紧跟着就给他点赞。我看就是冲着他脖上的项圈去的；有的窝兄，狗爪划拉两下，啥创意也没，还夸自个的是什么猫体虎体的，我看啥体也不是，就是狗爪体，可也得到好些窝兄的赞誉。我看，就是冲着它是条洋狗去的。我都弄不明白，他们是真的欣赏水平有问题呢，还是狗格上出了问题？记得在窝时，谁撒尿的姿势好，就夸谁，没有说你撒的姿势不对，还大伙都夸你的。"

　　鬼："你怎么就知道人家就叫的不好，划的不好呢？"

　　狗："你以为我是在瞎说？没比较，就没鉴别。平时我在这也经常跟几只流浪狗兄一起聚。几个也扯着嗓子叫，也在地上划来划去。那叫声，比我窝兄的悠扬动听多了；狗爪划拉的，也丰富好看得多。用狗脑都能想到，我那帮窝兄们，脖上套着项圈，转脖都费劲，叫声能好听到哪去？四蹄被宠他们的主子穿上了金贵的狗鞋，连地气都不接，能划拉出什么好看悦目的狗划来？"

　　鬼："那你咋不把你野兄弟的叫声与划的传上去让你窝兄们看看？"

狗："昨晚传了，一点动静都没。没动静也就罢
了，其中一条母狗——又是全不念是一条母狗下的，直
接教训我以后再别晒了。说'咱们这是贵族群，你都混
成了孔已己，可想而知你那些个流浪狗的水平了。正在
这时，我窝现在戴最大金项圈的狗不小心放了个响屁，
她马上恭维，'哎呀，简直像斯特劳斯的圆舞曲，悦耳
又动听，而且我隔着屏都似乎能闻到，带着刚出腔的清
香……你听听，这肉麻劲儿，哪是狗啊，简直就是在放
人屁！"

七十四　狗屁逻辑

狗夕归。

有鬼问：“今天干嘛去了？”

狗：“能干嘛，物以类聚，还是上度假村，去跟那几个文化人喝酒聊天。”

鬼：“有新鲜事吗？”

狗：“当然有，就看你愿不愿听。”

鬼：“当然愿意，每天就盼你回来这一刻呢。”

狗：“北京来的那一位文化人，他的母校昨天搞校庆。”

鬼：“那他怎么没回去？”

狗：“他恋上这疙瘩了，此间乐，不思蜀。你想想，这边，白云蓝天，青山绿水，那边雾霾笼罩，臭水恶山，他傻呀，不怕把肺癌给整犯了？就是他愿回去，他的狗都不愿。那狗私底下都给我说了的。”

鬼：“还有呢？他夸他母校了吗？”

狗：“夸个屁，狠骂！说，七斤老太，一代不如一代。一个堂堂最高学府的副校长，竟然把‘鸿鹄之志，念成鸿浩之志。把莘莘学子，念成 jinjin 学子，一般的中学生，都不会念错的。”

鬼：“这副校长可是把人丢大了。”

狗：“只能说是名出大了。”

鬼：“为啥？”

狗：“就因这俩字，我手机今天都刷屏了。”

　　鬼："埋汰他的人不少吧？"

　　狗："你就会单向思维！好多贴在夸他呢。什么归国博士，得了什么奖，搞了哪些教学改革……。连我们几条狗，原本都不知他是哪路神仙，这一天，就把他的这些个荣誉记了个牢，何况全国。北京来的那条狗发誓说：这人，一年内准升，不当校长，就当部长。"

　　鬼："不明白，出了回丑，反倒落好处？"

　　狗："脑子简单！记得前些年有部抗日剧吗？情节离谱得厉害。什么弹弓打飞机，手撕鬼子。之前，骂声一片，结果，上映时，反倒上座率奇高。"

　　鬼："不懂。"

　　狗："再给你往下说。有个演员，红杏出墙，被丈夫抓了奸。呃，片酬反而打着跟头上去了。"

　　鬼："为啥，我仍是不懂？"

　　狗："你就别问了，我再给你接着往下讲：有个网红作家，剽窃了无名作者的作品，对方告他，不但没把他弄臭，粉丝反面更多，书卖得更好了。还有一位作家，几十年前写了一篇小说，红了。可近几十年没声没响。最近，有人在报上揭他这篇东西当时是挖门子走后门才得以发表的。呃，反倒把他重推回了观众视线。他也是这学校毕业的，本来校方早就忘了他，这次，竟然就被挖出来当了嘉宾出席庆典。有一贪官，当村长时，有人告他，结果，他又当了镇长，当镇长时，又有人告，他又当了县长，后来当了市长，省长……"

鬼："我实在是弄不明白你说的这些是个什么逻辑？"

社会学家慨："别说他了，我一个社会学家都整不明白这其中的奥妙。"

狗："还是位社会学家，作了鬼，都还没我狗的悟性！它就是个狗屁逻辑！"

社会学家："咋讲？"

狗："你们这墓区，不是分高、中、低档吗？那低档区，现在还是一个个乱坟头。前去祭祀的人，大都是整一大堆柴禾和吃食去，架在坟头前烧。火借风势，风助火威，越烧越旺。常常，有些人，以为火已灭，走人了。我们墓区里的一些个流浪狗早就在那里盯着呢。他前脚走，我们后腿蜂涌而至，好把那些吃食在还没烧焦之前刁出火堆来饕餮。可是，往往突然，它就又蹿出了火苗子。我们众狗全撅起屁股往上放屁，想把火苗压下去，奇了怪了，那火苗，不但没有被我们的狗屁压下去，反而蹿得更高！躲闪不及，我们一个个屁眼就会被烧焦！"

七十五　鸿浩之志

狗夕归。

有鬼问："今天干嘛去了？"

狗："还是上度假村，去跟那几个文化人继续聊北京来的文化人他校长念错字的事。"

鬼："烦不烦？事情过去就过去了，不就一个字嘛，有必要纠住不放？"

狗："今天扯的是因它而引起的另一个人与另一件事。"

鬼："噢，道道？"

狗："还记得我以前给你们说过的地下老师的学生发小的事吗？"

鬼："记着，好像是儿子之前在中纪委工作，他去草堂就吹儿子，后来，儿子却因给被查者通风报信，自个进去了。结果，他也因此而受刺激突发中风死了的那位？"

狗："对了，就是他。记着吧？他死时，他的遗像还是我抱到殡仪馆去的？烧后，好像就埋在你们这附近。"

鬼："都说他什么？死了好久的人了！"

狗："他恰恰就收藏有这么一幅字。"

鬼："谁写的？"

狗："前前市委书记写的。都不知是哪年月的事了。"

鬼：“市委书记的字，咋到了他手上的，他和那市委书记关系不一般？”

狗：“哪里呀。好多好多年以前，这市委书记给市报写了这么一幅字，登在报上。当时，他儿子还没有考进中纪委，在市报社里干记者。报社搬新大楼时，他儿子在废纸堆里发现的它，卷了悄悄拎回的家。”

鬼：“这有啥好说的？”

狗：“你听我往下说：一天，他就把这字带到草堂去炫。结果，他同学与北京来的文化人一眼就看到条幅上那个大大的浩是个别字。可，他不服，说，‘书记能写别字？鸿浩之志，有什么说不通的？为此，还辩论得很激烈。”

鬼：“这不就结了？听上去啥意思也没有。”

狗：“你听我慢慢将话讲完嗦。之后不久，央视《鉴宝》节目组来了，他又把那幅字带去给专家们鉴定。专家们一看就笑了。说：‘你这字，基本功差得远了去了，很一般，而且看上去，写字的人也没啥文化，咋能把鸿鹄之志写成鸿浩之志呢。他仍是不服气，说这是多少多少年前的老市委书记的字，现在又当了多大多大的官，他能有错吗？鸿浩之志从字面意思看，有什么不对？又把专家们给问了个大张嘴。专家们也不跟他计较，让他回去后多补补文化知识，撇过他又去鉴定别人的字画去了。他死时，他儿子出事在牢里，组织部门，亲朋好友的，也都因它儿子在躲他嘛。丧事都是他那草堂的发小帮衬着一手办了的。”

鬼：“翻那些烂肠子的事干嘛？”

狗：“你听我说嗓。我们到他家去，发现，那幅字，仍在他家大厅正中墙上挂着！”

鬼：“知道了，就是说，他一直到死，都认为，它是有价值的呗。”

突然，从地下冒出一句：“当然了！他现在做那么大的官，能写错？我就认为‘鸿浩之志’比‘鸿鹄之志’说得更好。‘浩’——浩大的意思，‘鸿鹄’是什么鸟玩意？”

狗：“你埋得不是离这儿远吗？怎么跑过来的？”

地下：“魂，我的阴魂！”

狗慨，半天，道：“我给你说件事儿吧。地上那疯子脑子犯迷糊没清醒那会儿，经常跟我们几只流浪狗遛墙弯。当时他特埋汰，常在路边的垃圾筒里翻东西吃，所以，香臭根本就分不清了。我们一个个沿墙屙的屎，过上两天，风干了，他捡起来就往嘴里塞，我们拦都拦不住。我们说那是我们屙的狗屎，他硬说是别人丢的麻花。结果，吃了一次，就呕吐出来，从此，记下了，等二回我们又逗他，将前几天屙的指给他说，快去捡，别人丢的麻花。他就傻傻道：‘我知道你们在骗我，那不是人丢的麻花，那是你们几个屙的狗屎。’”

七十六　窝外察看

社会学家问狗："感觉你这一晌，无精打采的，遇到什么不高兴的事了？"

狗："多了。"

社会学家："说说？"

狗："自由即奴役，无知即力量。"

社会学家诧："我的天，你现在都成哲学家了！"

狗："你在世时是位社会学家，也算是位饱学之士，你知道什么叫'达克效应'吗？"

社会学家惊诧："你还是条狗吗？我看你比人还人！我在世时身为社会学家，还真是不知你这个'达克效应'原理是什么？"

狗："其它也就不多说了，就简单点吧。美国康奈尔大学作过试验：那些在某项领域里水平低者，一般都对自个的评价超过能力；而那些真正有水平者，反而对自个的能力评价较低。"

社会学家："这不还是说你刚才讲的——无知便力量？"

狗："是的。我觉得，在这里，我跟你勾通起来较顺畅。跟别的鬼，就有些吃力。你看看，现在那几个，很少跟我唠了。"

社会学家："我愿意跟你唠。讲讲你近来内心的烦事？"

　　狗："我前边说过，参加过窝聚后，我那大款兄不是给了我只手机，我进了我窝群嘛。"

　　社会学家："哪不挺好？我感觉这一晌你不跟几个鬼聊，主要就是跟你窝群的在手机上聊？所以你也别说是鬼冷落了你，其实是你冷落了众鬼。"

　　狗："你哪里知道，我早都不跟它们聊了。"

　　社会学家："为啥？"

　　狗："其实，我刚才跟你讲的那些个理论，也都是从它们哪里贩给你的。"

　　社会学家："那不就得了？说明你那窝狗崽一个个确实出身名门，挺有思想水平的嘛。不然，为啥能给你讲这些个？"

　　狗："表面现象而已。"

　　社会学家："何讲？"

　　狗："他们一个个，听上去，讲起这些来，口若悬河，滔滔不绝。其实，我感觉，并没有吃透其实质，好多，都是在同窝面前显摆自个的知识而已。"

　　社会学家："你看看，你刚刚说了的，我看'达克效应'就适应于你。极大的可能是人家都是专家，而你却无知，所以，高估了自个的认知。"

　　狗："也许吧。所以，我前两日，被踢出了窝群。"

　　社会学家："哟，一窝的，还能干出这事？即便你也许比他们认知上差，也不至于受到这样的惩罚？"

　　狗："教授，你应该知道的，越是身份高贵，相互收拾起来，越是没商量。"

　　社会学家："这个我懂。"

　　狗："踢我者，就是我窝那个脖颈上套最大项圈者。而在旁边吆喝最起劲的，就是那条外地的'洋犬'。"

　　社会学家："不可思议，按理说，洋犬嘛，应该心胸更开阔，更讲兼容与包涵。"

　　狗："我一直怀疑，它就是个'假洋鬼子'，冒牌货。"

　　社会学家："讲讲？"

　　狗："我真是懒得讲。说说别的吧，反正我已被他们踢出来了。把我踢出了，还美其名曰："窝外察看，反思了，检讨了，认识深刻了，再考虑让我重进去。"

　　社会学家："这不挺好？人家也没把你一棍子打死，还给你了一条重新回窝的机会。按'文革'时的说法，你应该争取当一条'可以教育好之狗'。"

　　狗："什么呀。教授，你太天真了！他们那就是个托词，真心是要踢我，以显示他们窝群的纯洁性。"

　　社会学家："你走后的窝群咋样？"

　　狗："咋样？想都能想到，一潭死水！上次我碰到一个同窝，悄悄给我透露，现在的窝群，除过大家说些个不着边际，不疼不痒的话词，就是一个个显显摆——各自生活得是如何地美满，各自晒晒自个带韵的叫或狗扒的字。剩下就是恭维窝里几条混得风生水起的名狗。

然后，就是齐声唱合脖上戴最大项圈者如何如何把全窝群拢成一个美得不能再美的空中乐园。”

社会学家悯："还去公园吗？不是听你说那里有一帮残疾者，天天在看猴戏？也可去解解心烦。"

狗："教授你说的！那还是狗能去的地方吗？是的，天天演猴戏，天天残疾者一大堆在看得屁颠。可是，你一走上前去，就会被他们脚踢石块砸地打出来，骂我：'你一条狗，还配跟我们一起看戏？'你听听？我明知道那耍猴的就是在骗人，想上前去看换什么花样了没。我一条狗都看出来了，他们还在那傻乐，还要撵我。"

社会学家："你不是还有那度假村的两个文化人呢嘛？以前看上去每次回来，你都半醉半熏的，还老哼哼两句带韵的叫。也不挺乐呵，解心烦？"

狗："内心苦啊！"

社会学家："噢？知狗知音不知心，看不出来。"

狗："那俩文化人，似乎也是看透世事遁享桃园之乐，似晋代的竹林七贤。每日里，除过吃酒，种菜，就是吟风弄月，伤点春，悲点秋，哪有了范仲淹的'先天下之忧而忧，后天下之乐而乐'？"

社会学家慨："你一条狗，倒是比人的精神追求都高！"

地下疯子猛不丁冒出一句："世间，最近的距离在坟里与坟外！"

七十七　阿Q

社会学家："今天好像是出去了一天，散心去了？"

狗："度假村的那两个文化人请我。"

社会学家："哟，行啊，一条狗，成了两位文化人的座上宾。"

狗："其实我感到他俩是没朋友，拿我去凑数。"

社会学家："可以理解，有点想法的人其实都孤独。今日是啥名头？"

狗："说名头，有名头，说没名头，也没名头。我看就是我几天不去想我了，却说是什么纪念阿q诞辰一百周年。"

社会学家慨："噢，真快啊，都已经一百年了。"

人类学家，："快什么？在宇宙的长河中，连个狗放屁的功夫都不到。"

社会学家："这倒也是，你总是从很宏观的角度说事。"又问狗："他俩在桌上讲了些啥，你能听得懂吗？"

狗："半懂非懂。倒是好些个人名听起来新鲜，所以，就记住了。"

社会学家："哪些，我考考你？"

狗："什么孔已己、赵七爷、假洋鬼子、蓝皮阿五……"

社会学家："哟，你这记性还真行。"

　　狗："不在你面前吹，教授，我比你们人研究出的那个'阿尔法'狗的智商，差不了多少。"

　　社会学家："说你白，就往面袋里钻？"

　　狗："真的，他俩唠的那些个，我大概能明白是什么意思：什么'头上的辫子是没了，可是，心里的辫子还在'……"

　　社会学家："我的天，我得对你刮目。后来呢？"

　　狗："他俩后来半醉了，翻来复去也就那些个，车轱辘，听烦了，就离开去，到了公园，看看那边的猴戏又有了什么新花样没有。"

　　社会学家："有没有？"

　　狗："有啥呀，还是老把式：耍猴的先把几大把冥币和母猴均分给众公猴，然后让他们去抢，挣，贿，后出现了差别，有的得到了母猴一大群，冥币一大把，大多数猴，则重沦为了'裸猴'，耍猴者就挥几鞭，狠抽那个得母猴和冥币最多者几皮鞭，重新再分一遍……我上次，都给你们说过的。所以，我看那戏，比听那俩文化人叨叨阿 Q 还腻。"

　　社会学家："那些残疾人没拿石块打你走？"

　　狗："怎么没有！我虽然躲在湖边山丘中的树丛里，还是被他们发现了。"

　　社会学家："他们为什么撵你走？你悄悄呆着看，不吭声不就得了？"

　　狗："问题是我忍不住，叫了两口，'这啥呀？老把式，天天演，天天看，烦不烦呀！我条狗平时不来，来一次，都烦了！你们知道阿 q、赵七爷、假洋鬼子、蓝皮阿五……吗？'我把当天听的给他们贩了过去。"

社会学家笑："结果呢？"

狗："结果是什么，你想不到嘛？一残疾拎起一瓦块就向我砸了过来，骂咧咧：'滚你的什么阿 q 不 q，我们听得正好！'"

社会学家："然后呢？"

狗："我骂了一句：'权当是儿子打老子'！就跑回墓地来了。"

突然，地下的女人问上来一句："狗爷，你张嘴阿 q 闭嘴阿 q 的，我听着咋这么耳熟。是不是领导了什么'辛亥'革命的那位？"

七十八　沾光

社会学家问狗："今天好像又出去了？"

狗："是的。"

社会学家："上哪去遛了？"

狗："能上哪？你们人不是常说嘛，交心的朋友，也就个把。"

社会学家："就是说，又去度假村了？"

狗："爷死。"

社会学家："还能上了，说开了洋语，跟谁学的？"

狗："前一阵，不是在手机上窝群里混嘛。那些外边的洋狗们，经常半洋不土地来两句，我也就好上了这口。"

社会学家："今天有故事吗？"

狗："有，只要你爱听。"

社会学家："地下这一大群鬼，天天就等着这一阵呢，快讲来。"

狗清清嗓子："文化人当年插队一个点的发小，前几日从北京来了。"

社会学家："这听上去，稀松平常的件事嘛。"

狗："你听我慢慢讲嗓。这发小，现在混成了著名相声演员。"

社会学家："可以理解，人这一辈子，从起跑线到终点，差距大了去的有的是。"

　　狗："可不咋的。文化人说，之前，他就接到了他发小的电话，那天发小坐飞机来，他去到机场接，你猜咋的？边都没蹭上，就让市上的头头脑脑们接走了。他只好去到发小说好的宾馆等他。一直等到很晚，发小喝得醉醉的，被一大帮人扶着回到了宾馆。他又是难蹭到跟前去。好不容易挤上前去，发小抱了抱他说'兄弟，今天实在是被灌大了。明天见。'并说好了见面的地点——这相声艺术家是下来送精神食粮到边疆的，约他明早一道陪着去。说是几点几点，在市政府大院集合去乡村。届时让他也跟去。

　　第二天早晨，他如约来到市府。可是，他啥证件也没有，被门卫盘问了半天。他说可以给他发小打电话核实，门卫还是不让进，又找来了警卫的头儿。头儿又去楼上核实了半天，才回来说，'特殊情况，放你进去。最近，上访的经常搞这些个花招，我们也是没办法，被骗怕了。随便放你进去，万一出了事，担不起这个责任'。

　　上楼去，一大群人都在大厅里，他虽然也被发小叫过去，俩人搂了搂。发小还给其它人介绍了他。可是，众人似乎并不在意他。他只好知趣地退回来，重站在人群边上的份。一路上的情况，都是这样。发小全是被一帮人簇拥着。到了乡下，相声艺术家表演完了，当地的干部早都准备好了笔墨，让艺术家要留下'墨宝'。他刚从一个桌子上抱过砚台来，想送到发小写字的桌子上去，借机亲近一会儿发小，却被另一个陪同者从他手中接走了。他重又被挤到了人后边，连发小写了些什么，他都仰着脖没看得十分清楚。"

　　社会学家："就这么牛？"

　　狗："就这么牛！"

　　社会学家："一个点的，差距几十年下来，弄了这么大。可见人和人的天资，就是不一样。听你还老吹那个文化人如何如何，很自负，这回好好上了一课吧？以后狂不狂了？"

　　狗嗤："酒桌上，文化人讲了他俩当年在青年点上的一些往事。"

　　社会学家："啥往事？"

　　狗："那艺术家，当年猛追过文化人的老婆——他们点的点花。"

　　社会学家来了精神："真的？"

　　狗："不是真的还是假的？"

　　社会学家："这么有才能的人，那女的怎么没跟倒跟了文化人？"

　　狗笑："啥才？他不敢当面表达，给人家点花写情书，满篇的错字。点花把信给了文化人看，两人笑得前仰后舍。"

　　社会学家"有那么邪乎？"

　　狗："一点都不假。当年村子里也办板报，都是由文化人来办，发小给他端墨盒。"

　　社会学家笑。

　　狗："发小的爹很厉害，是个什么著名的脑外科专家，是文革时，随整个医院，从北京迁到我们这疙瘩的。所以，家里条件好，插队时，还整来一个手风琴。可是，他根本就不上心，倒是文化人，却学得有模有样，经常给全点的男女生唱歌时伴奏。"

　　社会学家："我明白咋回事了。"

　　狗："你其实还没听我讲完。而且，这个文化人的老爸，还是个右派。你想想，两个家庭背景这么悬殊，点花却没选发小而是死看上了文化人。"

　　社会学家："可能文化人长得比发小帅吧？"

　　狗："恰恰相反，反而是他发小，按今天的说法，是标准的靓男。"

　　社会学家慨："什么年代，女的还都是喜欢有才的男人。"

　　狗："对了，皮囊对男人来说，就是个绣花枕头。"

　　社会学家："纳了闷了，两个才学相差这么大，命运却又是如此地截然相反，让人不可思议，也太戏剧性了。"

　　狗："别急，你听我慢慢说。不是恢复高考了嘛，全点的人都去考了。文化人进了复试，其它人都落选了。"

　　社会学家："这不就得了？"

　　狗："他政审没过关。"

　　社会学家："噢。啥原因？"

狗：“不太清楚，好像也跟他右派老子有点儿关系，当时，虽然粉碎了‘四人帮’，在政审这方面还是有点儿卡。”

狗：“第二年，政策全放开了。其它人都放弃了，文化人可是铆足了劲，但是，用功过了头，临考前，严重失眠，住进了医院。没办法参加考试。只好放弃。”

社会学家：“可惜。”

狗：“文化人决心大，第三年接着考。可是，却又增加了外语科目 。你也知道，那时候的知青，上中学时，哪上过什么外语呀，都挖了防空洞和学工学农了。所以，其它课都考得挺高，就一门课，拉了后腿，又名落孙山……”

社会学家：“明白是咋回事了。讲讲他那发小，后来怎么发达了？”

狗：“从北京来了个摄制组，拍电影 ——这你就知道了吧？”

蹭鸡儿媳者突言：“我从一开始，就知道你说的是谁。我上次说过，当年他和我一个厂，平平常常的工人，啥特长也没。剧组的一个女主演拍戏时，从马背上摔了下来，重度脑外伤，是他爸给救过来的。剧组导演为此很感激，说：‘教授你有啥要求?说，我们尽量答应你。’他爸就把他塞给了剧组。”

狗：“是这回事。其实，他去到北京的演艺圈里，起初也没混出个啥名堂来，最后，就改去说相声，也是不温不火。但，人来运了挡都挡不住，一次，一个相声编剧写了个段子，他在饭桌上看到了，大喜，要了过来。结果，演了。演了，就被上边看上了，还上了春晚。后来那就火得是一塌糊涂……"

　　社会学家："故事到这，似乎也就该结束了？"

　　狗："算结束了，也没结束。"

　　社会学家："咋讲？"

　　狗："最后一天，发小临走时，他才轮着机会，跟发小晚上躺在了一个床上，直聊到天亮。"

　　社会学家："噢，都聊了些啥？"

　　狗："聊的就多了。"

　　社会学家："拣主要的讲？"

　　狗："文化人问发小的家庭情况，发小说：都离过三次了，现在有四个子女。文化人感慨，说他也太乱了。发小慨：'不乱不成呀，整天在那圈子里泡着，你不乱，她找着你乱！哪一个，刚开始时，都感觉漂亮新鲜。可是，过上没一两年，就审美疲劳了。新的，就又沾上你来了'。文化人就慨：'你这一辈子，可真是风流了个够，享受了个够。我还是我那个点花，现在，老得都没样了。不行，明天，你晚走一天，我把她叫来，咱们一起坐坐？'，发小连声道：'免免，实在是太忙，下次吧，回去还有一大堆事呢。'文化人也知道是咋事，也就作罢。可是你知道他发小吐了一句什么话嘛？"

　　社会学家："啥话？"

狗："发小说：我知道，别看我现在这么风光，你老婆心里仍是不后悔当初的选择。跟你直说吧。我也清楚，我之所以有今天，全是沾了精子的光。"

狗："发小说：我知道，别看我现在这么风光，你老婆心里仍是不后悔当初的选择。跟你直说吧。我也清楚，我之所以有今天，全是沾了精子的光。"

七十九　知音

　　社会学家问狗：“今天，好像感觉你白天没出去，傍晚才出去的?”

　　狗：“是，盛夏到了，太热。”

　　社会学家：“上哪去了?还是度假村，跟那两个文化人喝酒聊大天？”

　　狗：“没有。去那儿有点烦,没啥意思。”

　　社会学家：“哟，令我们众鬼都听着慕的地方，你反倒是烦了，烦什么？”

　　狗：“上次我不是说了嘛，他们整日里种花弄草，晨兴理荒秽，月上喝两杯，学了晋代的竹林七贤，不问世事。喝得有些熏了，就整点吟风弄月的诗出来，伤伤春悲悲秋的，全没了范仲淹‘先天下之忧而忧，后天下之乐而乐’的古代士大夫精神。”

　　社会学家；“啧啧，狗比人还关心世事起来。”

　　狗：“直接给你说吧，近些天来，我确实是在这方面有些忧烦。”

　　社会学家：“噢？”

　　狗：“我上次也跟你说了嘛，窝主嫌我狗屁太出格，被踢出了窝群，给我了个窝外察看。一下子从窝群里出来，不太适应，有些孤寂。”

　　社会学家：“哪我感觉你白天也是卧在墓地的荫晾下，不停地玩着手机？”

狗：“虽然被赶出了窝群，但仍然有个把兄弟跟我是微友，甚至是外地的。也还能通些个信息，算过得去。外边世界发生的大大小小的事情，也就都能知道一些。可也不能整天泡在手机上，狗也是社会性动物。所以，乘傍晚晾快，便出去逛逛。”

社会学家：“去了哪儿？”

狗：“广场，那儿人山人海，也几乎狗山狗海。”

社会学家：“咋那么热闹，说说？”

狗：“跳广场舞的、聊大天的、唱大戏的、遛狗的……”

社会学家：“噢，是热闹。”

狗：“最热闹的地方是一座厕所。”

社会学家：“哟，咋回事？”

狗：“那个厕所是最近新建的，超豪华，如果没有标示，你会感觉像座别墅。”

社会学家：“噢，现在社会确实变化快。我在世哪会儿，城市里没几家公厕，人们内急了，在马路边上放便的大有人在。”

狗：“你可能不相信，那厕所有个隔厅，竟然卖饮料，各种小吃，如果再整两盘菜上来，就可当餐馆了。”

社会学家：“有人去嘛？你说的！”

狗：“海了。”

社会学家：“嗯，为啥？”

狗：“那里有 wifi。”

社会学家："你说的啥，我听不懂？"

狗："你当然听不懂了。简单给你做个比吧——就如你在世时，用手机打电话，到外边，你得掏电话费，去那厕所，就像是去了免费电话亭，再打多少电话，也不用掏钱。"

社会学家："还有这样的美事？"

狗："out 了吧？虽然你是位教授，可是，这些年的新事物，真是发展得太快了。你躺在这里，根本想象不到。"

社会学家，"有点。可是，你去凑什么热闹？你上次似乎说过，你每年的手机费，都是你那大款窝兄给你定时包交了。"

狗："你说的是。可是，我也是图个新鲜好奇呀，上去看看他们都在手机上干嘛？"

社会学家："能干嘛？除过你跟你窝兄一样，在那里泡电话煲？"

狗嗤："教授，你可真是 out 了！他们一个个，全是在那打游戏、打麻将、看烂片、黄色小说什么的。"

教授："有意思吗？"

狗："我觉得极没意思，他们一个个觉得极有意思。一个个陶醉得大喊又大叫。把我惹恼骂了一句：'一帮白痴！我看篇好文都打扰得看不下去。'结果，被旁边两人听到了，上前来围着就要踢我两脚，我紧忙夹起尾巴就逃。"

社会学家："一篇啥好文，把你迷得？白天在坟头上不能看，非要傍晚挤到广场人堆里看？"

狗："我外边一窝兄在我广场时及时发过来的，是一个叔本华的哲学家的文章，篇名叫：《要么庸俗，要么孤独》，我感到特对我胃口。我现在跟人，跟鬼，跟狗，交流起来都有些困难，所以，就如饥似渴地读起来。结果，就跟他们起了矛盾。"

地下疯子突然就又噫噫吁吁地胡乱嗝起来：

"剪贴一个又一个黎明，

怎能穿透夜的寒冷。

风铃已经远去，

飘进了月亮中。

碎了一地的，

是那模糊的笑容

……

社会学家："又把疯子给逗引起来了！"

狗："我觉得，只有我，似乎能理解一点他内心的苦痛。"

八十　热点

　　社会学家问狗："今儿个上哪去浪了？"

　　狗："度假村。"

　　社会学家："你不是嫌他们整日里种花弄草，写点酸诗，伤春感秋，不问世事，腻烦了吗？"

　　狗："总比公园那一帮整天看猴戏的残疾和广场挤在公园厕所旁蹭 wifi 打游戏、打麻将、看烂片与黄色小说的那另一帮强吧？"

　　社会学家："这倒也是。有故事吗？"

　　狗得意："当然有。"

　　社会学家："快快道来？"

　　狗："最近京城娱乐圈蹦出了条大新闻。"

　　社会学家："啥大新闻，说说？"

　　狗："一主持人与另一导演，一作家，一女演员，全是一流的大腕，相互掐架起来。"

　　社会学家："何因？"

　　狗："后三位，是好多年前有一部很火的电影《呼机》的编、导、演。"

　　社会学家："似乎记着。"

　　狗："其实，这部电影是聊出来的。"

　　社会学家："噢？"

　　狗："当时，那导演正为没有可拍的剧本发愁，几哥们儿呆一起发着呆，突然，那大腕作家说，看你们一个个的呼机不停叫，何不就此拍一个《呼机》出来？一

定吸睛，搞定上座率。导演大腿一拍，'好点子，绝对
的热门题材！'"

　　社会学家："有点新闻记者抓新闻的感觉。《红楼
梦》是曹雪芹十年功夫磨出来的。"

　　狗："教授，你也是真 out 了。现在是什么时代
了？艺术作品早都已像工业流水线上的啤酒一般了。其
实也在理，世上好多事，它就是相通的。就像我们狗，
吃人屎时，总是拣刚屙的，热乎的，有味。过了两天的
人屎，吃起来，就没啥味甚至馊了。"

　　社会学家："你这一说，我就理解了。这跟我当年
当教授时写论文一个理，要抓最新的社会热点、时髦事
件与话题。"

　　狗："yes，教授你说得对。当时，这位作家与导演
进一步苦思冥想，把男一号定在了主持人这一职业上，
说这可更加吸引观众。可是，苦于没有主持人这方面的
生活。俗话说'巧妇难为无米之炊'。所以，就想到了
他们在电视台当红的一位名嘴——他们的半拉子朋友，
想从他那里讨点生活。"

　　社会学家："我虽然是搞社会学的，似也懂点文艺
创作的规律。这不是主题先行吗？就如男女之前没有床
上生活，却想生出个娃。反着来？"

　　狗："嗨，教授你确实是古板了些。我刚才不是打
了比吗？连他们自个都说，就是想挣快钱，哪热往哪
跑，还顾了有生活没生活？到他们那位儿上，文学，电
影，就是他们手掌心里的一碟小菜，随便玩儿。只要逮

着个热点，做出来热腾腾端上桌，观众都是老粉丝，哪管了菜是地里三个月长出来的，还是大棚里三天催出来的。这就是人气！我上次不是作了比嘛，就如那坟头上的火苗，即便上坟的人走了，我们想捞点儿祭品吃，可是，一股风过来，就又把它给煽乎起来。我们众狗往上浇尿，放狗屁，反而是适得其反，那火倒是越压越旺，常常烧了我们的狗屁眼与尿眼。"

社会学家："这在社会学上叫类积效应：一种品牌，一但做大，就会成霸王餐，通吃。别人再日能，也只有舔点他们残汤剩羹的份儿。"

狗："那名嘴真把两位当朋友的待，就讲了本行里一些个所谓在他看来的'烂事'，这导演与作家就把他讲的，写进了剧本。后来拍成了电影，结果，就火了。"

社会学家："这不就结了？听上去，几方皆大欢喜的事。"

狗："什么呀，那主持人一看电影，火了，电影上，主持人讲的那些'烂事'——其实也算不上个什么烂事，也就是利用职务之便，搞了个婚外情玩了个把女人之类的。在一般人眼里，这男一号，基本就算电视界的道德楷模了。你想想，报道出来的，他们那行，有多乱呀，光跟大领导们轮着睡的女主持，就有多少？可是，这位名嘴，按那北京来的文化人的话，就是有点道德洁癖症，大为光火，说是俩作家与导演欺骗了他，污了他的名声。还逼着大作家几次三番给他私底下道歉。

那位大作家是度假村北京来的文化人的同窗，私下里曾跟其诉过苦，埋汰名嘴：'真是个傻逼，没看出，我其实是在褒他。像他这样相对干净的主持人，现在在他们那行还有没有？再说呢，文艺创作嘛，本身就是虚构的产物，他却把它当真事了看，可见其水平与胸襟。这样的人也能当一流的大腕主持，你就知道现在他们那行的水平之洼。"

社会学家："我有同感。这算个啥呀。别说社会其它行了，就说我所在的大学吧，我们教授们发表个论文，有几个不是拿钱给学报总编，请吃又请喝，请搓又请泡的？再说，诱奸了女研究生的还少吗？"

狗："是的，北京来的文化人一个劲地替他同窗辩解，还从手机上翻出一个贴来给我们几个人与狗念。"

社会学家："啥贴？"

狗："是一个逃到国外的贪官给儿子写的信。"

社会学家："说了些啥，讲讲？"

狗："那贪官给儿子在信上说：儿呀，既然你选择了一定要混仕途这条路，你就一定要把我下面的劝告铭记在心：

1 不要探询事物的本来面目，这类事情尽管让一些有所谓良知的傻知识分子去做，你少掺和。2、不但要学会说假话，更要善于说假话，要把说假话当成一个习惯，说到自己也相信的程度。妓女和作官是最相似的职业，只不过，官员出卖的是嘴……等等等等，长着呢。想听了，我以后慢慢给你讲后边的。言归正传，说今天的话题。那北京来的文化人念完贴，感慨‘比比这些个，我那同窗可真真正正是在电影里夸他呢。可是，那名嘴却不领情，真是好歹不识。”

社会学家："听上去，好像是好多年前的事了嘛，如何近日又将它剩饭一般翻腾出来？"

狗："教授你有所不知，这导演与这那作家，最近又整出一个本子在拍，片名都起好了，叫《呼机2》，这一下子，唤醒了名嘴已忘了多年的愤怒，彻底惹翻他，召来一大堆媒体，将对方编、导、演仨掘祖坟一般狠揭，把过去几人间私地下说的话全兜了出来。这几天，简直手机都刷屏了。而且还流出一张仨亲热相偎的照片来臭对方。"

社会学家："那仨呢，没有出来反击？"

狗："没有，只是那位美女大腕跳出来回应，敷衍了一下。"

社会学家："肯定是那两位大作家大导演还念及过去哥们情份，想私底下息事宁人。而这位美女大腕却脑子简单地蹦出来。"

狗："那北京来的文化人也是这么想的。一再在饭桌上替同窗鸣不平。‘怕他个做甚？还不出面跟他干？艺术作品嘛，又不是新闻报道。"

社会学家："就是呀，为啥默声呢？有短处？"

狗嗤："你们一个个，听上去，又是大文化人，又是大教授的，认知，真还是不抵我一条狗！"

社会学家有点儿恼，责："你这是放的什么狗屁？"

狗："教授，你们人，大部分脑子简单，想事情都不会转弯。其实按我分析，几个名人其实都在偷着乐呢。这不是不花钱给电影作最好的广告宣传？几个甚至巴不得正等着那名嘴再抖惊天大料：说这名导其实十年前就跟名演妈有一腿，老少通吃，比我们狗在那方面还乱……"

八十一　狗窝的骄傲

夜黑风高，社会学家与坟头的狗又私聊上了。有鬼不满，"大声点，别开小灶。"

却引来疯子的几声叫唤：

"姑妄言之妄听之，

料应厌作人间语。

戈壁夜黑风吹过，

且待坟头狗唱诗。"

有鬼责："你个疯子，整日里尽嘟嘟这些个我们都听不懂的，闭嘴让我们好好听狗讲好不好？"

社会学家对狗："大点声，让大家伙都听。你今天去广场又见到他们人在整什么景？"

狗："那里正在搞一场家狗比赛。"

社会学家："新奇，以前只听人有各种赛事，还没听过狗赛的。"

狗："这年月，你没赶上的新鲜事多了去了。广场一年四季，除过冬天，几乎天天有花样。"

社会学家："别扯远了，就说说这狗赛？肯定众鬼们都支着耳朵急等着听。比些啥内容？"

狗："道德、技能、智慧。"

社会学家："一项项来，咋个比法？"

狗："先说这道德。让选拔来的狗一溜儿站一排，将牛排、猪肘什么的，放在它们前边，看哪一个能熬住不去捡，就算胜出。"

社会学家："结果呢？"

狗："没有一个能经住诱惑的，全部淘汰，拦都拦不住。有两只，直接就刁上一溜小跑回家了，主人跟在后边撵都没撵上。"

社会学家："天性！"

狗："什么天性！还记得我仨兄弟救那地上疯子的事？五六里路，大太阳底下，嘴里刁着火腿肠，一天好几趟来回，是咋过来的？"

社会学家："谁让你放下家狗不当当野狗?不然，这'道德模范'称号还不是你的？"

狗："接着说下边的'技能'表演——真也是好笑，就是把喷泉开起来，接着是放两堆火，看家狗们敢不敢穿过去。"

社会学家："结果呢？"

狗："还用问吗？一个个吓得屁滚尿流往后缩！想当初，我仨在桥洞下救疯子时，那个浪急，随时都有被冲走的可能。我仨硬是把他死拖硬拽到了安全处。为它找纸箱板和棉絮套时，几次桥上桥下地冒着险折腾，有一壕沟，那么宽，都叼着棉絮套跳过去。哪像它们一个个熊样！就那，大赛还选了一个稍稍不怕，离喷泉与火堆近一点没怎么退缩的，脖颈上给套了个牌牌。"

社会学家又要开口，狗阻："我知道你要说什么——'要是你不跑出来当野狗，那牌牌肯定属于你'什么的。我听着烦。直接说下边的——考所谓的'智慧'。"

社会学家："前两项还好说，这第三项，咋考？"

狗："他们有办法。当然，在我看来，幼稚得可笑——让一个个人上前去，站在狗面前，每人说几句角色属语，让狗们猜：每个人是什么社会角色——头儿？还是医生、教师？还是下岗职工……。认为是头儿的，叫一声，认为是医生教师的，叫两声……以此类推。然后，再让人之间随便来几句，让狗们猜他们此时是高兴，还是郁闷。然后，再相互做几个动作，让狗儿们猜他们是亲热关系，还是宿敌关系，还是表面亲热其实是宿敌或是表面是宿敌其实是亲热关系……"

社会学家："这倒有些复杂。真可是考智商。"

狗嘻："教授，你也真是见识高不到哪去。这些个小伎俩，我看着就笑。我平时，从墙弯的狗屎中，就能嗅出是野狗屙的，还是家狗的；是家境不好的屙的，还是达官显贵家狗屙的。我还能从狗屎中，嗅出它们一个个是营养不良还是得了三高或癌症，及是哪类癌？不光能识狗屎，从公厕走出个人，我能从其身上嗅出有没有及还剩多少人味了，屁股上的屎擦干净了否……"

社会学家："啧啧，你太智慧了！"

狗："有一条戴项圈的狗，其实是我同窝，在赛台上，就它，比别的狗识人准点。结果，我看到台下我另一同窝就激动成人，大声吼叫："你真是我窝的骄傲！去拿世界杯，冠军也非你莫属！""

八十二 拧巴

社会学家问狗："讲讲这两天外边的新鲜事体？感觉你近来常常早出晚归。"

狗："的确是。上次我说的那事，基本上让我给预测准了。"

社会学家："啥事？你天天说的事太多了。我记不住。"

狗：" 就是那个京城的主持人与几位名编导撕逼。现在是弄得凡有人堆处，皆在道此事。"

社会学家："你都去了哪些人堆，咋议论的，道道？"

狗："先说街上那算命的吧，现在天天围他身边的，不是让他算自个及家人的命运如何，而是一个个排着队让其算《呼机2》公演后，上座率能达到多少，全城人有几成去看。"

社会学家："啧啧。真让你给言中了。"

狗："我到公园去，那一帮残疾也在论这事。坐在轮椅上，相互还因支持的人不同几乎撕把起来，把轮椅弄得团团转。"

社会学家："至于嘛，关他们屁事？"

狗："空虚，空虚就无事生事。不然他们干啥？一吵，就觉得他们自个也变成了名主持与名编名导什么的。"

　　社会学家：“人有这种德性，社会学理论上，这叫角色替代。有的演员，入戏太深，戏演完了，还觉得自个不是自个而是角色。”

　　狗：“到广场，那一帮蹲在豪华厕所台阶上蹭 wifi 的，有几个也在哪里争得脸红脖子粗；去到度假村，几个文化人酒桌上，也是在辩这事。北京人的那狗，桌子底下悄悄跟我聊，说也被撩拨起来了，届时，一定一定偷偷跟在主人身后，那怕去跳到电影院外边的窗台听听或是隔着门缝瞅瞅，究竟是一部啥不得了的电影。”

　　社会学家：“啧啧，把狗都吸引成这样。”

　　狗：“还有呢，地上那疯子，不是现在已经好了，还被聘了去每星期给疯人院的疯子作疏导嘛。说是院长已经跟他打了招呼，届时，让他领一帮已在恢复期的病人集体去看看，说这对病人的康复有好处。”

　　社会学家：“为啥？”

　　狗：“因为那作家透露了，这片子的主题就是把拧巴了的事情再想拧巴过来。他的病人们，就是被生活这根绳给拧巴得迷糊了，才死钻牛角。”

　　社会学家，“噢，这倒是有道理。”

　　狗驳：“有个啥道理呀！教授，你们人，就是会从众，会被呼悠，把本来简单了的事往复杂了整。我一条狗，看得清清楚楚。”

　　社会学家：“说？”

　　狗：“这其实就是人屎与狗屎的关系。”

　　社会学家好奇：“噢？”

　　狗："我们狗屙的屎，少，因为肚里肠子短，没有那么多的弯弯绕，所以出屁眼后，往往是一直条，最多也就是稍弯一下。你们人的肠子长，肚里曲里拐弯，所以，屙出的屎就拧把得像麻花罢了。疯子起初不听我说，跟我们遛墙弯时，错把人屎当麻花，品了一次，就认识了。结果后来我们逗着他吃，就再也不吃了。"

八十三　疯歌舞

蹭"鸡"儿媳妇者问狗："好长一段不聊了，最近外边有新鲜事吗？"

狗，"有。"

蹭"鸡"儿媳者："道来？最近一晌挺寂寞。"

狗："傍晚，天天呆在广场，看歌舞比赛。"

蹭"鸡"儿媳者："这有啥新鲜？你以前老说。"

狗："地上那疯子，也带着疯人院的一帮，参加表演。它们一上场，把其它各单位各街区的演唱队全震下去了。几轮下来，最后听着好像还得了个什么奖。"

蹭"鸡"儿媳者愕："我的天，他以前疯成哪样，现在又精神成这样！啥表演，把别人都给震住了？"

狗："听别人说都是四十年前的老歌舞。人们都怀旧，一帮疯子上了台，又没个啥顾忌，扯开了嗓子吼，放开了身子扭，把在场的人们情绪全调动了起来，跟着一块唱，一块扭，弄得广场上山呼海啸的。所以，就获了奖。"

蹭鸡儿媳者："啧啧。"

狗："他们排练时，我也时常遛到疯人院，趴在窗台上去瞅。疯子没去时，一个个蔫头耷脑，死秧倒气，在那里睡的睡，躺的躺。疯子一去，全都呼拉一下站起来，个个精神抖擞，就像猛地打了鸡血一般，说让排队就排队，说让唱什么歌，就可着嗓子唱起来。说让咋跳就咋跳，一点也看不出有病的样子了。　连疯人院院长都感慨，说：一个疯子，顶过他十个大夫。所以，支持得很。"

蹭"鸡"儿媳者："慕啊！我在世时，夏天也天天上广场去。看那表演。红红火火，似天天过大年看秧歌队般的热闹。来到这里后，全是死鬼，没有一点儿人气，要是疯子能来咱这儿就好了，可每天组织大家伙乐呵。"

地下的疯子突发声：

一次次地穿越，

到那过往的岁月，

一片血色的海洋，

一群疯子，

他们的无知与力量，

甚至可以将地球毁灭

……

女人："真烦死个人，每次咱们唠得正好，他就插一扛子吵吵起来！"

蹭"鸡"儿媳者："咱这里，躺着好些个有权势的大人物。不是还有一公安呢嘛？提议整个黑坟，把他单独关入，闭了他的嘴，发不出声来。别再让他呲呲这些个。影响别人的情绪。"

贪官："正合我意！奶奶的，我一直怀疑，我的案子，就是地下疯子这种人，鼓动着告的。不然，我哪能寻死，跟你们躺在这里？还不在台面上正吃着香喝着辣？不定，每晚，就在那评委席上坐着在观戏！"

八十四　试验

狗夕归。

蹭"鸡"儿媳者问："近日又觉你早出晚归，也不跟我们聊了，都上哪去浪了？"

狗："疯人院，趴栏杆外的窗台，观那疯子给疯人院里的病人讲《二十四孝图》。"

蹭"鸡"儿媳者："什么二十四孝，不懂？"

狗："好像是本古书，教人讲怎么孝敬上辈：'埋儿孝母'，'卖身葬父'……什么的。"

蹭鸡儿媳者："见鬼，他还日能上了。一个疯子，他是从哪里学的这些个？"

狗："以前我不说过？他疯得厉害时，曾整日带着我们几只狗，大街小巷遛跶时，专爱到那些个打扮得漂漂亮亮的标语牌下，念叨上边的内容嘛。公园里近两年也新竖了一些个这些牌牌，其中一些个牌牌上就画着上边我说的那些图。特别光鲜，每幅图都配一个孝子故事。疯子天天去，天天念，就记下了。我们几个狗也就记了个半熟。所以，他一念，我就知道。"

蹭"鸡"儿媳者："不懂，给那些个疯子们讲它，能起个啥效果？"

狗："疯子给我说了，是疯人院院长的点子。说用传统文化来教化精神病人，也许会起到神奇的药物达不到的效果。说疯子，不就是服伺哥嫂，渐渐清醒过来的。"

社会学者：“这事听起来耳熟，记得几十年前，报上就曾报道过：有人用念伟人语录，让聋哑人重新听见声音说开话。”

狗：“对对对，疯子对我说，院长也给他这么说的，院长想拿这事写篇论文到报纸上发，说：‘别说多，只要能在一两个病人身上起到些效果，就算成功。他的论文就可以拿大奖。”

社会学者关心：“效果如何？”

狗：“我没看出有啥效果。那些个疯子们，一个个听着，死秧倒气地打哈哧，根本没有唱歌时那么精神。”

社会学者：“那院长还让他讲个啥？扯蛋！”

狗：“呃，我听疯子下来给我说，院长兴头还蛮大，一再鼓励，让他坚持。说科学研究哪有一次就成功的？灯泡是一个叫富兰克林的美国人发明的，光灯丝试了一千多种材料，你这才试了几次？”

地下疯子：

送葬路上的金幡，

只有举它的鬼，

知道那是骗术

……

假菩萨身抹金粉，

往往可达到乱真的目的……

八十五　鬼装钟馗

蹭鸡儿媳者问狗："你昨天说的那二十四孝图中什么'埋儿孝母'、'卖身葬父'竟究是怎么个埋法，怎么卖法，我挺好奇，今儿个给我讲讲？"

狗遂一一道来。

蹭"鸡"儿媳者笑："世上哪有那样的事，连我这不读书的，都知道是拿来编了骗人的。还'埋儿孝母'，卖身葬父'。我在世时，你多花儿子一个子儿，他脸吊得跟驴似的。"

交警："我以前说过的，我就是儿子没占上我的便宜，才把我死凿到这里来的。"

人类学家："曹雪芹早说了的，'痴心父母古来多，孝顺儿女谁见了？"

科长："我发现，生活中，越是哪方面一塌糊涂，书本上，就宣传得越叫劲。"

文化干部嗤："我干了宣传大半辈，早都知道这些个。你们在世时注意了没有？一阵阵，大街小巷就会出现奇头巴脑的标语：什么'只生一个好，政府管养老'——那就是偷着生娃的多得管不住了。这一两年，又是'养老要趁早，多生娃儿好。'——那就是生活成本太高，大家伙都不生娃了。"

贪官："你说得太对了，我说点我自个的感受。在世时，也是个相当的头嘛，经常作报告。每一个中心任务一来，这方面的口号实在是像走马灯一般，多得我念了前边忘了后边的。"

社会学家："冒昧地问你一句：你落马临来这里前，稿子上念得最多的口号是什么？"

贪官脱口而出："老虎苍蝇一起打，坚决扼住腐败蔓延势头。"

老市长突发声："记得四十多年前，报纸上经常有伟人如何受全国人民无限爱戴，接班人无限忠于伟人的内容。结果，没两天，却传来接班人篡权失败摔死的新闻，令人惊愕。后来，伟人逝世时，也是报纸上全是团结一致在谁谁谁身边之类的，后来发生的一切，与报上宣传的全颠了个儿，令人大跌眼镜。"

社会学家慨："历史是个鬼，装得像钟馗。"

八十六　打胎

有鬼道："感觉有好些个鬼节都不见疯子的父母来给他烧纸了。"

狗："我前晌去过趟老小区，听一群蹲南墙根晒太阳的闲扯，似乎说起了他父母。"

蹲"鸡"儿媳者好奇："说他些啥？"

狗："说当年，疯子母亲在生了他后，好长时间再没怀上胎，好不容易多年后，终于怀上了。可那时，计划生育政策开始了。厂里妇联主任反复给他父母作工作，并且说了如果不做了它的后果——开除公职什么的。俩口子经不住吓，终于还是在小孩月份很大时，打了胎。为此，疯子母亲大哭了一鼻子。

可是，那妇联主任一段时间，却说要去老家东北探父母，去后找各种借口拖了三四月。回来后，就有人说是从东北传过来消息，她生了个大胖小子。说是她走时，肚子就出了怀，有经验的人看出来了。

这妇女主任之前就生有一女，这不就是带头执法犯法？疯子俩口老大不舒服。还有一些别的职工，都不满，偷偷给上级组织写信。可是，妇联主任有办法，竟然从老家公安部门整出个自个是满族的证明来，按政策可以生二胎，把大家伙弄了个大眼瞪小眼，这事就不了了之了。

又过了一些年，厂子不景气，要倒闭，厂长与几位头儿从银行贷款，把厂子低价买了下来，将好多不顶使的工人几千块钱打发下岗了事。

这厂长给公家干时，厂子连年亏，厂子一变成自个的，嘿，连年盈，赚了个盆满钵满。一儿一女，学习本来一个比一个差，可是，全让两口子用钱送出了国。现如今，儿子在美国，女儿在英国。家孙外孙六、七个，老两口忙不颠地美国英国间往来带孙子。发回来的图片，两人白胖白胖，搂抱着一大堆孙子，乐得合不拢嘴。"

女人耐不住，关切地问："那这疯子的父母呢？"

狗："工龄买断后，日子是可想而知的拮据，后来，吃起了低保。老两口上了岁数，一身的的病，死扛，不去上医院，小病拖成大病，每天还要以拣废品添补家用。"

蹭"鸡"儿媳者："我能想象得到，那就是我在世时过的日子。"

狗："你听我把话说完。那厂长两口子，以前家养有一狗，走时，竟然把狗抛弃了，饿得皮包了骨，也跟疯子父母一样，整日里在小区扒垃圾筒。疯子父母看不下去，就每天拣破烂时，从垃圾筒里翻点食物喂它。一来二去，这就有了感情，领回家去养。这两年，疯子爹瘫在了床上，只靠疯子娘出去捡废品。疯子娘没力气，这狗就派上了用场。他们托人从工厂找来四个旧轴承，做了个简易推拉车，每天，将小狗用个套子拴在脖子上，在前边拉牵，帮衬着疯子娘省点力量。小区里的人都说，其实，那狗，就等于是他们养的儿子。"

众鬼一片唏嘘。

惟疯子一语不发。

八十七 补上坟

坟圈里，一阵噼噼啪啪声响。

蹭鸡儿媳者：“咋回事，一大早的，今天又不是什么鬼节？”

狗：“是我。”

蹭“鸡“儿媳者：“我猜到是你的动静，这是在上边整什么景？”

狗：“我昨天跟疯子的妈在旧小区见着了，说众鬼都在咕叨，别人家的亲人都时不时地前来看看他们。就你儿，好多个鬼节都不见亲人来给他上坟了。疯子妈就抹开了眼泪，说，‘你看我这情况，他爹躺在床上，我关节疼得厉害，能去得成嘛！’。就让他家小狗身上捆了点香纸和吃的，今天跟我一同来，看看疯子。”狗接着问：“疯子，你在地下听到了吗？你妈托你狗兄弟看你来了，给你带了些吃的，有几个油饼，两个猪蹄，一包糕点……我听你妈念叨，这些个，都是你小时候最馋的，逢年过节才能吃上两口。今天，好好闻闻它吧，也算是你娘疼儿子的一片心意。”

疯子：“太阳，

又升起来了，

红红的，

像一个刚刚蘸过的人血馍头。

母亲，

你带来的馍头，

也蘸着同样的血吗……"

蹭鸡儿媳者："这娃，咕叨啥？你妈好心让你兄弟来看你，你就说这些个，瘆人！"

疯子：

一切爱，都带着刀剪。

一切祭品，都是充饥的画饼。

一切情感，都是过眼烟云。

真正的信仰，其实没有呻吟。

最深的苦难，其实没有眼泪。

……"

蹭鸡儿媳者慨："我虽然听不大懂你在嚷些啥，但我能感觉到，你没有一点人味！"

社会学家驳："此言差矣！其实我感到，在我们这群鬼中，他最有人味，心最善良。他的诗，我感到比那个海子的更好。所以，内心深处更孤独，更疼苦。他虽然老念叨是挂了课，女朋友负了心，才跳楼的，那是他的托辞。据我在世时掌握到的，他的死，另有隐情——价值观方面的问题，信念倒了。"

贪官突言："狗屁价值观，狗屁信念！我当了大半辈子的官，天天在台上念稿子，谁信了那些个虚无飘渺的玩意？不致于为个它，就了结了自个！"

社会学家反诘："那你是怎么死的？"

贪官："我以前没说过原因吗？要不是后脑勺有枪顶着，我他妈宁可如狗一般地活着，也不会跳楼！"

八十八　闻香

有鬼问狗："这几日听不见你动静，在干嘛？"

狗："看小说，在手机上。三天三夜，几乎没吃啥，半夜都趴在坟头，就着月光在看。"

鬼"好家伙，这不是废寝忘食？记得我高考那会儿，都没你这么用功。"

狗："实在是太吸引我了！"

鬼："讲给我们听听？写的啥，好像我在世时，这劳什字就没什么人看了。"

狗："你说得对。你们人不看它，现在轮到我们狗看它了。"鬼："直说，是一部啥样的小说，把你一条狗倒吸引成这样？"

狗："这小说篇名叫《狗聊》，专门就写我与你们地下这群鬼聊天的事，看得我狗洞大开，联想到好多。"

鬼："噢，你是怎么翻到这小说的？"

狗："这叫吸引力法则——如果心有灵犀，就是狗与人，也能在茫茫狗海人群中相识并相知，现在是网络时代。"

鬼："这人倒是，写了小说，不给人看，却找狗看？"

狗："他给人看了——他可是当年堂堂最高学府中文系专门学下文学的。他发到他们班群里甚至校群里过。你想想，那都是些什么人，据他说，现在，全是专家教授的。"

鬼："那不就找到知音了？怎么会现在发给你一条狗来看他的小说。"

狗嗤："他的同学没多少人愿看。"

鬼："为啥？把条狗都吸引得不吃不喝，人倒反而不看它，况是他同窗？"

狗："他说，他的那帮同窗，只认名人。"

鬼："怎么个认法，讲讲？"

狗："他们班有个全国知名的大作家，前不久，有个著名节目主持人出来揭了一下这位大作家的短，这位大作家倒没出来吱声，却是他的好几位同窗跳出来驳对方。他就客观地在班群里评了下同窗，说了些他作品的好，也说了些作品的不足，这下，可把他同学们给惹下了，群起而攻之。可是，弄了半天，他发现，好些同学，其实根本就没读过那位大作家的东西。他可是把那位同窗的作品翻肠倒肚地几乎全看了，就非常感慨。所似，他也就再不在班群与校友群里贴他的小说了。知道现在确实是没人看这劳什子。只能交我这狗看。"

鬼："那他的那帮同学都在手机上干吗？"

狗："扯蛋。"

鬼："都扯些啥？"

狗："天南海北，东拉西扯，觉得一个个无所不知：谈起政治，都变成了川普与普京；扯到艺术，好像又都成了毕加索和达芬奇；拐到经济，就好像凯恩斯索罗斯都比不上他们；议起哲学，个个就是当代的亚历士多德与柏拉图；论起科学，又都变成了爱因斯坦与霍金；讲起历史，能从大禹治水直扯到清朝灭亡；说起人类的共同命运，就好似个个站在空间站上的宇航员在鸟瞰地球。特别是群主，显得自个是个什么了不起的大爷，自我感觉良好，明里暗里，有意无意，显示自个是皇城根的土猪，不但居全国中心，甚至居世界中心，有一种得意的身份感，其实恰恰和个农民一样，也就是个一亩三分地的主，似一个小村子里的赵太爷，但还不许别人姓赵。赵家人身上的那些个德性，他们身上样样不缺甚至更甚。这位贴了下他的《狗聊》。群主看都不看内容，就说，'现在没人看这玩意，'禁止他再发，他顶了两句嘴，又说：'好的文学作品的力度与生命力要远远超过时事短文，它能从更深层次上启蒙与陶冶国民心智！'可是，群主回了一句——'你给狗陶冶心志去吧，'立马踢他出群。这作者非常感慨：一慨人性，谁当了'赵太爷'，不管是真实的，还是虚拟的网络空间，都是一样的跋扈；二慨现今的社会，太浮躁。若大一个中国，已经容不下真正有思想深度文学作品的角落，不管是在现实中还是网络里。所以，寻到我后，激动不已，说是众里寻它千百度，知音却在狗群里。"

　　鬼："也许是他自个的东西写得真不咋样。你以前不是说过什么'达克效应'吗？"

　　狗："不知是你们人退化了，还是我们狗进化了。就像我以前说过的，一根肉骨头，在没煮熟之前，你们人，十有八九，闻不出它的香味来，而我们狗却能！"

八十九　进化

狗：

"空榜扬虚假之名，黄土埋不坚之骨。

田园百顷，活时被儿女争夺；

绫锦千箱，死后无寸丝之分。

青春未半，而白发来侵；

贺者才闻，而吊者随至。

苦苦苦！气化清风尘归土。

点点轮回唤不回，改头换面无遍数。"

有鬼问："你这又是念的那一折？听得不大懂。"

狗："这是这位写《狗聊》的作者最近新写就的一篇，其中引《金瓶梅》中的一首诗。"

文化干部："乖乖，你进步得有些忒快！"

人类学家："不，应该说是'进化'"

狗："一切往事，都在梦中；

一切信仰，都是呻吟；

一切欢乐，都带着虚假；

一切苦难，都没有泪痕；

一切哲理，都是旧话重温

……

文化干部，"啧啧，这又是谁的诗？"

狗："这小说作者引当代著名诗人北岛的，我给改了两爪。"

　　社会学家："你还是条狗吗？我的学生中，最聪明的，都没有你这么脑瓜好使。"

　　狗继续："当拿破仑进军巴黎时，有一家报纸所用的标题诠释了什么是人之本性：

　　第一天：来自科西嘉的怪物在儒安港登陆

　　第二天：吃人的魔鬼向格腊斯逼进

　　第三天：卑鄙无耻的篡位者进入格勒诺布尔

　　第四天：拿破仑 波拿巴占领里昂

　　第五天：拿破仑将军接近枫丹白露

　　第六天：皇帝陛下于今日抵达自己忠实的巴黎"

　　社会学家："啧啧，都涉进了欧洲历史！"

　　狗："我近来，与这位在手机上写《狗聊》的作者成了好朋友，经常隔着屏聊。越聊越起劲，越聊，越觉得上瘾。他也把我当成了最投缘的知己，经常把他写的东西传过来让我看，让我改。所以，跟你们就聊得少了。我得出条体会来，真正投缘的知己，不在身边，在远方。"

　　地下的疯子突冒语："不在同种，在异类！"

　　人类学家慨："这是一种新的物种进化现象，很值得研究。"

　　狗接续："你说得有些道理。我其实，去度假村那边也少了，感觉他们那点水平，也就那样。我整天都是在跟他聊，天南海北，无所不涉。我慨与他聊脑洞大开；他慨与我聊也是大长见识，思维现今也是如狗脑般深邃。"

　　社会学家："这位作者有名没？"

狗："无名。他的《狗聊》几乎就是专写给我这条狗看的，所以才起名《狗聊》。我前几日，偶尔也去度假村了一趟，也把我与这作者交流的情况讲了。那两个文化人也慨，说是比起这位作者来，那个上次从京城来的相声演员，算个啥呀？还倒处招摇！真是真人不露相，露相不真人。"

人类学家纠正："应该说是'比起你这条狗来'更确切！"

社会学家："怎么又扯到那位相声演员？"

狗："那当地文化人说，那相声演员来送戏下乡的几天里，他虽然少有机会接近曾是同点的他，只能远远地站在人群外边望着他表演。但他能听到，不管是他到乡下给农民们，还是到公园给那一帮残疾，到火葬场，还是被疯人院邀去给疯子们说相声，全是老套套，几十年前说过的那一两个旧段子，没啥个新创意。当年在知青点上老念错字，到现在，仍是那样。一天都没上过大学的他，听上去后来，似乎还去什么艺术学院混了个了硕士。说是难怪当年相声演员追他老婆他老婆没动心。几十年后，尽管他腾达了，老婆仍不把他当个人物。

地下疯子又突然发飙："郁郁涧底松，离离山上苗。
以彼径寸茎，荫此百仗条。
世胄蹑高位，英俊沉下僚。
地势使之然，由来非一朝。
金张藉旧业，七叶珥汉貂。
冯公岂不伟？白首不见诏。"

狗："然也！"

九十　丑闻

　　狗："人生南北多歧路，百代兴亡朝复暮。江风吹倒前朝树，功名贵显凭无据。费尽心机，总把流光误。浊酒三杯沉醉去，水流花谢知何处？远遁听江风，小舟从此逝。蓦然回眸，神仙却在逍遥地。"

　　鬼问狗："这又慨的是哪一桩？别看我们这地下又是人类学家，又是社会学家的，近来倒是跟着你一条狗脑的思维在打转？"

　　狗："不是我慨，还是这位《狗聊》作者写的，传过来让我看，有些不妥处，我又给改了两爪。"

　　鬼问："平空来这么首酸词，有啥说道？"

　　狗："当然有。他不会像有些无聊文人那样无病呻吟的。最近，发生了一桩大丑闻。"

　　鬼："快快说与我们听？"

　　狗："有一过去的著名媒休人，向最高法院叫板，捅出一截一位法官自录的视频，说经他手审理的一桩经济纠纷的卷宗，竟然在办公室不翼而飞，后来又重长了腿般地回来。其实在审此案之前，他顶头上司就曾示意他推翻下边法院的正确判决，将案子翻过来。他没照办，怕引来不测，就自录视频以自保。最近两天，成了网传大热门。中央都成立了联合调查组进去了。"

　　社会学家："啧，啧，连最高院，都会发生这种事！"

　　人类学家："这事与你上边诌的那诗是个啥关系？"

　　狗："这《狗聊》作者有位同窗，在校时是学生会主席，毕业后从政，没俩年，就干到了部级。可谓是年少得志。可是，正在风生水起之时，遭人构陷，早早终结了仕途。当时看上去是打击，可是，几十年过去，现在，却无官一身轻，成了世界著名摄影家，一年四季不得闲地抱个相机乐呵呵满地球转，身体跑得倍棒，活成了神仙。这位现在遭媒体人叫板的大领导，以前，还曾是他这位同窗的下属，说不定，下一步，秦城监狱就在等着他。所以，他就发了以上感慨。"

鬼道："听上去没啥趣，司空见惯，听怪不怪。"

狗："给你们讲个有趣的。记得我以前曾给你们说过的那个被揭出来的记者牛三吗？"

众鬼吵吵："当然记得，号称市委第二组织部长。他的狗在对门邻居门垫上屙屎尿，起矛盾，他使了手脚，让对方仕途受挫，对方为躲他，到邻市发展，后来，又转悠到省纪检委，直接经手办牛三案子的那位？"

狗："你的记性不差。这位纪检干部，最近，也出事了。被逮经过，可是有戏剧性。"

众鬼："快讲？"

狗："他正在各地市搞巡视，在讲台上教训下边：'我们一定要不忘初心，廉洁奉公，一心为民'。下了讲台，就被上级纪检来的人宣布给隔离审查了。他还不服，想辩解自个的清白，对方就给他放了盘录像。上边，他赤条条跟个女人躺宾馆床上唠着嗑，竟然非常大嗓门地叫出一句'人不为己，天诛地灭！'。他一看，便再没话说了，知道有人给他下了套，照实全招了一桩桩受贿的事。反而，比那牛三的金额大得多了去了，手段也比牛三恶劣许多。那位邻居儿，自个被查了出来，而且，受贿金额要比牛三大得多，情妇也比牛三多得多。心理压力巨大，竟然上边纪委的只是找他谈了个话，就一根绳子把自个在办公室吊死了。"

蹭"鸡"儿媳者："啧啧。"

地下疯子突又发声："电光易灭，石火瞬消。落花无返树之期，逝水绝归源之路。金銮玉阁，命尽犹若长空；极品高官，运绝却如作梦。黄金白玉，空为患祸之资；红粉轻衣，总是惹事之主；妻拏无百载之欢，黑闇有千垂之苦。一朝枕上，命掩黄泉。空榜扬虚假之名，黄土埋不坚之骨；田园百顷，其中被儿女争夺；绫锦千箱，死后无寸丝之分。青春未半，而白发来侵；贺者才闻，而吊者随至。苦苦苦！气化清风尘归土。点点轮回唤不回，改头换面无遍数……"

有鬼道："疯子你还是闲嘴，听狗讲。我们听得正过瘾。"

狗："那牛三的父母，最近也养起了一条狗，每天早晨放出来，却也是先到对方家门垫上支腿来一泡。"

鬼问："对方家没反应？"

狗："人先没反应，他家狗先有反应，蹿出门就扑上来，两条狗就撕扯上了，打得一塌糊涂。俩狗嘴里，全是一嘴的狗毛。"

鬼："两家主人没拉架？儿子同是受审人，相谈应是特客气？以前，牛三家牛二可是给对门送过高档狗粮的。"

狗："客气个屁！此一时，彼一时也。人也跟狗一样，大吵起来。甚至也跟狗一样，撕巴在了一起。"

　　地下一片笑声。

　　狗："还有好笑的呢。那帮在南墙根晒太阳的老头老太开唰说：俩狗撕咬时，准是一个叫'你撒谎！'一个骂'你放屁！'"

　　傍晚，月明星稀，狗盘在坟头，跟蹭鸡儿媳者私聊上了。蹭鸡儿媳者："讲讲上次那牛三记者你父母与对门邻居的事，我还惦着。他二儿还经常给对门送高档狗粮吗？"狗："你不问，我几乎都忘了。送个屁。我前一段，天天去老小区遛达。蹲南墙跟，听晒太阳的一帮唠嗑。听到些他们两家新情况。"蹭"鸡"儿媳者："啥情况？"狗："这牛三家，也养了一条狗。"蹭鸡儿媳者："噢？想利用狗与狗的关系，继续跟对门套近乎？"狗："什么呀，你就是脑子简单。"蹭鸡儿媳者："咋回事，讲讲，我真是不明白。"狗："这次，牛三家养这狗，是专门对付对门那条狗的。"蹭鸡儿媳者："咋回事，整不明白，以前，不是为了巴结对方，对记的狗在他家门前屙屎尿尿的，他家二儿子还专门送过去狗粮，说是对门的狗粮可能有问题。怎么现在又成了对付对门也养狗了？"狗："对门的儿子三月前，跳楼了！"蹭鸡儿媳者："我的天，为啥？"狗："你说为啥，现在这年头？""又是受贿？他不是省纪检委的，专门查别人的嘛。"狗嗤："脑子简单。纪检委的就不受贿？这些年，暴出为的不是个把。"蹭鸡儿媳者："噢。"狗："这牛三父母养的狗，不知听了牛三父母什么唆使，出门来，只要一见着对方家狗，扑上去，就一阵狂咬，对方狗也不示弱，经常

是两只狗嘴上都沾一嘴的狗毛。以前，那牛三对门蹲南墙
跟，大家总是把最好的地儿给他让出来，他说话，显摆，大
家伙全是竖着耳朵听着。说对了，也是对的，说错了的，还
是对的。自打儿子跳了楼，他就龟到家里再也不出门了。大
家伙就开始编排他儿子起来，说是受的贿比牛三的还大，玩
过的女人比牛三还多。说是纪检委的去抄他儿子家，有个包
险柜，是声控的，儿媳妇也不知其密码。

　　鬼纷问："什么大消息？"狗："记得我以前给你们说
过的那个被抓了的记者牛三吗？"蹭"鸡"儿媳者问："咋
不记得。你说过的。被规后，他父母对对门邻居龟孙子般
的。对方家的狗在他前门垫上屙屎尿，他家二儿子还紧着给
对方家买上送狗粮的。"狗："你说的对，今天我要说的，
不是牛三。而是对门家的儿子。"蹭鸡儿媳者："咋？他有
什么新闻？又高升了？"狗："深个屁。跳楼了。"众狗哇
声一片。女人："咋回事？他不是省纪检委的。专门查别人
的。怎么自个跳楼了？"狗："对头，是专门查别人。而且
还是省一个视组的组长。牛三当年的案子，就在他手里
过。"蹭鸡儿媳者慨："没想到，真没想到，这世界怎么角
变戏法。"只听上边狗又嬉。忙问："你笑什么？"狗：
"半道，我把这事手机上传给了那位写《狗聊》的作者。他
很快给我也回了个段子。"蹭鸡儿媳者："啥段子。念给我
们听听？"狗："说有一贪官，被纪委抄家，抄出个保险
柜，这保险柜是声控的，用其它什么法子也打不开。纪委做
工作让贪官发声去开，这贪官刚开始挺抵触，胡编，说密码

是："人不为已，天株地灭。"可是，让其叫门，保险柜就是不开。纪委就训话，"别抵赖了，你的情况我们已全部掌握，抵赖下去，会加重你的处理。'渐渐，贪官的心理防线垮了，叫了一句：'廉洁奉公，执政为民。'只听那保险柜，'叭——'一声开了。"

蹭鸡儿媳者："就这？"

狗："你听我讲。打开以后，好家伙，把大家伙弄傻眼了，金条，金砖，存折，房契、珠宝，满满一大柜。难怪他死不肯喊出真密码来，其实纪检掌握他贪腐并没有这么大数目，这一下，可是逮着了，结果，被重判了。"

蹭鸡儿媳者：听上去，没啥新鲜玩意，这年头，这类事情真是太多。耳朵都听出了茧。"

狗："你耐着性子听我说。过后两年，这个领着人搜贪官家的纪检委的头儿，也犯了事，也被搜家。搜查他的人发现他也有个保险柜，也是声控的。你知道他设的案密语是什么？"蹭鸡儿媳者："什么？"狗："人不为已，天株地灭。"众鬼笑。

疯子：人生荒诞剧，狗血又滑滑。都言剧还觉是真知。临到终点处，未明蠢如猪。

地下的贪官高声笑叫："这狗日的，终于也有了今天！"把众鬼都吓一跳，有鬼问："你认识他？"贪官："咋不认识，狗刚才一说，我就猜到是他。就是他，当时逼着我跳楼的。那保险柜的密语，就是他查了上边那个贪官受启发，变掉的。"鬼问，"他的情况你怎么知道得这么清楚？”贪官：“他是我情妇的情夫。我能不知道？是她在被窝里告诉我的。”

有鬼提议，既然上边几位提到了价值观，信仰什么的，哪就扯扯这方面。躺着也是躺着，坟墓里的气氛太窒息了。如果能重新出去，每人最大的愿望是什么？谁先来？“蹭鸡儿媳者脱口而出 ：“挣钱，钱太重要，其它都是扯蛋。有了钱，我还蹭‘鸡’儿媳？”

女人：“我最大的愿望是得到男人真正的爱。”

科长：“别惹着人，不图官，不图钱，平平安安过一辈子。”

医生：“赎罪，多救几个病人，绝再不昧着良心多收他们的钱。”

交警“想办法较正儿子的人生观，让他承认老子是对的。人要堂堂正正活人，成功要靠自个，不能靠老爹。”

文化干部：“一是换个不整假材料，假典型的单位。”

厂长：“让儿女们都一个个过得好点，再不能一门心思只图工作，不管儿女们的事，让他们一个个生活无着无落，让人瞧不起。”

老师：“要去兼职，一直干到死，让学生们常来看我。自从我退休后，年关节下，门庭冷落，与退休前反差太强烈。”

砂锅店老板：“还开砂锅店，好好经营，绝不再掺地沟油与罂壳，也绝不再沾股票。”

　　私营业主："做一个不偷工减料，偷税漏税的私企业主，但估计，在现在的社会环境下，还是做不到。只能仍是个两面人。"

　　让狗算命后代是儿子还是孙子的。"使个什么计策，拆散儿了媳妇。她是我情妇中，最最疼爱的一个。"

　　老市长："还当市长，一直都不要退。那种一个人说了算的感觉真是好极了。可以干好多好多自个说了就算的事。那个爽，是没在那个位子上的人根本体会不到的。"

　　贪官："贪贪贪，钱钱钱，女人女人还是女人！查出来的其实是极少数。有经验了，小心点，躲他们查真是小儿科。"

　　上边的狗来了一句："吃屎的狗，离不开墙弯。疯子你呢，怎么不吭声？"

　　疯子："追求真理，是人一生中最痛苦，但也是最快乐的事情。"

　　一切

　　一切欢乐都带着呻吟，

　　都带着

　　一切都是稍纵即逝的追寻

　　一切欢乐都没有微笑

　　一切苦难都没有泪痕

　　一切语言都是重复

　　一切交往都是初逢

　　一切爱情都在心里

　　一切往事都在梦中

一切希望都带着注释

一切信仰都带着呻吟

一切都是命运

一切都是烟云

蹭鸡儿媳者："活了一辈子，到了地下，才稍明白过来。人生是咋回事。当年插队，在我们点上，叫得最起劲要响应伟人号召，扎根农村一辈子的，成了全县先进，到处作报告，嘿，他跑得最早，被推选上大学去了，原来是军区司令的儿，后来，风光了一辈子。教育别人只生一个的我们厂长，背地里，却偷偷做手脚生了二胎。现在，一儿在美国，一女在英国，他两头跑地享清福。我一个工友，只生了一个儿，上前线死了。给了几百块钱的抚恤完事。后来厂子倒灶，老两口双双下岗，摆摊卖菜，老头前几年得了癌症看不起，硬是在家拖死了，丢下个老伴天天捡破烂到晚上十二点。"

科长："我们原处长，就是拐了地上疯子老婆的哪位，一次，单位办舞会，我跟一个女同事搂抱得近了点，他就在会上不点名地敲打，'有些同志，在舞会上太把握不住自个，有失一名党员的身份……如何如何。本来，我确实跟那位同事还真是有那么点意思，一下子被他一席话给浇灭了，甚至楼道里见了面连个招呼都不敢打。嘿，他倒是注意身份，直接把我对门媳妇搂到被窝中去了。害得对门不但疯了，连我也跟着半辈子当垫背的。到这里来，也十好几年不得消闲地受疯子的气。又踹碑又吐痰屙屎浇尿。"

　　贪官："我被人举报后，上边我的靠山在会上大谈反腐成果卓著，下来却对我说，把一些事情先让我揽下来，他自有办法全力保我，保个屁，原来，最后想治死我的就是他。只有我死了，他才能好好活着。硬活生生地在办公室逼我跳的楼。其实，他受的贿，不知是我的多少倍。上次听这狗说，好像是又升了，还升得很大。

　　"私企业主："我上次说了那位，为了揽工程，我给他送钱送房送女人，结果，背地里他却勾了我老婆的那位，每次招集我们私营企业主开会，那叫一个装，大话套话，一串一串的，刚开始，我还信，结果，连连吃亏，市政工程建设的活，都让我身边的包工头揽了去。我还挺奈闷，心想，我的资质不比他们的强。而且，也是严格按他在会上说的去经营，一点儿也不敢越线。可是，别的包工头都上去了，票子大把挣，就闪下我一个。最后，才明白过来，他台上那些话全都是糊弄老实人的。才开始给他送钱送房女人，哪承想，他竟然连我老婆也没放过。"

九十一　狗运

有鬼问狗："近晌，又好长时间不跟我们聊了，在干嘛？"

狗答："上次不跟你们说了嘛，都在手机上跟这位写《狗聊》的作者聊。"

鬼问："都聊些啥？感觉你俩现在是惺惺惜惺惺。"

狗："确实是让你说对了，我现在跟他很是投缘。"

鬼："今天聊些啥？"

狗："他给我发过来一些素材，让我帮着他构思篇新《狗聊》"。

鬼："我的天，狗都当起作家了！"

狗："咋说呢，通过这一段跟他的聊，我觉得，你们人里边的所谓那一个个作家，也就那样，往往是唬你们自个的。好多事，他还真需要我一条狗来点拨。"

鬼："啧啧，啥事？一个作家，需要你一条狗来点拨？"

狗："他说，他前几天，路过市政府门前，发现跪着一群人，在那里上访。走近去，看到一个熟面孔，原来是他发小。"

鬼："这有啥奇怪?人的命运，各有不同。人生的路，是自个走成的。"

狗："你说的没错。问题是他这发小的人生路，太让他感慨。"

鬼："何？"

狗："他这发小，小时候和他一同玩尿泥长大，关系不错。发小家农转非，穷得叮当响，借东家借西家，吃了上顿愁下顿。因是邻居，他家就经常接济发小家点：自个的旧衣服，给他均两件；上学带去的馍，给他分一块半块的。后来，两人考大学，他考得好，毕业后分到报社，下来到市里当驻站记者。发小考得差，上了当地的个一般学校，毕业后，工作一般，还是托他，给调换当了名城管。"

鬼："这不听上去挺好的嘛，怎么现如今跪在了市府门前上访？"

狗："你耐心了听我讲。他这发小，自打当起了城管，穿上了那套制服，就把自个拿不住了。"

鬼："怎么个拿不住？"

狗："对市场上的小商小贩，特别刁蛮。"

鬼："如何刁蛮法？"

狗："有一次，这《狗聊》的作者路过菜市场，亲眼见发小把一车子西瓜给掀翻了；又一次，他在马路口，又看到发小把一个比他爸岁数还大的老农的一筐梨给用脚踩碎了。他实在是看不过，上前去数叨了几句，发小感到他当着众人斥责他，失了面子，竟然跟他争呛起来。这作者气不过，心想：你以前也是从底层呆上来的，怎么现在就对底层的人一点儿也没同情心？你这工作，还是我给帮着整的，你现在人模狗样了竟然顶撞开我了。而且，这明明就是你做得太过份。一气之下，写了一篇稿，给捅到了省报上。结果是可想而知的，发小被停职了。后来，两人就再也没了来往，他只听说发小后来又复职了，但旧习仍不改，总觉得穿那一身制服，就比别人高一头，经常在市场上吃拿卡要，还跟黑社会有瓜葛。结果，被举报了……谁知几十年过去，他竟然出现在了上访的人群里，而且，还跪在那里。他心里就很是鄙夷，男人膝下是黄金，只有跪天跪地跪父母，哪有跪一个门楼子的？这作者很是感慨，总想写点什么出来，可是，却是无从下手，还是我帮他捋明白的。"

鬼："你真日能，咋帮的？"

狗："世上万事皆相通，我讲了我们狗群里发生的事情。"

鬼："道来？"

狗："我不是经常去我们老小区嘛——也是怀旧——小区又聚起了一帮流浪狗，也有若干的家狗，经常在一起厮混。有一条流浪狗，因瘦小而埋汰，一些好心肠的人，经常给流浪狗施舍点吃的喝的时，它根本就凑不到跟前去。所以，身子骨越发的瘦弱，大冬天的，龟缩在树沟里，又冻又饿，奄奄一息，眼看就没命了。有好心人，看不过眼去，就收留了它，整回家去，吃好的，喝好的，没俩月，就养得皮毛油光水滑，身子股壮实得跟家狗一般。而且，身上套了花衣，脖上套了项圈，跟着主人出来遛弯时，趾高气扬，狗头抬得到了主人的半腰。一帮流浪狗想跟他打声招呼，逗他玩玩，他根本目中无狗，几嘴就呵退了。"

　　鬼："狗也有身份意识？"

　　狗："可不咋的，它感觉它跟别的狗已经不一样了。更可气的是，它主人看一些流浪狗可怜，每每出来遛时，给其它流浪狗们带袋狗食来。可是，你知道吗？它竟然就不跟主人回家去了，守着那塑料袋，哪只狗上来，就咬谁。恨得一群流浪狗站得远远的干看着嘴巴流哈喇子吃不上。"

　　鬼："那主人也不管？"

　　狗："管，主人把它撵开去，可是，转一圈，它又重绕回来守着。无奈，主人就抱它回家，好家伙，那个闹腾，那个叫，主人只好放它下来。主人熬不住，先回家去，你猜咋样？它就守着那袋狗食，一直从白天能守到黑夜。"

　　鬼："流浪狗有一群，就怕它一个？围起来，也能把它给咬跑了。"

　　狗："你这还是人的思维。那群狗，谁都躲远远的，没一个敢上的，包括狗头。大家伙都知晓它现在是有主的，不敢惹。其中有一个，实在是抵不住诱惑，或是饿急了，试探着想上去刁一口，你猜咋的？被它按在身子底下，咬着脖子，几乎毙命。多亏了有人挡住它。"

　　鬼："没有别的流浪狗相救？"

狗："救个啥呀。 我不是说了，都知道它现在是被人豢养的，谁敢惹！"

鬼："后来呢？"

狗："也是发生了戏剧性的结果，好日子没常久。"

鬼："为何？"

狗："它太不自量力，得了陇，就望蜀。"

鬼："咋回事？"

狗："它跟主人家原来的狗争宠，不让那狗靠近主人身子，一靠近就咬。也霸食，经常将对方咬得鼻青脸肿。"

鬼："主人不调教它？"

狗："调教，但，根本调教不过来。吃屎的狗离不开墙弯。"

鬼："后来呢？"

狗："这人换了新房，临走，就把它重新抛弃了。"

鬼："后来呢？"

狗："它心有不甘，仍每天去那主人旧居。你想想，房子已经换了新主，人家能搭理你呀。不让他进门，他就死缠在人家门口不走。新主人不喜欢狗，每次，都被打出来。"

鬼："后来呢？"

狗："那新主人看实在撵它不走，有时候，就给它点剩菜剩饭的。没想到，这就招下了，根本就再也不走了，赖在了门洞。惹恼了新主人，儿子在干公安，一天，就给收拾走了。"

　　鬼："会弄到哪去？"

　　狗："能有哪？要么是送到火锅店，要么去送到黑戈壁。"

九十二 真假

傍晚，月明星稀，地下的疯子又哼哼起来：

乌云，

拉着沙漠跳舞。

披上装扮的羽毛，

在虚幻的黄昏，

不知道，

暗夜的匕首，

正在向它临近

……

女人："烦死人了，天天如此！狗，赶快给我们来个故事。"

狗："给你们讲故事费我口舌，你们老是听不明白，还不如我看手机的过瘾。"

女人："你尽在手机上干些啥？还是和那《狗聊》作者在一起构思小说？"

狗不屑："经常跟他捣鼓那些个玩意也没多大劲。你们知道 5g 吗？知道双缝实验吗……？"

社会学家慨："我的天，这还是条狗吗？"

女人："教授你别打岔。"

狗："好吧，给你们聊件你们易懂的。"

狗："我不是每天都去那片度假村嘛，打打野食，跟几个文化人聊聊大天，打发时光。近来，不知为啥，那一片度假村的生意都不是很好，生意清冷，门可罗雀。一度假村的老板，就常牵一条他新弄来的松狮，到文化人的那草堂闲聊，诉苦衷。文化人中的一位会画画者就嗤：'捧着个金饭碗，说没饭吃。'那老板还不解，求教。那人就让别人画笔与颜料盒来，他在那狗身上左涂右染，三下五除二，就大变活狗，惊得众人直瞪眼。"

女人："一条狗，再涂再染，能变到哪去？我在世时，见得多了，也就是把狗儿涂成个'鸡'似的，在大街上招摇。"

狗嗤："你那是低档次化妆。人家这画家整的高招，活脱脱一只'大熊猫'！那人对老板说'牵走吧，保管从明日起，你的生意日盛一日。'那老板半信半疑地牵着狗走了。没两天，就回来报喜：说是生意一天好过一天。这两日，更是如日中天，前来吃饭的人开始摩肩接踵。说是要尊重知识，尊重人才，咋说也得请一帮文化人去到他那儿坐坐。顺便把我也附带请了去。我跟着他们去后，果不其实，园子里的情形与之前大不一样。我们一拨，好十几分钟，才拨开人群挤进去。"

蹭"鸡"儿媳者："听不大懂，你讲了这大半天。怎么把条狗化妆了一下，就能让他的生意火起来？"

狗埋汰："智商差不能赖社会，该你一辈子活得窝囊。"

女人："别卖关子，我也有些不大懂，来快了讲。"

　　狗：“说穿了，食客们根本不是冲着他的饭菜去的，而是冲着他那条狗去的。”

　　开砂锅店者：“为啥？他们俩不懂，我这开过吃食店的，也是不懂。”

　　狗：“记得你不是讲过你那‘二传手’的故事吗？任何事情，功夫在功外。”

　　让狗算命者：“来快讲吧，你把大家伙的胃口全吊了起来。”

　　狗：“人，在世上是啥智商，来到这里躺下了，还是啥智商，没办法的事。连我这条狗，当时那松狮被妆成熊猫时，就已经明白是咋回事了。”

　　社会学家：“快讲吧，我也急了。”

　　狗：“我们进到里边去，就发现，好多好多的人，围在那狗身边。”

　　社会学家：“干嘛？看新鲜？”

　　狗：“你老人家说对了一半，他们是簇拥着那狗在拍照。有两拨人，只因抢个位置，竟然吵吵起来，如果不是有人拉着，就撕把着打起来了。”

　　女人：“有那么邪乎，不就一只化了妆的狗？”

　　狗嗔：“你说的倒是轻巧，它可是妆成了一只大熊猫。你在世的时候，见过真的大熊猫吗？”

　　女人：“没有，只是在电视屏幕上见过。”

　　狗：“那不就嘚了。虽然它是化妆的，虽然它其实就是一条狗，可是，它毕竟活灵活显似一只真正的大熊猫啊。”

　　女人"明白了。要是晚到这里一半年，我一准也要去看。"

　　狗："你们知道后来的情形吗？"

　　众口紧追："啥情形？"

　　狗："又是半城的人几乎那几日都不开伙了，全涌到了那里去吃饭。"

　　众鬼："啧啧。明明知道是假的。"

　　狗："那帮文化人吃了老板的，过意不去，也是得意，又给老板出主意，什么：整些塑料竹子来、垒个假山、挖个水池，四边砌墙围起来，可以收门票，这又是一笔收入。乐得老板一拍大腿：'文化人就是文化人，不服不行。'一边盛邀文化人过两日再过去坐，一边就当领了圣旨一般马上按嘱去做。而且文化人又叮嘱：'千万保护好了，狗怕出名猪怕壮。现在的人都心肠变坏得不是一般，啥事都能干得出来。特别是相邻几家度假村老板，更得防着，以免妒嫉起了歹心。'结果，老板捣蒜直点头，完了，就按其吩咐一一办理。而且，专门给那狗招聘了俩保镖，每晚领出去遛它时，都是一前一后护着，以防不测。"

　　女人："啧啧，这受的是什么级别的待遇？妈的，我们这一辈子，到了墓里，才明白，活着时，都还不如条狗。"

　　狗："智商差就是没法，一点都不能辩证地看事物。"

蹭"鸡"儿媳者："你又想扯些啥？我早就明白，你打心眼里瞧不起我们几个。"

人类学家："狗爷，来快讲后边的情形。你别看我是人类学家，这一晌，倒也是被你吊得关心起狗类来。那狗是不是被捧得挺得意？"

狗："得意啥呀，亏你还是位人类学家，咋思维跟那几个一个水平。"

人类学家愠："这么狂，我来到这里前，大半辈子，都是很多人敬重都赶不上趟，现在却遭你一条狗的奚落！"

狗嬉："教授你泄泄火，我是捉急你们人类的智商越来越呈整体上的退化，变成鬼都也强不到哪去。一天晚上，我趁俩保安不注意，钻进那狗的金銮殿，跟它促膝几乎到天明。它向我诉了一肚子的苦水。"

医生、科长、交警、中学老师、私企老板……一个个鬼都凑上来热询："诉啥？"

狗："原来你们个个都在听着！它跟我说，自从被打扮成熊猫后，就没了一天好日子过。"

科长："咋回事？别的狗求之不得的事！被众人宠着，多美？"

狗直叹气："我越来越感到跟你们一个个交流起来很困难。这么简单的道理，上下全不懂。"

老市长："快往下说吧！"

狗："哟，原来老市长都在听着。好吧，我来快了汇报。那狗说：来和它照相的人实在是太多太多，它被从那假山上挤摔下过好几次，被送到宠物医院去做过三次大手术。现在一条腿基本瘸了，走路时，蹄弯处疼得要命；还有，那竹子，全是塑料的，味道特大，熏得它狗肺上不来气，现在喘得要命；四边全矗起了高墙，一天根本见不上太阳，它的狗骨头有点儿疏松；假山下边是水池，阴冷潮湿，可能得上了癣，全身狗皮痒痒得难受，有些地方还能挠上，有些地方，爪子根本够不上，经常痒得地上直打滚；还有两次，食客给他扔肉包子，它吃了它，好家伙，肚子刀绞一般，送到医院抢救才过来。医生化验说，十有八九是有人特意投了毒。"

人类学家："真不知，现在的人，坏到这程度！"

狗："还有呢。老板派上保护它的那俩保安，其实居心也叵测。一定也是被收买了——有一次遛它时，天早了些，就被一警车后边急追过来，说是有人举报他俩在贩大熊猫，硬被逮到医院去抽了两管子血。所以，老板后来就让他们每次都半夜三更出去遛它。一次，去到那城边的渠沿上，那两个，就突然下了手，死劲要把它往那渠水里弄，也就是它块大，没被整进去。它伤心极了，你想想，被安排的保安都不知让啥人给收买了，日子还有多长久？以后，每次牵它出去，它就拼死抵抗。我说，'你为啥不把这些跟你主人叨叨？'它说，'我的智商能跟你比吗？我只懂狗语，哪能说人话。'我慨：'自由便奴役！'

贪官突问："快说，后来呢？我预感他的结局跟我差不多？"

九十二　真假

狗："没两天，它的尸体就出现在了它说的那条水渠里。"

狗："没两天，它的尸体就出现在了它说的那条水渠里。"

九十三　狗和诗

狗："饮罢归来不思眠，

隔窗遥望月影远。

今夜梦魂何处泊？

只在山涧浅水边。"

有鬼问："在干嘛？这几日晚上归来，老在咕叨这些个文词，也不跟我们唠了。"

狗："别打岔，我正在跟《狗聊》的作者和诗，这不，刚刚发过来一首。我在推敲琢磨如何对。"

社会学家："真是条大文狗啊！对上了没有？"

狗："差不多了，我念给你听：

遛罢归来不思眠，

月晕坟头两相间。

今夜狗梦托何处？

只在坟下鬼魅间。"

沉寂片刻，社会学家："前几日的呢，也念给我们听听？"

狗："他诗：

山自空兮水亦空，

瘦竹几枝自弄影。

惟有一片冰清月，

相依不惜湿衣襟。

这《狗聊》作者喜欢捣饬盆景，还像模像样地下功夫。晚上，他家的顶灯照下来，正好映在他的盆景里，一晃一晃，真像只水中的湿月亮，所以他才说'相依不惜湿衣襟'。"

社会学家慨："这作家是太孤独，也太痴了。你是咋和的？"

狗："

天自空兮地也空，

几堆坟头亦空空。

头顶没有冰清月，

坟下传来鬼哭声。"

社学家沉默一刻："继续。"

狗："他诗：

易水楼台影为对，

依人心事总成灰。

寒锁幻梦梦难成，

一生潦倒运如鬼。"

我和：

"梦痴只因狗心痴，

坟头一躺是舒服。

孤魂野鬼夜夜哭，

到得狗耳是听诗。"

社会学家："继续来？"

　　狗："这作者吧，最近迷上了《红楼梦》，所以才这么悲催。昨天，他说《红楼梦》里的'好了歌'只有四段，并没有道尽人生，他给又添了两段。"

　　社会学家："啧啧，续开了名著，快快道来，让我们听听，他继的水平如何？"

　　狗嘬嘬狗嘴：

　　"世上都道神仙好，

　　惟有兄弟忘不了。

　　一母同胞骨肉亲，

　　一沾"钱"字闹掰了。

　　世上都道神仙好，

　　惟有朋友忘不了。

　　哪个不道情谊重，

　　临到求时不见了。

　　社会学家慨："续得还真可以，跟原词天衣无缝，道出了人生的本质。你一条狗，是咋和的？"

　　狗不屑：

　　"狗儿都道墓地好，

　　惟有母狗忘不了。

　　发情期来你是宝，

　　发情过后咬你了！

　　狗儿都道墓地好，

　　惟有骨头忘不了，

　　整日满街去寻觅，

不慎自个成菜了。

狗儿都道墓地好，

惟有主子忘不了，

好时日日受恩宠，

一有得罪收拾了。"

社会学家慨："人作家不如狗作家！"

九十四　中秋

　　中秋之夜，有鬼倡："人在家家团圆，我们地下的鬼们，是不是也热闹热闹？"

　　众鬼欢。有鬼提醒，让坟头上的狗先来起兴。

　　狗："一条鱼线一弯勾，一曲挽歌一壶酒。一人独钓一池秋，一波映出一钓友。"

　　有鬼慨："你现在就是一大诗狗！"　狗："这仍是地下老师那度假村学生作的。前几日逢鬼节嘛，他给父母上完土坟，自个在父母坟前不远处的一个池塘独钓，也是想多陪陪父母一阵，悲从心起，有感而发。昨日让我转给那位写《狗聊》的作者，给看看。"　鬼问："那这作者是咋评的？"　狗："这《狗聊》作者没直接评，而是讲了一大堆他关于艺术创作的宏论。"众鬼好奇，纷问："他是如何说的？"　狗嘬嘬狗嘴："艺术，不是人云亦云，不是拍马屁。不是无病呻吟，不是仿前人。艺术是创新，是一种形式推翻另一种形式的剧烈的革命。"　有鬼道："这话听起来耳熟，几十年前老听的。"　狗："还有呢，我给你接着念：

最杰出的头脑毁于疯狂，

天使般的圣洁背后是冷漠的坟场。

夸什么枝繁叶茂，郁郁苍苍，

花美的盛宴上，全是腐臭的黄汤。

权威们一个个得意洋洋，

崇拜者脯伏在他们的脚下，

仰视他们如夜晚的星星与天上的太阳。

其实不过是一群平庸的俗物，

拾一些牙慧，在那里装腔。

一个个如技陋的裁缝，

在美化着皇帝的'新装'。"

鬼慨："我看这《狗聊》作者比那老师的学生更疯癫，应该将他关进疯人院去。"

狗，"你说准了，听地上疯子说，最近，他似乎就是被关进去了。现在，是疯子被疯人院长常请了去，单独给他开小灶，用自个的经历开导他，别一天浑浑噩噩傻子似的，要自强不息，多做好梦，跟上时代的脚步，才有美好灿烂的明天。"

鬼："效果如何？"

狗："听疯子说，好极了，他一听疯子的开导与现身说法，立马脑子清醒，跟正常人一样一样了。院长的论文中，都将他做了重点例子。院长信心满满，说他的论文一定会得大奖。"

地下疯子突发疯言：

苦难是任何人都逃不脱的咒语。

黄昏来临了，黑暗破门面入。

圆月其实是假的。

热闹终将收场。

破烂的事儿，

是人们一生的怅惘……

有鬼慨："这地上地下的，怎么总是有这样傻里吧叽，人见人躲，鬼见鬼烦的糊涂蛋？！

贪官："禀市长，我们地下，是否也应设个疯人所，把这疯子给关进去？让女人、蹭'鸡'儿媳者一干人给定期调顺调顺？吵得实在是让人烦。"

市长："着，你写个可行性报告上来。"

九十五 新人

狗：“刀笔刻成传世章，斜看权威多粃康。它日冥府摆一桌，方与曹蒲论短长。”

蹭“鸡”儿媳者：“你这又是唱得那一折？”

狗：“这还是那位《狗聊》作者编的歪诗。我今儿又去疯人院了。”

蹭鸡儿媳者：“你上次不是说，他让地上那疯子调教得清醒多了，院长都要拿他写论文。怎么听上去，还是这么痴人痴语的？”

狗：“调教好啥呀，你以为他是一条狗？脑壳硬得啥似的。前段，是在那里装顺从罢了。他是想早点出去，一看那招不灵，院长不放他，所以，就又疯颠地闹起来。”

有鬼问：“他家人呢，咋没听你说过？也不前往疯人院去看看他？快过年了。”

狗：“不晓得。他似乎并没什么亲人，也似乎并不是咱这市里的人，突然从天上掉下来的一般。身世无从查考。一段时间，在本市是来无影 ，去无踪，只是一次在大街上乱嚷嚷什么，被一帮看客告官，整到了疯人院。”

社会学家：“其实，我感觉，这《狗聊》作者与地下这疯子一样，脑袋瓜并不傻。”

狗：“教授、你说对了，我也似乎感觉到了。不光是上边他啁的诗，他还有好些个宏论呢。”

　　社会学家："说说？"

　　狗："他骂同院的那一个个疯子们傻得厉害，整天崇拜这权威那权威的。特别是崇拜院长，说院长知识多，学问大，在报上发过好些文章。平时，经常弗洛伊德、荣格、巴普洛夫什么的，挂在嘴边，说给那帮疯子们听。那帮病人们被糊弄得迷三倒四，几乎要将院长奉为神，每每和院长聊过一阵，就觉得自个病好多了，其实是被呼悠得病更加的重了而不自知而已。那帮疯子中，也有个把识文墨的，反诘他：'你自个把自个说得这么牛逼，简直就成了大文豪。难不成你比鲁迅还牛？'你听疯子说啥？'你们整天鲁迅长鲁迅短的，其实，还不是拿他来拉大旗做虎皮。真正理解了的有几个？都是在那里卖弄，甚至拿卖弄他当饭碗而已。再说了，鲁迅他也就是逢上了合适他的年代，要活在当下，他写的那些个玩意有几个人会看？弄不好，极大的可能是也像我一样，被绑了送这里来，跟你们一帮真疯子做伴'。以前，　疯子们还以为他是个正常人，可能是说了些什么做了些什么，惹着了什么人，才被当成疯子关进来的。听他这么一叨叨，就觉得，没冤枉他，他的确是个比他们疯得更厉害的疯子。"

　　蹭"鸡"儿媳者："那咋办？院长如何对待一个比疯子更疯的疯子？"狗："有办法。我听一些疯子们说，院长似乎是给他隔天就吃一种什么药，看上去，这种药的副作用很大，他的身体一天不如一天，说是要不了几日，他可能就会也到这里来，跟你们一群鬼做伴，再不会妨碍院长给其它疯子治疗时，起反作用了。"

蹭"鸡"儿媳者惊："我的天，一个疯子，都把人吵得要命要命，这又添一个来，还不把我们一群鬼给闹死？！"

地下的疯子："惯于长夜过春时，众鬼群里我最孤。喜听朋辈来为伴，乐向坟头唱两句。"随即，就哇啦哇啦地乱叫嚷起来。

贪官忿："疯子，别高兴得太早！他要来，我先给他个下马威，将他的魂大刑伺候，让他再死一次！"

九十六 编

人类学家问狗："你不是说，那写《狗聊》的作者马上要到咱这里来吗？咋不见动静了？"

狗："哟，教授，难得听到你的声气。哪能那么快呀？快了不就遭脑瓜爱钻牛角人的质疑？"

人类学家："你可能也感觉到了，一般我不喜欢讨论些形而下的东西，所以，在这一窝群里很少吭声，总潜着水。其实，你平时跟他们别的鬼聊的一切，我都在听着。那这《狗聊》作者的近况如何，我很关心？"

狗："就那样，一整天独独地呆那儿，跟谁都不搭茬，我一去，就凑到窗前，跟我唠。"

人类学家："都唠些啥？"

狗："没边没沿，上至天文，下至地理，中到文史哲。我慨，他肚里的东西咋那么多？他若到这里来，我想，你俩可有的唠了。"

人类学家："我想是吧。你一条狗，能听得下去，明白吗？"

狗："听得下去，虽然有好些不甚明白，但也能大致知道他的意思。我不是早对你们说过？我被我原主人骗后，就通了人性，懂了人语，而且特别好学，进化很快。你们不是常常夸我，我的智商与见识，都超过了你们地下的许多鬼？"

人类学家："这一点我早都明白。"

狗："可是，这《狗聊》作者昨天诌的几句诗，我一直到现在，都反复狗肚里琢磨，没想清楚，他说的究竟是个啥意思。"

人类学家："他诌了啥，有多深奥？说了让我这人类学学家听听，看听得懂否？"

狗喔喔狗嘴："我想未必。这写《狗聊》的作者可是很有些自负，看不上你们这些专家教授的，曾埋汰你们是吊书袋。"

人类学家："念念？"

狗：

"思想总似一块抹布，

在揩抹污秽的玩意。

劣质的勾兑酒，

常能把无知的嘴巴，

引诱到它的杯沿。

抹布，

只用来擦拭掉，

滴落到桌上的哈喇子……"

人类学家："不太明白，还真是有点古怪，他是因何感而发？"

狗："最近，地上那疯子不是隔天就去疯人院去开导他与那一帮疯子嘛。他可能是听不下去了，发的感慨。"

人类学家："疯子都说了些啥，让他发感慨？"

狗："老实说，别说他了，就连我一条狗，都感觉疯子扯得太离谱。"

人类学家："疯子都扯些个啥？"

　　狗："记得那个放羊娃从渠里救羊淹死，被树成先进典型的事吗？"

　　人类学家："记着，文化干部说过的：后来，被他改成了救人。疯子的爸与他哥，都先后犯了强奸罪，为了把他与他父兄作切割，把他编成了孤儿，说成是吃村中百家饭长大的。"

　　狗："对，倒底是大教授，记性真是好。疯子现在仍旧那样讲，听得一帮疯子们直夸那个放羊娃精神真高尚，现在到哪去找这样的人，都在地球上绝迹了！一个个说，等好了以后，一定要到放羊娃坟上去凭吊凭吊，扫扫墓。"

　　人类学家："院长难道不知真实情况不是那样的，是编的？"

　　狗："我想是应该知道的，装不知罢了，甚至是纵容他那么胡编。"

　　人类学家："就这些？"

　　狗："多了去了，不胜枚举！记得他被那黑社会利用，半夜在花街贴招嫖小广告，五更天，把打扫卫生的都打跑的事？"

　　人类学家："记得，后来那帮黑社会的后台其实是俩公安，一窝全被抓了。"

　　狗："疯子现在，竟然把后边被他们用几瓶啤酒几块肉骨头就收买了去，替他们贴招嫖广告的事抹去不说，专说以前是如何去撕那些广告的。说每天天还没放亮，就从马路东头到西头，从墙上到地下，铲灭得干干净净，片块不留。弄得打扫卫生的直谢夸他，说他才是真正的志原者。可那帮黑社会们，却把他恨得牙咬，几

次偷偷半夜里把他打个半死。为此，他还受到了扫黄打
黑办的重奖。"

　　人类学家："真能编！精神病人们就一个个信？"

　　狗："信，咋不信。你们人不是有句名言：谎言说
上一千遍就成了真理？而且，好些事情，时间一久，随
你怎么编，绝大多数人是不想深究的。何况是一群疯人
院的病人。"

　　人类学家："啧啧！"

　　狗："还有更邪乎的呢。"

　　人类学家："快讲？"

　　狗："记着我们狗仨在桥洞下救他的事吧？"

　　人类学家："当然记着，为此，你不是几乎都被树
为'感动城市之狗'，电视台的人还几乎拍成片子上电
视宣传你？虽然后来被上边给否了？"

　　狗慨："你知道他现在怎么编的吗？"

　　人类学家："咋编？想象不到。"

　　狗："他编成是他把我狗仨，从桥洞下的河水中救
上岸，还跑上跑下，跑前跑后四处找破棉絮套，废纸
板，甚至是桥头上去扯了那扶危助困的广告牌，来给我
们续窝，从他哥嫂家偷香肠肉骨头啥的给我们吃。夸嘴
说，'我对狗都这样有爱心，可想而知，我是如何伺候
我哥嫂的。所以，你们一定要听我的劝导，以我为榜
样。这样，就会很快好起来，出院，像我一样，过上美
日子。'我实在是忍不住了，蹲在窗台上吼了一嗓：
"你不就是踩了一泡稀屎，从中拣了一块'狗头金'
吗？别吹了，全是胡编！"

　　人类学家："结果咋样，叫醒那帮病人了没有？"

　　狗："叫醒个啥呀！没轮到疯子，也没轮到院长来收拾我，那一帮傻子，先一窝蜂扑到窗户前驱我，有一个还伸出手到窗户外，把我一只狗眼都捣了个乌眼青。还说，这次是轻的，下次再到他们那儿捣乱，直接用关他们的顶门棍捅死我！"

　　人类学家慨："返祖现象？"

九十七 才势

　　狗："狗头漂亮，狗毛漂亮，狗腿漂亮，狗尾巴漂亮，狗鸡鸡漂亮……"地下有鬼问："狗爷，你这又是唱的那一折？"狗："我今儿个又去度假村了，那帮文化人在酒桌上大扯着一件新鲜事。"地下："啥新鲜事，惹得你回来这么兴奋？"狗嬉："说是最近外边一个省公安厅副厅长，出了一本牛书，叫：《平安经》，内容全是跟我上边念叨的这些个类似，什么北京平安，上海平安，广州平安……初生平安，满月平安，百天平安，1岁平安，两岁平安……眼平安，耳平安，鼻平安，舌平安……整个一大本书，没别的内容，全是这些个。"地下："打住打住 ，你这是无聊了蒙我们鬼？这也叫书？扯屁谎！"狗："你别不信，真事儿。这书洋洋洒洒几十万字，线装本，售近三百大洋一本。"

　　鬼："真有人愿出？又有人愿买？"狗："告诉你吧，不但是国家级出版社出，而且还有好多名文人捧场，整了场众人颂《经》会，场面兮不大，众口一词：'前无故人，后无来者之大《经》'。什么：'官员阅读此书，领悟初心使命；学者阅读此书，顿悟平安哲理；商贾阅读此书，企业平安无虞；民众阅读此书，安享世间太平；庚子之春，不同凡响，临风听雨，焚香默坐，拜读儒林巨制《平安经》……'云云"。老师："听着很耳熟。几十年前，我班上有这么一个学生，就是你们说的那个老爹是老市长，哥是从老山前线立了一等功下来当了团市委书记的那位的小弟。因为家中老小，又是干部家庭，从小就娇生惯养，学习成绩一塌糊涂，但却爱追女生，胆子还挺大。记得当时他看上了学校最漂亮的一个女生。那女生拒绝了他好几次，他还不知趣，就想到了给那女孩子写信。也是这格式：你头发漂亮，脸蛋漂亮，鼻子漂亮，嘴唇漂亮，奶子漂亮……一直说到屁股蛋漂亮，脚指尖漂亮，脚指缝弯得漂亮。当时他身边的一帮混混，都齐口夸写得好，这次一定会成功。没想到，他上学前在校门口塞进那女生的手里，下学后，在校门口，那女生就冲着正在堵她的他，往那信上啐了两口，撕碎了扔在他脸上，骂道："你写的这些啥狗屁玩意？滚你的蛋，恶心死了！'后来，他大学当然是没考上，和一帮不学无术的混社会。一次，他竟然偷了他在市政府当会计嫂嫂的办公室钥匙，去到街摊上配了一把，半夜里翻墙进了大楼。那财务室在一楼，有防盗窗，防盗门。他进屋后，也不敢开灯，拿个手电筒乱翻，没把保险柜整开，却将自个反锁在里边，咋都出不来了。等第二天早晨上班人来后，才被放出来。弄得他哥嫂丢了大人。他被局子捉进去，凭他哥与老爹的关系勾兑，没几天，就放了出来。可是过了不久，就听说，他被重弄进了公安局，这次进去是当了一名辅警。大家都感到很是惊愕，公安局的回答却是：从偷财务室这件事上看，这小子有当公安的素养……"狗："老师，估计是被你猜对了。听你那度假村的学生说，这家伙跟他弟是同班，最后还真就是混了上去。前两年搞同学聚会，嘿，还就属他最牛，成了公安厅副。在饭桌上，显五显六，跟一个和他同在一个城市大学里当教授的，为个啥事争吵了起来，还骂骂咧咧：你是个教授，老子我也是教授，还是双料博士，博导，气死你，不服，咋的？不服，我过两天就把你整进局子里'。从此就结下了梁子。后来，他真还是不念同学情意，使了个套，将对方弄了个嫖娼，整进局子去呆了半月。你说说。"老师听得直唏嘘，半天无语。狗："接着给你说，老师。在度假村，你那学生的发小又在那里捡啤酒瓶，你那学生可能是喝大了，对他的北京来落草的朋友发慨：'你说说，这货不比那货脑瓜好使？当初他要是认了自个是主动滚下山头，而不是被动滑下去的，得个滚雷英雄的一等功名，至于混到现在这份上，又偷又骗又钻女茅厕的，还不最少混个军长的当当？"地下疯子又突发声："夫有才而无势，虽贤不能制不肖。故立尺材于高山之上，下则临千仞之谷，材非长也，位高也。桀为天子，能制天下，非贤也，势重也；尧为匹夫，不能正三家，非不肖也，位卑也。千钧得船则浮，锱铢失船则沉，非千钧轻锱铢重也，有势之与无势也。"女人："你们扯的这些个，把我搅和得稀里糊涂，啥也没听清楚。这疯子诌的这几句，我更是连一句也听不懂！"

九十八　胡编

月黑风高，狗一摇三晃地回墓地来，躲在个坟头下，捡起根身边的柴棍，一边剔着牙缝，一边哼哼。

有鬼在地下问上来："听上去挺滋，又上哪浪去了，这么晚才回返？没你的时间，坟地里真寂。"

狗："能上哪？春天来了，草堂的一帮文化人，天天在那里聚，我也就跟着打打牙祭。"

鬼："这好令人慕的日子！"

狗："可那帮文化人，虽然天天喝酒吃肉，但似乎显得并没我快乐，我能感觉得到。"

鬼："道来？"

狗："整个酒桌，从开始到结束，都是在吟伤感诗。"

鬼："学学，让我们听。"

狗："虽然我们狗的记性似乎强过你们人，但过去一段的全忘了。今天他们诌的，我似还能记得个把。"

鬼："念念？"

狗稍顿片刻，吐一口剔出牙缝的秽物："那北京来的文化人开场先来了一首：'春柳，拂不了眼里的云翳；明月，兑不圆青春的模样；清风，吹不去影子的形单；爆杖，炸不走心头的孤凉；汤圆，带不回年少的醇香；甘醇，浇不开肚内的愁肠……因为往事，已去了远方。还起了个诗名叫《春风不得意》"

鬼："还真它娘的有水平。"

狗驳："有啥水平呀，无病呻吟乱编！我只狗都感觉到了。这半拉月，虽然季节是到了春天，可哪有个春天样？天天的飞沙黄土，世界末日的感觉，我自从娘肚里出怀，从未遇到过这么久的恶劣天气。这一个春天，眼看就过去了，似乎见不到好转的迹象。"

鬼："噢，我们鬼在地下感觉不到，还以为，上边天天莺歌燕舞呢。"

狗："这地下老师的学生，就实在，作的诗实话实说，咋的就是咋的，没有那个北京人文诌诌酸乎乎也不切实际。"

鬼："他是咋应的？"

狗："年年春季显沙尘，今年更比往年凶。花发花开两不见，待到见时已落红。"

鬼："嗯，是比上那个北京人的实在。你没跟着和上一首？"

狗："我能不和吗？和了。"

鬼："念念？"

狗："主人上边喝得畅，我在桌下直汪汪。扔来一根光骨头，叭叽叭叽嚼得响。虽然不在主人位，感觉却是主人样。若有外狗凑前来，咬它一口没商量。春光明媚骨头香，幸福日子万年长。"

鬼："你这不也是胡诌？刚才才说了，天天飞沙扬尘的，哪来的明媚春光？"

狗："你看看你，都变成了鬼，还这么矫情。作诗嘛，就是编，那么认真干嘛？你们人说的话，有几句是真的？都不是一个个在那里胡编？特别是在婚葬礼上主持者那些离谱到天上去的赞词；丑八怪吹成了天仙；混混成了权威、导师；痞子、骗子成了人之楷模的，还少吗？”

地下疯子突言："夜夜风沙遮春月，只听坟头狗吠'诗'，春景只在春天外，黑云总把彩云欺。"

鬼慨："这傻子总是神神道道地乱扯，真是疯得厉害！"

九十九　状元榜

地下："好长时间不听你叨叨了，寂寞得厉害，今天给咱来点什么？"

狗："地下老师的那学生又在和他那几位在聚，饭桌上扯起件荒唐事，我在桌下听得感慨万千。"

鬼："来快了，讲讲？"

狗："市里最近请来一位外国华裔科学家，据说是某一方面的顶级专家，拥有专业方面的尖端技术专利。他当年是从我们这儿考出去的。所以，市上通过人脉千方百计联系上他，请他来，想合作在本市搞他的项目，如果合作成功，大大有利于本市的可持续发展。"

鬼激动："好事儿，是不是要在咱这墓地旁建？那我们这就热闹了。"

狗："泡汤了。"

鬼："咋回事？"

狗"这科学家到本市后，市上各方隆重接待，安排在五星级国际酒店，白天参观，考察，洽谈，晚上顿顿各部门宴请。当然也少不了他的母校。间隙请他回去给学生们作报告，参观学校现貌。"

鬼："这不一切都挺好的。"

狗："就是在参观学校时，出了岔子，这位科学家不干了。"

鬼：“咋回事？”

狗：“事情出在他参观校史展上。他发现自个的名字被镌刻在校史碑的状元榜上。”

鬼：“这不是长脸的事？”

狗：“长什么脸呀。他那年高考时，作弊，被罚停考一年，第二年才考走的。而且，也没考成状元。”

鬼，“这有啥呀，这科学家也太认真了些。”

狗：“不是这科学家太认真，是校方做得太离谱。”

鬼：“咋离谱？”

狗：“他发现他名字的最后一个字是新刻上去的。”

鬼：“咋回事？”

狗：“那名字原先是他表哥。”

鬼：“似乎明白了点。用他的名字顶替了他表哥？”

狗：“对，他表哥当年学习拔尖，但，其实也并没有考取状元。只是成绩考得好，进了名牌。大学毕业后顺利进入省部委。后他主动申请，从省部委下放到一个县上，从村官踏踏实地干起，而且正直清廉，很快便得提拔。从县委书记任上上调时，全县的老百姓闻讯长街相送，还给他送匾一幅：‘一身正气，两袖清风’什么的。后来，一直官升至副省。所以，学校特别以他为荣，所以，就把他的名字镌刻在状元榜上。尽管知情的人明白是咋回事，但，从未有人提出过异议。因为，他实在是太出色，太给学校争面子了。"

鬼："你似乎扯得远了点。跟最近他这位堂弟的到来，有啥关系？"

狗："有关系，你耐着性子听。谁曾想，世事难料，前不久，他突然就宣布被组织审查了。又恰逢他表弟从国外前来与市上搞科技项目合作。学校方而不知谁这么脑子好使，就蹿掇校方，巧妙地改动了一个字，把他表哥的名字便换成了他。校方得意，认为真是一箭双雕。没想到，这科学家看了碑文，当时没发作，却晚上将这地下老师的学生唤到宾馆，大怒，说当年作弊被停考一年的事对他刺击非常大，考上大学，然后又到国外发展，几十年里，他的品格早已脱胎换骨，达到了很高的境界，改碑名之事，将他瞬间被打回原形。再推想，连状元榜，都这样改来改去。这合作项目，以后还不定出多少蛾子，有多少变数。所以，拎包走人。"

鬼："这科学家如何认识这地下老师的同学？又把他叫到宾馆的？"

狗："他哥当年与其一个班，而且同桌，经常两家互蹿。"

地下疯子突发声："那年的真状元，其实是我！"